枝条载荣

杨葵自选集 卷一

杨葵 著

作家出版社

自　序

一组数字：第一次在报刊发表文章是 1987 年，迄今 35 年。总计写过约 200 万字文章，出版过 9 种文集（含增订本）。从中精选 40 万字，编成这套 3 卷本自选集。其中约 8 万字是近两年写的，未曾结集。

书和读者见面，应该已是 2022 年。1992 年我在作家出版社做编辑，编的书里有《贾平凹自选集》，这套书后来引发中青年作家出文集的热潮。整整三十年后，文集热早已平息，我个人自选集在作家出版社出版。

读过的古诗词中，如果说有最爱，是陶渊明的《停云》四章："霭霭停云，濛濛时雨……静寄东轩，春醪独抚……愿言怀人，舟车靡从……东园之树，枝条载荣……"自选集三卷书名就从这里选的词。

"枝条载荣"，枝繁叶茂之意。这一卷的文章都是讲过日子的点点滴滴。柴米油盐的日常生活正是枝繁叶茂的样子。

"静寄东轩"，在东边小屋独处之意。这一卷的文章都与文艺、阅读、写作有关。轩是有窗的小屋，正是我此刻书房的模样。

"愿言怀人"，思念亲友之意。这一卷的文章都是在写人，陌生的熟悉人，熟悉的陌生人，大多是亲友，也暗合了这层意思。

这是第一卷，收录的文章里有一篇"夜的声音"，还记得是1990年在昆明海埂一间舒服的房间写的，是我发表的第一篇随笔。那以前志在学术，从这篇起改弦更张写小文章，一溜烟儿就写到今天。

之前出过的书中，《东榔头》里这类文章比较集中，所以将其自序作为本卷附录。

关于日常生活，我曾在《不经意》一书里这么说过：有"度日如年"一说，形容日子不好过。我的日子"度日如日"，无好无不好，一天就当一天过，日升月落、吃饭睡觉……过日子就是这样吧，有一搭没一搭的，看似有条有理，仔细看又缺这缺那，可是再仔细瞧瞧，什么没有呢？哪怕是条理。

不可思议的条理。

辛丑孟冬，阳羡溪山

目 录

春夏秋冬

立春·抄写

从某日起，每天抄一页《入菩萨行论》，毛笔，小楷，八行笺，每行一句。这部大论译本很多，选的是隆莲老尼师的译本，多为七言诗形式，偶尔会有长句，也就是说，大概每天只抄一百多字。

抄点什么这件事，倒不是从那天才开始。早两年捡回多年没用的毛笔，跑琉璃厂买了七七八八各种尺幅的宣纸，不时抄点什么。多为三类内容，佛教经论、禅宗公案，偶尔也抄古诗文。不同的是，《入菩萨行论》之前，都是兴之所至而抄，隔三岔五，并非每天抄。

1

参加了个学习小组,这七八年来,分期分批细读部分佛教经论。去年夏天小组开始读《入菩萨行论》,开始那天突然想,趁此机缘从头到尾抄一遍吧,一来巩固所学,二来给每天的功课加加码,以求精进。

学佛之初老师教导,学习贵在坚持,说好比打坐吧,别贪求一坐多久,再久也不难,难的是天天坐。哪怕一天就十分钟呢,不断更要紧。这道理人人懂,不必赘言了。我是想到这一点,怕自己断,断了还会给自己找理由,找了理由兴许还心安理得,甚至再"探索"出个子丑寅卯新理论,如此等等,都是人诳欺自己最擅长的小把戏。得想想对治的方法。最后决定,每天抄完编页码,拍照贴在微信朋友圈,有人共同监督,假如断篇儿会有压力的意思。

开始确实有热情,抄前发愿,抄完回向,很起劲儿。工作到再晚,也必定抄完才睡。还好,没有长期出差,偶去外地,也三两天即回,算好日子预先定量抄好,再逐日在朋友圈发布。

大约抄到一百五六十天,也就是五个月左右,懒劲儿上来了。不是要半途而废,而是想着,哪天兴致高了,就多抄十页八页。其实这同样是放弃,只是换了种隐蔽的形式。懒惰还以各种形式向外渗透,比如抄的时候越写越快;比如抄前发愿文懒得念,或者不用心念,抄完回向文不念,或者不用心念。没什

2

么更好的办法，只能使大力气，坚持。

全论一共十品，临近春节时，已抄满二百天，第九品接近结束。有一天又突然生出个念头：不如一口气把剩余部分抄完吧，这样到新年头一天，就可以开始新抄一部什么，朋友们一定会交手点赞的。

好在这份虚荣和懒惰昭然若揭，愚笨如我也当即自省到了，打消了这念头，一切照常，每天一页。就一页。

在朋友圈贴图，开始每天数十个点赞或评论，时日一长，门前冷落。然而也真有那么五六个人，坚持每天赞。还有些人菩萨心肠，以夸字写得不错鼓励我坚持。日常碰到熟人，有人主动聊起所抄的内容，不少人把"入行（xing）论"念成"入行（hang）论"，我会跟他们说，学习讨论中有人说这部大论其实就是当菩萨的手册，这么说起来，念 hang 音也有点道理哈。

不留心就不注意，每天抄点什么了，就发现不少同道中人。有人每天抄一遍《心经》，有人每天抄一段古文，有人早中晚各抄一首诗，中外古今都有，细看不难发现，在以诗言志。他们和我一样，也在朋友圈贴图，也一天不落。对他们，不免有黑夜同行旅人之感。

还有感动的时刻，有一天，同行人中有个朋友说，如今每天必做两件事，用某个 App 欣赏故宫博物院珍藏品、细读一遍我抄的《入菩萨行论》。我猜过不了多久，这位朋友可能也会加入每天抄点什么的行列吧。

每天抄点什么有什么用吗？不少人的说法是既安且静。我这体会倒不明显，反而不时被先贤的大愿大行感染，跃跃欲动。没错，是动感的，定时定点端坐书案前，有节奏地在白纸上留下一些墨迹，每一道笔画下去，都像耕地之犁，一寸一寸，一遍一遍，翻松内心的砾土。不翻不知道，这片土壤已板结太深，杂草丛生，垃圾遍布。等我多翻几遍的，翻好就能播种了，再勤浇灌勤施肥，总有收获的一天。

雨水·画盐

多年前在琉璃厂逛书店，看到皇皇巨著《中国陶瓷史》，署名竟是"中国硅酸盐学会编"，特别纳闷。那时候满脑子文艺，只知道陶瓷是文艺的，硅酸盐是个什么东西？

很多年后的今天，景德镇邀我参加"画盐"联展创作。乍听这名字就顿生好感，又问得旨在"开启瓷画小幅时代"，更觉遇了知己。

先说为什么顿生好感。从文艺到硅酸盐，这个好理解，就是透过现象探其本质的意思。人人都有这体会，无论生命的幼少青壮老，还是认识事物的逐渐深入，都会经历这一过程。陶瓷开始被看成文艺，是看到表面文章，绚且烂兮，美幻迷人。后来被看成硅酸盐，是拨风驱雾，看个究竟，哦是它。

有意思的是，一朝侍立于硅酸盐门下，文艺并未消遁，再体会其魅力，反而更实在，更真切。当然，每个人对于文艺本身，也有个学习、经历、丰富发展过程，这是另一个话题了。

再说为什么觉得遇了知己。近两年用心抄经，抄写之余，利用剩墨和裁下的纸边儿抄些美言美句。我从不将这些纸边儿称作书法，是不好意思，但也不尽然，确实不想和眼下的书法有何瓜葛。大行其道的书法"界"，很多人沉溺于真草隶篆字体之炫技，六尺八尺纸张之挥霍，我和他们风马牛不相及，我只写纸边儿。

"瓷画小幅"和纸边儿，趣味相投。至少目前看来，这趣味不俗。钱锺书曾经总结"俗"之两大要素，一是量的过度，二是足以感动大多数人，所谓通俗是也。纸边儿和小幅瓷画，量上节制，也不可能为大众纷起而拥，所以不俗。

最后说说我创作瓷板的点滴体会。简单将纸上写字移至瓷板写字，只有"画"没有"盐"，不见材料特色，就会像老舍《茶馆》台词，"把这点儿意思弄得不好意思了"。我想让笔墨与材料之间生出点更特别的关系。

对釉上瓷板完全没有经验，只能一次次试写摸索。最后寻到一条路：贯彻纸边儿概念，利用瓷板釉上写字可随意涂抹的特色，写好字后，用手指头裁边，留下或有或无、或浓或淡的边界。

初次画盐就这样完成了。

惊蛰 · 书卷气

快五十岁了，自我感觉还挺年轻，老用"国际惯例"安慰自己：四十五岁才算步入中年。不过现实无情，在很多年轻编辑同行的眼里，早就是长辈了。

既然是长辈，免不了不时要承受年轻人来诉苦撒娇。话说得又客气又尊重，其实听者心里明白，人家不求解决问题、处理麻烦，甘当垃圾桶是最明智的选择。不过事到临头，还是会认真对待，尽心尽力去劝解，去安慰。

今天一个年轻编辑来诉的苦水是：实在太忙了，每天忙着填发稿单、发稿费，邮寄样书之类杂务也需亲力亲为，根本顾不上读书，顾不上研究热爱的课题，日子过得一点文化内涵都没有。

刚听他诉完苦，快递敲门，是商务印书馆一位年轻编辑赠阅的几本书。打开快递公司外封的黑色塑料袋，里边是个牛皮纸包裹，四四方方，每个边角都整齐挺括，一眼看去规整洁净。打开牛皮纸包装，里边是"中华现代学术名著丛书"中的三种，另附一页短笺，行文舒畅如流水，内容实在而雅致，字迹精干而清秀，无一字一标点涂抹。此时阳光遍洒书房，手捧几本装帧朴素大方的好书端详，生出不少感慨。

想起小时候，不时看父亲包裹书籍或是其他物品，仔细，熟练，再不成形的东西，都能包裹得整齐漂亮。后来听说，他小时候在一家文具店当过几天学徒，老师傅言传身教，手把手教他尊重每本书册、每件文具，当然还有购买这些东西的每一位顾客。

我刚到出版社工作时，每个周末下午，老编辑们会带着我们这些新手去书库帮着打包。一般是两两合作，一人负责搬书，一人负责打捆。双层牛皮纸，白色塑料绳，四小包合并成一大包，打好的这个大包，就是图书运输业里通用至今的"一件"货。那时书业繁荣，书库人少但业务繁忙，我们去打包，算是义务劳动。但这件事情的意义，远不止于劳动这么简单，老编辑们一边教我们打包，一边身体力行给我们演示与书籍的亲密，以及对书籍的尊重。发行部同事也一起参与，打包打到哪本书，编辑、发行两大部门就聊到哪本书，很多业务沟通就在整齐有序的义务劳动现场完成。

包裹书籍是个很小的细节，很多现在的年轻编辑打不出像样的包裹，意识上也把这事儿视作快递员、库房工人干的杂活儿。其实呢，这个细节里埋藏着一些答案。什么是文化人，什么是书卷气，什么是好传统，这个细节里全有。

下次见了那位诉苦的编辑，我想把这些讲给他听。

春分·隐居

一

南北朝时有个吴均（叔庠），留下几篇描写山水抒发性情的书信，《与朱元思书》《与顾章书》《与施从事书》，历来被认作最纯正洁净的汉语。钱锺书这么挑剔的人也说，此前模山范水之文，唯马第伯《封禅仪记》、鲍照《登大雷岸与妹书》二篇跳出，而论及吴均之后，钱锺书只提了两个人，郦道元和柳宗元。

"风烟俱净，天山共色"，《与朱元思书》长年入选中学语文教材，不少人应能背诵。来读读《与顾章书》："仆去月谢病，还觅薜萝。梅溪之西有石门山者，森壁争霞，孤峰限日，幽岫含云，深溪蓄翠。蝉吟鹤唳，水响猿啼，英英相杂，绵绵成韵。既素重幽居，遂葺宇其上。幸富菊花，偏饶竹实。山谷所资，于斯已办。仁智之乐，岂徒语哉。"

薜萝是薜荔和女萝，两种野生的攀缘类植物。自从屈原在《九歌·山鬼》中写下"若有人兮山之阿，被薜荔兮带女萝"，"薜萝"就成了著名典故，指代隐居、隐者，或者隐居的处所。所以，吴均这封信在描绘隐居之乐。

隐居的传统源远流长，是古往今来多少人的梦想，所以汉语中留下诸多专以指代隐居的词语典故，今人撰文仍会时常使用。比如"洗耳"：尧帝要禅位给许由，志在山林的许由听了，觉得这样的事脏了耳朵，到小溪边掬水洗耳。比如"采薇"：商朝末年，伯夷、叔齐不食周粟，隐居首阳山，采薇（野菜）度日。比如"衡门泌水"：语出《诗经》"衡门"篇，"衡门之下，可以栖迟。泌之洋洋，可以乐饥。"横木为门，饮泉充饥。

这些典故在一代又一代文人的不断应用中，又不断衍生出新的典故，比如从《诗经》中的"衡门泌水"，衍生出一个新词"衡馆"，所谓"迹屈朱轩，志隆衡馆"，仍是隐居之意。再如许由洗耳的典故，到了魏晋时期又衍生出一个新词，"枕石漱流"，或者"枕流漱石"。《世说新语》里记载，西晋孙楚（子荆）年少时就想隐居，对王济（武子）说：当枕石漱流。但是一时口误，说成枕流漱石。王济挑错儿：流水怎么枕？石头怎么洗漱？答曰：所以枕流，欲洗其耳；所以漱石，欲砺其齿。

二

说起隐居，有个错觉。很多人都有这样的经验：名胜佳处，单从书上读来，美妙至极，真走到面前，不过尔尔。餐松饮涧这样的山林之乐也类似，想起来美到极处，但是对很多人而言，最好就停留在念想的地步，真去实施，现实残酷。

蝉吟鹤唳，水响猿啼，英英相杂，绵绵成韵，这都只是隐居的一面之词，真要像古人那样隐居，必须经受一些其他方面的考验，比如修路，比如造屋，比如蚊虫，甚至毒蛇猛兽。"采薇"听着美好，可是采薇的伯夷、叔齐最后是饿死的。

曾经在一个春雨绵绵的日子，坐在窗口看雨，润物细无声，垂下帘栊，双燕归来细雨中，一系列诗句在内心激荡，顿觉沟通天地，境界全出。可是心如瀑流，无有止歇，不自觉又跳到了少年时代，春雨中的南方乡村，景物美则美矣，可是要出门上学啊，四周满是泥泞，鞋底不停沾满厚厚的黄泥巴，越走脚下越沉。想找个台阶蹭蹭，又无处可寻，只好就这么一直腻歪着。念及此处，诗意全无。

三

有人感慨，今日隐居者不复古人之高远。倒不见得。近年在报刊上不时读到对隐居者的报道，更有人写成专著，不难发现，今人隐居的缘起，多半出于修道、修身养性，或者就是简单地求一方好水土，一腔好空气。而古人的隐居，至少从留传下来的典故看，和今人平常心的选择不尽相同，有些为了避仕，有些为了抗争，更有一些，是拿姿态。

曾有学者将古代隐士分门别类：完全归隐的，仕后而隐的，半仕半隐的，忽仕忽隐的，名隐实仕的，以隐求仕的，等等。以隐求仕就是拿姿态，例如袁世凯，有张著名的照片，孤舟蓑笠翁，独钓寒江雪，摆足了隐居模样，其实是在安阳自家大宅，画外尚有姬妾九人，卫队两营，时刻批阅四面八方发来的电报，等待东山再起。网上曾有神人以段子形式总结这一类人，说为什么汉唐之际终南山多隐士呢？因为离都城长安近，皇帝一招呼，麻利儿就到任了。

损是损点儿，不过这份损也有典故。就在吴均写《与顾章书》前后不久，同是南北朝时期的绍兴人孔稚珪，写了文学史上广为流传的一篇骈文《北山移文》，借山灵之口吻，极尽讥讽之能事，嘲弄了那些假隐居者。说他们初来山里，许由、巢父这些隐者的老祖宗都不放在眼里，视王侯尊荣如粪土，谈佛论道，雅极了，隐极了。有朝一日，皇帝派来征召的使者敲锣打鼓进了山，立即"形驰魄散，志变神动……焚芰制而裂荷衣，抗尘容而走俗状"，隐居时穿的芰荷做成的衣服竟然撕了烧了，俗汉嘴脸现了原形。

《北山移文》在后世反响不断。《管锥编》里引用过一正一反两个例证。反对者是宋朝的王安石，他写过一首诗《松间》："偶向松间觅旧题，野人休诵北山移，丈夫出处非无意，猿鹤从来不自知。"这是在为隐士出山解嘲，《北山移文》以山灵口吻，描写山水猿鹤在隐者离去之后的空落，王安石说，出山总是有道理的，猿鹤又从何知道呢。

也有号称"反"《北山移文》之嘲，实则"续"写的，例子是宋朝末年潘音的四首诗，借对《北山移文》之"反"，讥讽大宋朝遗臣在元朝做了官。

四

一个悖论：李白说"饮者留其名"，可是从古到今，很多隐者留了名。既然隐居，为何退隐以后的事迹还流布坊间？伯夷、叔齐在首阳山采薇而食，最终饿死了，还是没隐住，被人说出来。

刬除那些"以隐求仕"之类假隐之人，可能还有两种情况。一种是所谓的大隐隐于市，这不奇怪，最受孔子赞赏的颜回，一箪食，一瓢饮，在陋巷，不改其乐，这是隐于市，自然都在别人眼皮子底下。这样的人现世也不缺，我身边就有一位，住在普通居民楼内，照常下楼买菜锻炼，每天炊烟升起，但是完全过着隐者的生活。也有一二挚友探入其蜗居，领略过那只有一床一桌一椅几册经书的隐居世界。

另一种情况是，看似隐，其实非隐，只是观察角度的问题，是你错觉别人退隐了。我有过这样的经历，十几年密集相交的好友，突然就从生活中消失了，跟共同的朋友打探消息，都说隐居了。后来的事实证明，人家一切照常，仍在万丈红尘，一箪食，一瓢饮，不改其乐。

由此我曾反省，年轻时不太理解，原本密切来往的亲朋好友怎么就会突然消失、断了消息，总觉得其中必有不可告人的隐情。如今渐渐明白，人的一生，种种缘分看似神秘，其实再平常不过，一切自然而然地发生，四五十岁才摸索到人生正道的大有人在。所谓突然消失，所谓隐居，不过是发现脚下正走着的路，虽然现成方便，轻车熟路，但会越走越窄；而另一条康庄大道已被发现，当然自去开拓进取了。走新路，自然就有新旅伴，自然冷落了旧同行。

说回"隐者留其名"的悖论，古往今来，真正的隐者，是那些没有留下片言只语、早已烟消云散之人，更是那些身在陋巷、心灵隐居之人。所谓"栖连岗，泛长流，霞友云朋"，如果只停留在身体层面，就是个旅游爱好者，只有在内心真正做到"莫逐有缘，勿住空忍，一种平怀，泯然自尽"，才无论身在何处，都是隐居。

清明·墓园

清明去墓园。

繁忙的当代人，至少留了这一天，面对逝者和死亡。

夜里就开始下雨，为了躲避这个江南小城的扫墓大军，我们凌晨出发。按钟点儿天该亮了，可是雨一直下，天被潮气压伏着，亮不动似的在挣扎。路灯还没熄，还像在夜里。夜如何其？夜未央。

今年清明特殊，不像往常祭扫自家长辈，而是远行千里，送一个新逝的朋友回故里安葬。他早年聪慧，是这座城市的高考状元，在北京读完大学，就留在了北京。正值生活事业都好的壮年，查出骨癌，截了一条腿，拄了拐，必是经了外人难想的煎熬，好不容易面容又有了光，一复查，癌细胞又转到另一腿，也要截。他不愿再拖累家人，一个黑漆漆的凌晨，写了遗书安排后事，然后跳了楼，在异乡北京。

就在那个黑漆漆的凌晨，再稍早那么三四个小时，一场万众瞩目的球赛曲终人散，我们几个随着散场人群，溜溜达达来到一座楼前，坐在门口台阶上抽烟，聊着刚刚的球赛，以及海阔天空。兴尽而散，我们互道再见，绝没有一个人想到，三四个小时后，我们共同的这位朋友，就从这台阶上方某一层楼俯冲坠地，落英于此阶前。

从此不去那楼。都不去了。

到墓园雨更大了，偌大园子空旷无人。家属还没到，我们车停在园门口，一车四人无话，默默看雨。一把灰伞慢慢移过来，伞下一双雨靴，裤腿多处被雨打湿。灰伞在左后车窗外停住，伞下一个保养很好的老年女人。

"来送行的？"

"我们从北京来。"

她说谢谢的时候神色有些慌张，四处张望。

"我是他小姨，来看他妈妈的，他妈妈也在这个墓园。"

她更像是急着要解释什么，可我们不明白为什么要解释，跟我们，以及为什么神色慌张。

"他们就到了啊，我先走，我回家了，再见。"

看我们满脸疑惑，她站住补充："我们小地方规矩多，白发人不送黑发人的，我不能在的，我在他们都要跪着给我磕头的，这么大的雨……唉，没有哪年清明不下雨的……"从解释渐变为自我絮叨，走远了。

队伍来了，果然没有白发，基本是我们的同龄人。开始吹吹打打，阵仗不小，各式各样的伞，逶迤拾级而上，到了沿山而建的墓园最高处。天不知什么时候亮了，雨也停了。突然停的，在准备开掘墓穴那一瞬。

我们几个夹杂在长长的队伍中，缓缓上前，鞠躬，将事先准备好的一捧白菊花搁在墓穴前。

"雨停了，为你停的。回家了啊，我们来送送你。"

正此时，不远山道上一人飞奔而来，头发蓬乱邋遢，穿军绿上衣，领口裂着，因为掉了两粒纽扣。裤腿半卷，脚蹬一双解放鞋。他几乎是把邻近多人的墓碑当作了梅花桩，如武林中人歪歪扭扭踩踏过来，站在我们队伍边上，立马扯开亮嗓，出口成章，大段背诵白事仪式的常用语，声音高亢，响彻墓园。

说的方言，我们听不太懂，间或几句听清的是，各位大老板、大太太，我也挺辛苦的，你们如何如何。

这是生者的故事了。逝者已逝，看不到听不到这些了。

雨又大起来，我们重新撑伞，下山，出墓园，一年之中留给逝者、死亡的时间，就是这样了。可是，真的只有这些么？大概不是，只是暂别。

谷雨·落伍

在网上目睹一两件怪事，看得心里五味杂陈。检讨这份心情，事情本身味道怪，这只是一方面，更多的不舒服是，理解起来不那么顺当了，比原来费劲了，慢了半至一拍。

最近这种"慢"的冲击比较集中。

前不久去上海参加个活动，有记者来采访，提问中一些词语、一些说法，我都听不太懂，打断了两次请他先做名词解释。他提到的是几个人名，听那口气是常识，不说是但丁、莎士比亚吧，至少也是鲁郭茅、巴老曹，可我完全没听说过。记者一脸同情地说：这个谁谁谁，就相当于，呃，相当于您那知识体系里的王小波；那个谁谁谁，就相当于，呃，托尔斯泰好了。

他说的是漫画"体系"里的几个名字。我跟他老实承认，漫画我就看过"阿童木"，哎，好像还是电视里？那就还有《猫和老鼠》《鼹鼠的故事》《米老鼠和唐老鸭》。记者乐了，说先上个厕所。听着卫生间传来的夸张的撒尿声，我很羞愧，人家了解我的"体系"，但我对人家的"体系"一无所知。

另一件事：前不久读了本书挺高兴，写了篇书评投给一家报社。编辑看完说挺好，准备刊发。过了几天我在网上看到出报了，仔细一看，两千多字的原文被删成三百字。这辈子从没遇到过的情况，当时就蒙了，是那种自己做砸了什么事还蒙在鼓里的蒙。

稳定了情绪，确认自己没做错什么，联系报社编辑。对方先为没有事先打招呼而抱歉，然后说，全文还是要发的，在微信公众号上，稿费也会按全文发。我又听蒙了，这叫什么事儿啊！好模样儿的两千多字，肢解成那样，为什么还要刊出呢？

又稳定情绪仔细想。所幸这次虽然慢半至一拍，但自个儿就琢磨明白了。现在报纸谁还看啊，发在公众号上，阅读量大概比刊发在报纸上的阅读量要大，编辑实际是为我好。

经历了这样两件事，我想了很多。过程不细说了，说结论：第一，往后尽量少参加活动。第二，能忍就忍，尽量别写文章了。第三是跟着第二来的，实在忍不住还写，写完贴自己的朋友圈，自个儿图一乐儿得了。

立夏·暴雨

在玉渊潭湖边小院喝茶，六点多，天空突然乌黑，憋了多日的雨终于要下了。瞧架势小不了，赶紧走。结果还是没能逃过。

常用的形容，之所以被常用，因其用词精准。比如瓢泼，比如倾盆，比如天漏了。我憋在封闭的车厢，窗外世界全糊了，能见度不足五米。

雨刷器开到最大，远赶不上雨砸下来的速度。刷动频率过快，整个车体有点像癫痫症发病，抽抽的幅度虽不大，但程度剧烈。偶尔从立交桥底穿过，几秒钟无雨，这份震动显得很荒诞。而此时再看窗外，空中飘过一阵阵白烟，眼中一切，虚幻不实，是体会梦幻泡影的好机会。

交通台在实况广播，提醒在路上的司机，一定注意道路积水的深度，如无把握，择地停车等候。确实危险，一路所见，多处市政设施未能经住这场严峻考验，十几处地域下水不畅，若干条大马路成了河，道路中间积水超过一尺。真有不少大意涉险的车，排气孔被水倒灌，撂在路当间熄了火，再也打不着了。

看到越来越多车陷落，我也越来越紧张。这份紧张的升起有一个循环过程，起先是被泼下的雨砸蒙了，瞬时紧张到顶点。之后随着不断前行，又一点一点地往前探出了一些松动空间。随即那些车辆被陷惨状，又一点点把这些松动的空间填满了。最终我被紧张击败，找了一小片高地停车。

雨基本停了，下车侦察。所在道路的主干道，大概下水道罢工，积水迟迟不下。道路两边商铺里全都空了，店员全都站在路上看西洋景儿。附近居民也都走到街边看热闹。不少急于赶路的人，沿着积水较浅的人行道一侧，蹦蹦跳跳，躲闪腾挪。有人双脚缠着塑料袋，是怕皮鞋蹚水，但是走着走着，解开塑料袋一看，皮鞋早湿透透。

一间小饭馆门口，一对外国母女兴奋地与这街景合影。她们身边，一位四五十岁的老哥跟旁边人抱怨："怎都没西瓜漂过来啊，小时候儿要下成这样，那些西瓜摊儿的瓜呀，满世界漂的啊……"此时外国母女一脸灿烂地问我：北京经常会这样么？我一指那位老哥，答非所问地告诉她们：他说了，一会儿就有西瓜漂过来。

小满·收藏

打小儿喜欢攒东西，到现在毛病不改。时下物品讲求包装，人送抄经小楷笔一支，配个柚木盒，精美啊，存书架上了。买副日本扑克牌，大漆盒子，牌早玩坏了，盒子稳稳还在。

最早什么时候开始攒东西的呢？至少是学龄前。父母罹祸被贬黜，从北京到了苏北县城，落户五金公司仓库区。家里阴云常笼罩，我躲，远处不敢去，只能在空荡荡院子里，骑着运货的三轮车，捡零星散落的废铜烂铁，找一旮旯儿攒着，想象有一天，它们能派上大用，比如，造飞机？那年代过来的人，对这份空想浪漫主义不陌生。

持续较久的收藏也有几样，邮票，书画，信札，茶具，印石。比较特殊的是筷架子，这个极少听到有人提起，说说吧。

十几年前一场友人聚餐，好友之一取下纸质筷套，命在座者签名留念。张三李四王二麻子逐一签完，友人最后署上自己大名，并签日期地点，揣兜儿里了。我默想片刻，问他：收多久了？答曰：一两年。眼前浮现了画面，若干年后，年迈的这位友人在夕阳下摇椅上，条分缕析每个筷套，以老朋友们的签名，勾连出往昔时光，彭斯名诗《友谊天长地久》里那种的，下酒。这创意着实不赖啊。

一时一地的感叹，过后便忘。不久后某一天，在一家日餐厅小酌，陈设雅到几近庸俗的餐桌上，摆着两枚石子儿，大黑底，一两条白似玉的自然质地嵌线，当筷架用的。漂亮的呀，当时动了心：要不我收收这东西吧。

从此穿街过市，勤扑各种饭局。小餐馆也去，不抱指望就是。雅致点的餐厅，半成以上配有筷架子。因为冲着收藏而来，起点高，一开始就眼里不揉沙子，形状质地均烂的那些碰也不碰。好看的也真不少，木头的，琉璃的，粗陶的，石头的，黄铜的……真一动了心，好似推开一扇神秘门，无限风光。好多事就这样，不留心，看不见。

纳入囊中的方式，都正大光明。大多数餐厅对馈赠一只筷架子，一般不悭吝。偶有主人面露难色，讲明原委求购，多数也会同意。第一只入手的那块小石头，就花了半百人民币。真碰上些倔得没商量的，也只好作罢，一得一失，毕竟这年纪，稍细想想没过不去的。有意思的是，竟有几次失之东隅，得之桑榆，乐得哈哈的。

每种筷架子只收一只，不求成双成对，更不求成组成套，只求单品够别致。确实有一些成套的筷架子，比如一套软木京剧脸谱，五只，生旦净末丑嘛，其中净角儿画得太丑，舍净只取生末旦丑。

筷架子这么个小东西，不值钱，难生贪心。偶尔也有，不大，随便自劝两句就如对浮云。至少到目前为止，还没听说过任何人有此同好，所以也无竞争，自得其乐，隐秘得像是灯下黑。

电影《一代宗师》里有台词说，人活于世，有的活成了面子，有的活成了里子。大概收到一百多种的时候，收藏来源出问题，跑饭馆再密，也难碰到不重样的。可是距离第一只收藏，转眼过去三四年，一百多只实物的积累是面子，里子多少也缝起来点儿了——亲朋好友得知我这癖好了，出差度假，域内域外，都帮我留心。杭州、厦门、北海道、京都、纽约唐人街，龙泉青瓷、有田烧、膳所烧……满世界多少地方的多少店铺多少作坊啊，都闪现过搜罗筷架子者的身影，如果您碰到，尽情跟他们打招呼吧，大概都和我有点关系。

肯定是有华人聚居之地，更容易找到。收藏中最大批量域外筷架子，来自新加坡。一个好朋友在岛上读了几年书，每年回来大包套小包，小包套小袋，我捧着回家，必狠狠丧几天志。

非华人区也不是没有，得碰。曾在米兰一家餐厅，看到水晶质地的类筷架物，问店里，说差不多的功用，搁刀叉的，重金购下。有年去突尼斯，坑坑洼洼颠簸几十里，到了有"突尼斯的景德镇"之称的乡村，村子穷得像原始部落，可是刚进第一家作坊，赫然几只刚烧好的筷架子，说是巴黎某家中餐馆定制的。一时恍惚得今夕何夕，于是几只色彩艳丽的瓷质筷架子，跟我远涉撒哈拉沙漠边缘，纵穿地中海，飞越勃朗峰，见识巴黎暴雪，再横穿蒙古冰原，终于来到北京，和它们大几百个兄弟姊妹欢聚。

近两年越来越难有新品藏入，不重样儿的大多不够精美，精美的大多重样儿了。与此同时，家里东西越攒越多，原来专供陈设筷架子的展示柜，改放越攒越多的茶具了。筷架子一一包裹，统一收在十几个盒子里，束之高阁。

前年去成都安仁，好多民国时期老别墅被一一修复，形成博物馆主题小镇。一个好友在管理，我们商量，拿出其中最小一所别墅，做成筷架子博物馆。回京开始整理藏品，想着要如何将这些宝贝背后的故事讲给人听。可惜计划赶不上变化，友人工作变化离开安仁镇。换了生人，我也打消了这念头。

筷架子的故事还有很多，如果深入研究，里边甚至有些正经课题可做，但我懒散惯了，只顾一味地攒，只顾欣赏它们，回味它们背后的一段段你知我知、天知地知的情意，这样的故事，还是多留点给自己下酒吧。但这完全不妨碍某一天，你会收到我的邀请，说有个小展览，某地，某时，来随便瞧瞧，顺便一起聊聊。

芒种 · 饮茶

一早天就阴阴的，屋里很静，读了会儿书，风声起了。打开纱窗探出身子朝外看，河岸密植的杨树之颠，已呈波涛汹涌状。还没看够呢，硕大的雨点砸下来。

逐屋关窗，邪风骤雨拦截在外。煮水，茶篚拣茶。水沸时，茶也拣定了，巴达山古树普洱，大约九五年前后入手，前两天从堆放杂乱的存茶中拣出。

预检茶饼，选料似不够精，制作也嫌大意，好在茶饼洁净，条索大多粗壮。

开汤。年份够久，该沉的沉下了，该稳的稳住了，入口平实无惊喜。一口下肚，兀愣愣坐片刻，后力绵绵而至。三泡过后，一身轻安，脑海浮现刚读过的那页书。

那页书上，村上春树和小泽征尔聊音乐，说起有个词 direction，方向性，也就是音乐的方向性。小泽说他老师卡拉扬的 direction 非常明确，有时为了将这个放在第一位，不惜牺牲合奏的细节。

村上追问：甚至不惜牺牲合奏的细节？小泽说：意思就是即便细节不大协调，也不必在意。最长最粗的那条线比什么都重要，这就是方向性。direction 这个词虽然是方向的意思，但在音乐领域还多了"联系"的因素。既有细的 direction，也有长的 direction。

想归想，手下茶没停。这一碗出茶时走神了。选料之精、制作之细，相对茶树地区、树龄、海拔、环境而言，要算小泽讲的 direction 了吧？不是，这还是细节。

听长者讲过个故事，偶然去到浙江一个小村子，遇一农村老妪。老妪说天寒喝碗茶吧，就拿一只大碗，各种颜色散散的茶往里丢。开水一冲，一股菜油味儿，炒茶用的必然就是炒菜的锅子，泡茶用的就是吃饭的碗。长者说，味道粗粗的，很开放，很有活力。这个，接近 direction 了。

一念及此，茶汤已至最后的滴滴答答。手悬半空，目光盯着每一滴茶汁在匀杯中溅出小小的浪花。而窗外此时，骤雨初歇，也正滴答个十方世界。

夏至·拍电影

夜里十一点了，一整条胡同还活色生香。五道营，青年人钟情的地界。

鳞次栉比的个性小店都没打烊，咖啡馆、小酒吧正在高潮，倒是餐厅的生意已近尾声，门口时有道别场景。服务生带着倦容，拾掇门口等位用的塑料椅子，一个套一个，磕磕碰碰搬回店。

每家店的灯光都独树一帜，放眼概览，就目眩神迷。灯影纷纷透出小店，把胡同染成各种过渡色的大集合，如果半空俯瞰，茫茫城市夜色里，这一团会很惹眼。

一团过渡色里，有情侣手挽手闲庭信步，目光却不在一个焦点，东张西望。喝至酣处的青年，骑单车画着龙扭过。人类的脚面是猫的世界，瞅准了无人的空当，飞蹿而过，不知是张家还是李家的，个别夑着毛，可能是野猫。

我在一家小吃店廊下枯坐，面前方寸石桌上，一杯啤酒，一盒烟，一个烟灰缸。身边一些灯架、录音杆、监视器在紧张地工作。北京版《深夜食堂》小电影就要开机了，我是被导演选中的食客角色，等他们调理好店内场景，将粉墨登场。

拍电影好玩么？只要你能忍受干耗着。十二点多，现场的光终于布好，扒着窗户向内看，光线层次丰富，幽幽的，又暖暖的，一派夜深人静促膝相谈的好气氛。导演喊，演员请进场吧。

此时胡同突然静了许多，尘埃虽未落定，也已进入睡眠模式，气息越喘越匀，虽然偶尔还翻个身儿，已是偃旗息鼓、鸣金收兵的架势。不过这种气息也不一定是真实的，毕竟枯坐那么久，心静还是境静，不那么容易择得开了。何况交子时刻，魔幻易出。

进入小吃店现场之前，浑身肌肉有意一紧，揉眼定睛观瞧这胡同。不错，确实很多小店打烊了，雾沼沼一团灯影已碎。

拍摄顺利，三点多又坐回户外廊下，等待他们拾掇完机器一起撤离。夏夜微风吹过，凉似水，在早已一片空寂的胡同流淌。这才发现，夜里的猫真多啊，端坐在路边雕塑一般深思的，长相俊美；即便全无人扰也惊惶穿梭的，癫头癫脸；试探着前爪伸向一汪积水，继而谨慎饮用的，体态羸弱。

正看猫，兀地觉得哪里有点异样，目光本能四下搜寻。小吃店旁，一家二层楼小旅店，二楼某间阳台上，一个女人长发繁密，倚栏而立，赤膊，抽烟，双目望向夜空。

小暑·报志愿

学者王富仁去世。当年他在北师大教书，我正逢在校就读，彼此有过些往来，所以听闻噩耗有点出神，一些少年往事被忆起。

回忆总是七零八落，缺少逻辑，这一突如其来的回忆，脑海里首先浮现的画面，竟然是高考报志愿。

高中毕业班教室，上午第二节课尾声，一群少年神情凝重，在高考志愿单上郑重写下心愿。我怎么填的呢？一类院校第一行：北京师范大学中文系。第二行：北京大学中文系。二类院校第一行：杭州大学中文系。就这三行，没别的了。

填完下课去操场做广播体操，正无精打采伸胳膊踹腿，班主任晃到我面前。他有一双金鱼眼，头顶已秃，四周一圈黑发尚存，当时的民间语文曾将这种发型称为"地方包围中央"，挺形象也挺损。他身体的重心完全落在左腿，胯骨自然拱向一侧，右腿不停抖着，乜斜着我说："要说你这人还真逗，居然还报了两个一类院校。"

我在高中时成绩很差，虽然从未垫底，但也极少跳脱末位三名黑榜。在班主任看来，我能好歹有个学上足以弹冠相庆，一类院校？怎么想的？！

要知道，这是时隔三十二年之后，我能如此平静地描绘这个情景，当时可是气坏了，我觉得班主任阴阳怪气，我觉得自尊心受到伤害，我觉得他不配当个老师，总之很多个"我觉得"涌上头。当天下午我到存车棚，鬼鬼祟祟踅摸到班主任的自行车，把车座卸了扔到女厕所。

第二天，几个同学嘲笑我报志愿，不过他们嘲笑点不在我报了一类院校，而是置北京师范大学于北京大学之前，这显然有悖常识。显然，班主任传播了我的志愿表信息，我更气了。又想到就在报志愿前几天，一天下午正在操场打球，团支部书记喊我回班里开会，是最后一批突击入团同学的宣誓会。我莫名其妙坐下，静观程序逐一行进。主持人突然说：下边请群众代表发言。说完几秒钟未见人起立，我正好奇地四下打量，班主任指着我开腔了：这位群众，您就别扭扭捏捏的啦，全班除了你，还有谁不是团员啊？

后来我运气好，考上了北师大。录取通知书还在路上，我已收到喜讯，传播这个喜讯的正是王富仁老师，他和我家长有些私交，所以预先通报了。

再后来的人生岁月里，其实多次想到这个高中班主任。开始想到他，经常还是各种"我觉得"，再后来慢慢有了些变化，不再是这些负面的场景，替而代之的，是一些日常场景日常事，比如他骑车的时候有点驼背，比如他的笑容从没灿烂过，比如高考结束后第二天，他带着我们一群瘦成豆芽儿的少年，去北海公园划船，我们忘乎所以开怀嬉戏时，他一边扶着船帮子紧张地告诫我们动作别太大，小心船翻，一边笑声不断，仍然是苦笑。

也还是有"我觉得"的，我仍然觉得他不是个好老师，更不是个好班主任，但他就是千千万万身边随时出现的正常人。绝大多数正常人都这样稀里糊涂地活着，像我一样有着各种各样"我觉得"，自己受了伤害特别敏感，伤害了别人常不自知，一生灿烂的笑容不多。

大暑·欲雨

闪电是这么刺亮夜空的——枝枝丫丫，胡乱伸展，无序野蛮。天地相应，大地如此情景，是旱透而皲裂；在天空，是欲降甘霖。

远处滚来隐隐雷声，越来越近又半途偃息，不知所终。搬了个小板凳坐窗下，看天，等雨。

夜空再一次被刺亮，对面的板楼泛起灰蓝色，不似平常夜的黑黢黢，倒有阴霾天的妖气。几溜楼道的声控灯零星惊亮，不凝神细品，看不出由上而下的次序。也可能并没有，只是灯泡质量参差不齐，更是心里映射的预设。

板楼的巨幅平面上，歪七扭八吊着几户灯，是熬夜加班人的伴儿。我看雨可是关着灯，图个更幽更寂。

三闪雷至。先是光炸开，随后声炸开，就在头顶。哗！间距相等的几溜楼道灯刷地全亮。原本一盘散沙的作息灯，倒变成整齐队伍里的尖兵，有了仗靠，愈显灵动。可惜闪雷来势汹涌，霎时激情消退，高潮一过，整齐的楼道灯意兴阑珊，鱼贯而退，熬夜之灯又没落成游击队。

闪电雷声都自有节奏，耐心蕴积，一浪强过一浪耐心蓄势，直至响亮一回峰顶，之后潜回谷底，从头再来，周而复始。

雨未至。

远方有工地的声音，嗡嗡轰轰。多紧急的工程呢？天气顽劣至此都不停？再听听，还是雷声么？远远的，有点二乎。

说是修习形意拳，要诀之一有"虎豹雷音"，徒弟乍以为要练啸练吼呢，师父却抱来只猫，教听猫体内的"嗯"声，体会抱猫手上的轻微震动。师父说了，雷音不是雷响的霹雳一声，而是空中隐隐雷音，似有似无，却又深沉。此刻正是，惭愧，城市里居住久了，能误听成工地声音，博大精深的形意，沦为街头混混王八拳。

好吧，形与意，闪电是形，板楼是形，灯亮是形，楼下树冠万叶翻滚是形；风无形，是意，雷无形，也是意，伸手出窗外，潮气在指尖无形迸溅，是漫天地间的雨意。还有更大的意，在心间，回忆更是意。

曾有几乎同样的夏夜，沙漠扎营，夜不能寐，出帐篷抽烟，无星无月，无边无际的寂静，全无参照物的黑暗。可这是暂时的，心下一稳，有烟头明火后退的声音，有细若游丝的风声，有黄沙潜行，有潮气积聚……突然就有雷声，像在十万八千里外，又从未有过的一清二楚，立体动听。那一夜沙漠下雨了。

而这一夜，始终欲雨未下。

立秋·气息

立秋这天，北京的溽热好像突然退兵三十里，就算还在不远处虎视眈眈，也明知会随时反扑，毕竟天高了，风爽了，太阳地里再烤再灼，一进阴凉地儿，小风在衣服和身体间游蹿，瞬间嗅到凉风的气息。

如此触动了记忆，还在少年，也是这样的情境里，写过一句诗：一段记忆在你周围，幻想／是秋后斜阳落山。

这是忆中忆了，记忆中的我，在写记忆。所写的那段记忆，又是更幽深处一段内心影像。这是个深不见底的螺旋，只从立秋日的凉风气息，能回到累世以前似的。

记忆总是突然启动，启动点无非眼耳鼻舌身意，用心稍细者，不难觉察到具体由哪一点触发的。假如有过一些心行观察训练，或许还可以再将这一点向前追溯，记忆还在氤氲积聚，连碎片都未及形成时，即已省察。

眼耳鼻舌身意，不同启动点的力度，在不同人那里不尽相同么？我自己的体会是，嗅觉来势弱，不争不抢，甘当陪衬，却悠久绵长。

一入秋，菊花竞相开放的情景不远了。菊花与秋天的记忆，是通过嗅觉在心里呈现的。很多年前的秋天去成都，某天兴之所至，从一扇能见到主席像的大门口出发，江汉路向东不远，右拐入千祥街，行至青龙巷，到底左拐，上青龙街。街上有个中学校，进校园，一操场的学生在上体育课，奔跑嬉闹，围墙边一排矮树。这时电话响了，我对电话那头的人说，正在你当年读书的校园啊。她说那排矮树有一棵还是她当年"豖"的。我说"种"发第四声。她说成都人发不好这个音。

就在那天穿越青龙巷时，小巷两侧，三五成群的居民，竹藤椅围着矮木桌，麻将哗哗的。瓷盖碗，玻璃杯，搪瓷缸子，三花茶，漂浮茶面的茉莉花朵。这些是视觉的记忆。

嗅觉呢？总有隐隐的花香，伴奏各种目力所及物。因为是伴奏，其实当时并未留意，时隔多年再嗅到那股气息，浩如烟海的记忆总会准确地翻到成都这一天，这一页。而竹藤椅、麻将牌、三花茶，没有如此精准力道。

一直想那就是菊花香，因为后来曾经邂逅那气息，在一盆菊花旁。当时一猛子扎入记忆，在里边翻翻找找，当年青龙巷那些低矮的老房子，窗台上、户门旁，三三两两的菊花的影像开始浮现。可如今要写成文字，又犹疑了，我对花草无知，各种花香在我这儿就是一团糨糊，当年窗台上、户门旁的那些坛坛罐罐里，真的是菊花么？

微信问现在的成都友人，刚进 11 月的时候成都有菊花吧？菊花香气浓么？我恐怕是幻觉吧？友人证实，有菊花，有香气，不是幻觉。

有了这回答，并没有记忆坐实的踏实，反而连现世这一问一
答，也一并觉得是水中月、镜中花了。

处暑·金毛

傍晚时分，社区小广场是孩子们的天下。大点的孩子奔跑跳
跃，轮滑踢足球；小不点儿们在大人逗弄下牙牙学语，或是由
家长搀扶着蹒跚学步；更小些的娃娃们笑眯眯地坐在婴儿车里，
东张西望，享受春光。

不光这些，其实还有另一些"孩子"——那些憋在屋里闷了一
天的小狗。在外奔忙了一天的"家长们"一到家，它们就猴急
地上蹿下跳，焦急的眼神里，是一纸诚挚的申请书，几个大字
直抒胸臆：出去玩玩嘛！

小狗可以和孩子们一样，不必偷偷摸摸当黑户、大摇大摆在
社区广场这样的公共场合亮相，也只是这几年的事。早十来
年，北京出台针对养犬的法规，主旨归结为一句话，就是严格
限制。手段五花八门，比如光是养犬人首付的管理费，就高达

五千元。

这种情况后来得以改善，2003 年北京市修改了旧有法规，删除严格限制一类霸道字眼。还记得当时有关政府机构解读新法规有句话叫，新规定的一个重大变化，是把"政府管狗的权力"下放给了基层群众自治组织。

每当看到那些小狗自由自在地玩耍时，都会想起"金毛"。两年多前，和几个朋友去 L 家串门，头一次见到它。是那种大狗，特别神气好看。按 L 的话说，特有狗样儿，原来小人儿书里画的狗就这样儿。

金毛特别活泼，不认生，逮谁扑谁。初次见我，蹿到跟前儿，站起来，一副要面对面交流的架势。L 说，它才四个多月大，相当于人的六七岁。确实像个小孩儿，那种好性格的外国小男孩，满眼的好奇，见什么都新鲜，上去拱拱。

它不太听话的时候，L 罚它去卫生间待着。上前拽它的时候，金毛心里全明白，全身绷紧赖在原地，表示自己想和大家一起玩。可是家长决定已下，不容更改，小金毛最后是像墩布一样被拖进去的。

那天聚会散场时，金毛站在门口，一副不舍得大家走的样子。

L说，它的眼神很像在跟大家说：再来玩啊，来玩啊！有了L的引导，再看金毛，L的话真的好似在给金毛配音。

大家都喜欢金毛，再聚会时都叮嘱L一定要带上它。一来二去金毛和大家玩得熟络得不得了。有次在一人家打麻将，金毛头一次到这家串门儿，异常兴奋，满屋乱踅摸，像得了多动症。高兴得牙痒痒吧，居然情急之下，把朋友家的楼梯咬得漆色全掉，露出了白木碴儿。

被家长暴训一顿，金毛马上乖乖听话，让干吗干吗。最喜欢吃的苹果伸到嘴面前，都不带上前咬的，得等家长一声令下，才张嘴。

金毛的活泼可爱很有感染力，我们一班人中，有一位因为曾遭狗咬，落下病根儿，特别怕狗，可是和金毛熟悉了片刻工夫，居然在牌桌边上和金毛嬉戏上了。

到底是"小孩"，疯玩一会儿就睡了，熟睡中偶尔会抬一下屁股，紧接着满屋一阵恶臭。金毛放屁实在太臭了。

金毛一岁半时，L因工作太忙顾不过来，把它送给了别人。从那以后，再也没见过它了。

白露·写信

笔迹分析是一门学科，据说有系统的理论，还有左翼右翼之分，左翼侧重心理分析，右翼侧重生理分析。

信笔涂鸦可能是笔迹分析的最好样本，其次要数信件，尤其是熟人之间随意书写的私人信件。比如王羲之的《奉橘帖》，"奉橘三百枚。霜未降，未可多得"，性之所至，信笔写来，到了笔迹分析家手里，可能就把王大人性格、抱负、才气，乃至写信时身体各部分机能，分析个底儿掉。

可惜现在信件不好找了，屏时代，罕见白纸黑字的笔迹了。由此想到，当年庞中华钢笔字帖是天大的畅销书，一本接一本换着不同出版社倾销。人人都想写一手漂亮字，兴许还有墙报要出，蜡版要刻，更常用处在于，总有信要写，一手好字，能换回多大的心理满足感啊。但是，硬笔书法这些年彻底沉寂了，因为大多数人不再用笔写字，硬笔书法沦落到只有设计个龙飞凤舞不知所云的签名，便草草了事。

说到写信，作家刘心武出了本书《人生有信》，这本书的创作缘起，是他有一箱书信失而复得，引发他从写信的角度追忆了自己近三十年的人生。我读此书，想到自己也有许多书信收藏。当初将这些信按年份打包封存时，只是觉得这些书信往来当中有自己的点滴心血，有来信者的深情厚意，信上每个字，都是一份有意味的记忆。完全没想到世界变化如此之快，不过几年工夫，一个字符 @ 承担了所有书信来往的重任。再过不了几年，书札、尺牍这一文体恐怕就像今日中学课堂讲《出师表》《陈情表》一样，光讲清"表"这一文体，就够讲一节课的。

我的私人信件收藏，一部分来自同窗好友。同学少年一场，一朝告别校园，散落大江南北，最初几年，因为人生开始新篇章，感想奇多，新的生活环境又都还没习惯，新的人际交往又都还没建立，所以同学之间特别爱写信。

另一部分收藏，是做编辑时与作者之间的信件往来。有就事论事谈书稿的，有片言只语纯事务性的，还有由作者发展为朋友，畅谈人生谈理想的。时过境迁，如今重新检视这些信件，发现其中一些不乏文学史意义上的价值。

比如有一封钱锺书的来信，虽然只短短两三百字，却已说尽他对旧作的态度，如果进行作家作品研究，这封信是一条珍贵的论据。

那是九十年代刚开始，电视剧《围城》还没播放，钱锺书大名还不像后来那样妇孺皆知。我当时帮一位台湾学者编一本现代文学资料辑，在图书馆翻阅了大量1949年前的报纸副刊，从中翻检出一两篇疑为钱锺书用笔名发表、从未结集过的佚作。后来又有个专门从事现代文学研究的朋友，说她手头更多这样的文章，于是我们想编一本钱锺书佚文集。

我当时刚到出版社工作不到一年，小编辑胆子大，打听到钱先生的通信地址，将那些文章逐篇复印，附了封信就寄过去。没过几天，收到他的回信，一页社科院的信笺，钢笔，直接谢绝了我们的"好意"。信上说："我过去写的东西不值得保存。一些热衷发掘'文墓'的同志曾有过和你相同的意图，我都不'首肯'。我在英国的学位论文（英文），香港、新西兰先后在刊物上找到，建议出版，日本学者建议译为日文，我也婉言谢绝或不准许。至于这些东西将来怎样处理，当然'身后是非谁管得'了！"

有意思的细节是，以上引文中，原来写的是"值得保存的很少"，后来删改成"不值得保存"；而"将来怎样处理"原来写的是"我将来怎样办"。

秋分·一人饮

日复一日，一件事接着一件事。度日如年、白驹过隙，都是戏剧化的想象，事实是逝者如斯，一条河，一片海，一汪洋，抽刀容易断水难。细密的日子，乍看早中晚，昨天今天明天，泾渭分明；细细往下体会，切割线都是共建的虚概念，哪有明确的始与终呢，骨肉筋血交融一处，也是不二的。

可是，时间和空间的概念还是深入骨髓。前些天去振宇家喝茶聊天，聊美了，时间成了摆设。醒过神儿来已暮色四合，出门上路。我在车里刷手机，突然听到坐在前排的雨涵说："看啊，月牙儿！"条件反射望向天边，细到不能再细的一弯新月。脑海里涌现的却是一句诗："八月剥枣，十月获稻。"八月开始了。

八月的今天若干事，众多小事当中有一件，友人嘱题机构名称"稻来"。写了五六条，纸上两个字，心里岔出数千言，其中四个字是"十月获稻"。获，刈谷也，收获季节，放眼望去都是金色，也是戏剧化想象，所谓金秋。

大事是布展，雅物匠心艺术展，我也要参展。张光宇的家具，吴大羽的壁毯，张永和的木器，高振宇的陶器……要探讨艺术的日用，日用即道。我的，是一套茶器。

展厅宏阔，我要单取一瓢饮。展厅一角原有花房一间，形制上，像那间著名的"老虎尾巴"，我择此处展茶器。三面玻璃墙，日光无遮。墙外一块三角小园，植有一株枣树。八月剥枣啊，一树的枣，瓜熟蒂落，周边草坪上也散落不少。

等一下，八月的这一天，稻为新月来，还是新月为稻来？枣为新月落，还是新月为枣挂天边？八月剥枣，十月获稻，今夕何夕？八月十月？是一是二呢？更何况，"六月食郁及薁，七月烹葵及菽"，我名中有葵，六月花房也曾有过葵。

岔了岔了，回来说花房，说茶器。要说的是"一人饮"。

茶红，茶席随之红，道道茶席越布越精美，茶好，器美，人贵。茶越喝越贵，器越喝越繁，人越喝越事儿，喝茶变成了喝茶席。既为席，必有客，当初也求佳客，求幽坐，求清供，求无事，可是茶席美啊要共赏，人多起来，茶席变成了参观和社交。

想倡导"一人饮"。尘世越繁，内心越独，要面对这份独。

茶器越多，茶味在器物间撞到四散，要收回这份散。

茶席越布越程式，那些树叶子原本生在山涧溪边，太规矩它们不爽。

壶要小，杯要大，一壶一满杯，不再匀来匀去。

一人饮，饮茶不饮席，饮茶不饮器，饮茶不饮人。

我在旧日花房里一人饮。你若来了想喝茶，也请一人饮。可相对无言，各自发呆。待不住可以四下打量，案上随意搁置的小物件，是我刻的一些壶承，盖置，是友人小舟刻的竹，全斌烧的陶瓷，是我生命里一些时刻的痕迹。墙上有我习字的纸张墨迹，四周有植物四下攀缘，三角形的小园里还有枣树，只一棵，树上有枣，都是与我共一空间的因缘相生。

要来就八月来，八月剥枣，十月获稻，八月一人饮，十月稻就来了。

寒露·听风

起风的时候，正路过河边。两岸各植了两三排柳树，年纪嫩，还没主心骨儿，被风刮得点头哈腰。傍晚时分，夕阳仍炽烈，桥上的水泥护栏、石头墩子，被夕阳的光线一泼，暖暖的，懒懒的。

过桥，再走几步，是间巨大的仓储超市。停车场也是美式的巨大，车场本身就有绿化带，四周一围枫树，中间冬青灌木横平竖直，兼作隔离带。平时熙熙攘攘，人们推着、抱着、挎着、拎着、拖着采购物，在密集的车辆间穿行，也有三三两两埋在后备厢里整理存放，热腾腾的生活气息。风一刮，人间景象变了"松下问童子，言师采药去"的仙境，只有枫树摄摄之声。想起枫树别名"摄摄"，《尔雅》里说，因枫叶遇风则鸣，摄摄作声之故。

同样萧索的，还有超市门前小广场上千百条绳索搭的儿童攀爬架。二十米长，五六米宽，六七米高，绳索中间绑了些木制踏板、软梯，还有几截可容儿童钻过的塑料圆筒。往常架上是一惊一乍的孩子们，裆部系着安全带，教练领着爬得满头汗。架子下面一排木长椅，父亲母亲、爷爷奶奶咧嘴露牙舒眉，要把自家孩子看化在眼里似的。此刻空无一人，风强时，软梯东摇西晃，好似发出声响，谛听细观，又寻不见由来，连带之前的摄摄之声，是视觉带来的幻听么？

没有孩子，没做过父母，平时没资格坐这长椅，借风天无人，竖了竖衣领，踏实坐下听会儿风。

没规律的哨音，说来就来，说走连个准备也不给，难划一条明确的生灭线。等坐住了，心静了，听觉也远了去，竟似越过那一围枫树，又听回河岸那几排幼树，发出的居然是松涛声。

风声里也有人声，这回不是幻听，确实有人。此前只囫囵一瞥，匆匆路过的心行，当然容易遭遇仙境；可是坐住了啊，总会有人的，这是都市啊。

窃笑声，一个姑娘左手左耳在打电话，右手摁住直欲飞去的窄檐儿帽。咳嗽声，两名壮汉各叼根烟，由远及近，烟头火星风中飞散。高跟鞋跑过水泥路面的嗒嗒声，一对新人，男着正装，女着婚纱，裙摆拎在腰间跑，还有扛三脚架的、拎化妆包的随着跑。电动自行车行进的嗞嗞声，送外卖的老哥，一身红色印有公司标志的连帽防寒服，车后座固定了保温箱，飞驰而过。呵斥声，车场入口处，管理员阻拦一辆意欲逆行闯入车辆。金属撞击石头声，车场一角，孤零零一辆超市专用手推车，劲风之中撞击马路牙子，一次紧似一次。

说是听风的，又跳到视觉了。

视听和大脑中枢一通互动，分不清何实何虚。风本身有声音么？要借这些人、这些物来显现。光有这些人、这些物也还不行，要靠我的视听、感觉完成这一次显形。这么说吧，我就是风了。

天擦黑了，风愈寒，声愈静。这个城市的一个停车场，停车场的一张长椅上，我兀坐，告诉自己今日寒露。风声是虚，风后之寒实在，细细密密，一丝一缕往骨缝里钻。

霜降·锻炼

落入时髦四大俗之一，要跑步。第一次是子夜，在媳妇劝说下，穿戴专业下楼。媳妇说，就在小区跑吧，绕一圈也七八百米呢，打算跑几圈？答至少五圈。第二天媳妇写条微博这么说的：开始如离弦之箭让人追不上，半圈之后改走路了。之后再没跑过，改快走了。

快走就快走，至今已几个月，虽然不是天天走。北京的空气你懂的。总里程四百多公里，取得了一些大俗大雅的效果，比如久坐颈椎不疼，肚子坡度也缓了不少。

平均每次五十分钟，时间难熬，因为太枯燥。设计各种办法应对。持咒，观想围绕的花园是坛城，所以和其他跑步者方向相反，右绕。听音乐，先求鼓点合脚，宋冬野的《安河桥》。听得快要吐时，已经不管什么音乐都可以了，贝多芬四重奏每天换一曲……但是，仍然很枯燥。

不枯燥的也有，眼耳鼻舌身意都需调到八卦频率，才能捕捉到。一出一出悲喜剧小品，随时都有剧目上演。

清早，遛狗的姑娘长长一条眵目糊儿挂在眼角。姑娘很胖，狗极瘦。还有正好相反的，姑娘极瘦，狗很胖。

上午，楼上一个邻居老太太，着装鲜美，面容年轻，却拎一只装化肥那种大口袋，绕着小区花园掏垃圾箱，专拣饮料瓶。不是一时兴起，只要上午走，十有八九能看到。

下午，花园边的长椅上，几个六七十岁的老太太正唠嗑儿。甲老太："人家一般老头儿都话不多，你再瞧他！贫劲儿的！"乙老太："还是那红衣服老头儿秀气。"丙老太："你动心了吧！"

傍晚，锻炼的同好最多。一个女壮年甩着胳膊大步流星，走两三圈后点根烟，脚下虽不停，但是改成闲庭信步。信步小半圈烟一抽完，立刻又胳膊甩起大步流星。

夜里故事最多，退隐江湖多年的歌星，盛夏也捂得严严实实，戴毛线帽，和两条大狗追逐跳跃，尽情嬉戏。喷水池边的石凳上，美艳之气穿透夜色的美女举着电话抽泣不已。社会名人一把子年纪，亲自驾驶商务车停在楼下，气喘如牛从车上搬下一盆巨大的绿植，旁边青春美少女娇嗔：别把腰闪了，回家你老

49

婆那儿可交不了差。

夜里偶尔还会遇上惊悚剧。远远只见一对年轻夫妇拿着木棍儿，在草丛里扒拉着什么。妻子突然一声惨叫，跃至三米开外，两手捂嘴，万分惊恐。顺她目光看去，只见丈夫蹲在地上，手头小木棍儿所指之处，一只怎么扒拉都不动弹的猫。后来妻子号啕大哭。

从盛夏天走到深秋，随路看到听到的一些即景，还穿起来成了连续剧。比如小区物业可能有过一番人事斗争，挑战者获胜，原来园区草丛里的贴地音箱，不时播放的是莫扎特巴赫，现在换成叶塞尼亚了。还比如，盛夏的一天，一个老头坐在草坪上给小孙子做风筝，一个老太太幽幽走来，和老头儿搭讪。初秋的一天，听老太太问老头，您儿子最近来得少了？深秋的一天，听老头跟老太太说，儿子鼓励我找老伴儿。前天傍晚，看到老太太左手挽着老头胳膊，右手拎着刚买的一兜菜。

立冬·昆明

在昆明，陪老师去西山，我们站在龙门牌坊下，远眺滇池和昆明城，微风柔腻洗面，我美到眯起双眼。老师瞥到，用不那么顺溜的汉语笑话我：不上来你就要后悔了，这就是你们汉人说的仙境吧。老师是藏族，出家人。

下山时，跟老师讲魁星手中笔的传说，老工匠受不了最后一丝残缺，跳崖了。老师本来和我并排走着，看脚底石阶，听至此突然站住，侧过脸来盯着我，双眼睁老大。见他神色凛然，我打岔道：我也是上次来听说的，哦对了，那次来照相不小心，镜头盖还掉悬崖下了，是我留给昆明的信物。他朝崖下看看，倒吸了口凉气。

刚到山脚下，掉了几滴雨，未及躲又停了，就去海埂。堤坝上好多人，争相与扑面而来的海鸥嬉戏。我们也在小摊儿上买了几根法棍喂海鸥。海鸥也觉得新鲜吧，千篇一律的服装群里，一袭僧袍分外打眼，就特别爱围着老师飞。正此时，突然人群惊呼，一道巨幅彩虹悬架山水间。

又一年在昆明，陪汪曾祺逛一条小巷子。老头儿细长小眼滴溜转，目不暇接似的，手中烟不时深吸一口。我说您这是侦察兵深入敌后么，踅摸什么哪？他眼神儿侦察不歇，嘴里说：基本没变，基本没变。又指一家小饭铺说：早先这儿也是家小吃铺子，粑粑做得好吃极了，联大女生都爱吃，早点，老是为吃这一口儿上课迟到。对，应该就这儿。老板后来扯个幡，四个大字，摩登粑粑。联大女生那时候洋气啊！

当晚，和老头儿去朋友家喝酒。桌上白酒红酒米酒威士忌，还有黄酒。"不知道汪老爱喝哪种啊，都备了。"主人颇显紧张说。我说你歪打正着，他自己家里桌上品种比这还多，还有料酒呢。老头儿打量朋友的家，走到阳台，嚷了一声：翠湖啊！在家里就能看见翠湖啊！你这小日子美的，今天我怕要喝多了。

羡慕人家坐拥翠湖而居的老头儿真喝醉了，打车送他回红河酒店。路遇特警带威风凛凛的警犬拦车检查，司机奉命开后备厢，一名特警跟随。另一名特警往车里探探我，又看到正眯瞪的老头儿，疑问目光投向我。我跟特警说：北京来的，看到翠湖，美了，喝了。特警听完放行。

半道儿老头儿醒了片刻，见我一脸美不滋儿，问美什么哪。我说真是春风沉醉的晚上啊。老头儿说那是浙江人写的，我们昆明早晚温差大，把车窗关上。说完继续眯瞪了。我自作多情还琢磨呢，嘿，怎么就成"我们昆明"了。也是啊，真不一样，昆明也柔顺，可此柔非彼柔，比江南的小柔小美有性格。

还一年在昆明，和八十二岁的彝族老作家李乔聊成忘年交。受邀去家里吃早餐，脆皮核桃五六个，滇绿一大杯，没别的了。见我欲言又止，老人家说，你看我头发还黑着呢。又伸双手说，你看我手指甲还红润呢。要想身体好，一要空气好，二要常活动，三要少吃。你先从吃试试。

滇绿不停加水，三大杯后我俩轮番奔厕所。老人家说，喝通了，山里干净茶，早起洗肠子，现在可以出发了，带你去圆通寺，很美，活动活动去。

圆通寺离他家很近，可是想想他这把年纪，一出文联家属院我说，坐公交车去吧。老人家好字话音未落，一辆公交车驶过，他一把扯住我：就是这趟车！竟然小跑着追起车来。我愣在当场，足有五秒钟后，才想起撒丫子追。

公交车上，老人家气喘吁吁。我说您也不瞧瞧自个儿多大年纪了，还追公共汽车。他说：你还说我，你比我喘得还凶哦。小高原，不喘才怪，我们昆明人习惯了。

我这样看似漫不经心地说昆明，其实预先有设计，挑出来的元素，是西山龙门，海埂，海鸥，翠湖，西南联大，粑粑，圆通寺，滇绿，甚至还有缉毒元素惊鸿一瞥。如果要画昆明的肖像，在我看来，它们是最先需要确认的几笔。我还从昆明的记忆里选了三个人，他们与昆明如同榫卯相合，睿智，性情，健康。对，我不仅奢望要描摹昆明的肖像，还想试着写写它的性格，是什么呢？正是汪曾祺那句话，此柔非彼柔，是有性格的柔。

数不清到过多少次昆明。平生第一次出公差，坐了五六十个小时火车，到的就是昆明。平生第一次想追索父亲的一生，是在昆明西南联大纪念碑前，想到他也曾和我一样，是个激进愤怒的学生，二十多年积攒下来的父子距离感消融。平生第一次拈香献佛，就是那次在圆通寺，当时好像铜佛殿刚刚修好，周遭还很清寂，不似今日繁华。

小雪·变老

一夜白头、瞬间苍老十岁这些事，不敢说绝对没有，至少是稀罕事，多是文艺作品里的情节而已。现实生活中，寻常人生的变老过程，正应了那句诗，随风潜入夜，润物细无声。

老李和老张年轻时是知己，几乎夜夜凑一处喝大酒。后来老李移民美国，一待十几年，今年终于有机会回国，行李还没安顿妥当就去找老张。从老张家出来，他有点伤感，对我们说，老张老了，眼睛都成双眼皮儿了。

这是变老的一个细节，岁数一大，浑身上下的肉耷拉了，眼皮儿虽小也难逃厄运。可是你能说清从哪天起开始耷拉的吗？

小时候喜欢学大人说话，家人让洗碗挑水干家务，耍赖说腰酸背疼。大人训斥，小孩子哪来的什么腰！这话当年听了如风过耳，不以为意，时至今日再回想，还真是这么回事，人慢慢变老，身体上的体现是，渐渐清晰地体会到五脏六腑的各个存在。

青少年期元阳之气混沌一团，不舒服就是整个身体从里到外不自在，很难说清具体哪里不得劲儿。不知何时起，逐渐就知道了胃疼、腰酸、肝不清、心跳太快、颈椎病引发胳膊酸麻。身体的各个部分越来越敏感，部分与部分之间也剥离得越来越清晰。同样，说不清哪天起就清晰起来的。

最常被人说起的变老细节，是鬓边花白和眼睛变花。我观察过，鬓角生出白发，并非一根根长出来的，而是突然某天发觉鬓边有层白雾似的，但又并无真正的白发。那感觉怎么说呢，有点像初春时节的树梢，有一层雾蒙蒙的绿，待你真去一枝枝树梢仔细看，又都没绿，所以管它叫春意。只有意，并不实。鬓边也是这样白起来的，不同的是，春意会用"盎然"来形容，鬓角雾白呢，有点像人生秋天降临的预告。

眼花也非一日之功。以我为例，从小到大没戴过眼镜，从来相信自己所见即所得。某天在碟店买了几张DVD，照例仔细看看封底演职员名单，居然就看不清楚那几行小字，全是重影儿。第一反应是，现在的DVD越做越不仔细了，印刷技术日

新月异，简单一个封套都不好好印。我把这番话说给身边的媳
妇听，她接过那封套看了看，淡定地说：清清楚楚，你眼花了。
那天我对自己的眼睛有了重新认识，同时又认知了一项变老的
细节。

大雪·慢读

半夜一场豪雪，一觉睡到中午，拉开窗帘只见满世界白透净
透。冰箱里空空如也，开车出门觅食。

雪还很大，脚底踩油门儿，感受到的是车轮轧雪的吱吱嘎嘎。
眼前大朵大朵的雪片，应该像棉花，视觉效果却要硬得多，向
车窗奔涌不息。太密了，很 3D，目光焦点胆敢聚在上头即
眩晕。

收音机里响起一首英国老歌 *The Road to Hell*，很应景儿。八竿
子打不着地想起另一曲，路边停车，翻箱倒柜找出一张 CD 如
愿听上了，是吴景略的《忆故人》。

开到副食商场，下车买了一条烟、二斤酱牛肉、一张烙饼，兴
尽而返。

回家泡了茶，就烙饼牛肉。反过来说烙饼牛肉就茶也行。老六堡黑茶，十泡之后淡了不少，怎奈相知相熟，换壶上火，加了陈皮煮着喝。喝到全身通泰，拣出本小书准备开读。下雪天阴，屋里光线昏暗，拧亮沙发边上的落地灯。

灯光像分水岭，即刻溢满因阴霾而灰暗的房间，从起床开始的一通忙活，都指向口腹之欲，至此尘埃渐落，精神生活拉开帷幕。

一本旧书，读过再读，很轻薄的体量，却是赫赫有名的日本古典文学名著《徒然草》，作者是个和尚，吉田兼好。

上次读罢写过几行读书笔记，大意说字里行间美景密布，无数细节动人心魄，若想被打动，必须有所付出，要付出的就是时间和耐心，读得慢一点，再慢一点。

比如这样的段落——"清早眺望往来冈屋的船只，感到自身如那船后白波，恰盗得满沙弥风情。傍晚桂风鸣叶，心驰浔阳江，效源都督琵琶行。有余兴，和着秋风抚一首《秋风乐》，和着水音弄一首流泉曲。艺虽拙，但不为取悦他人。独调独咏，唯养自个心性。"速读就是一堆华丽句子堆砌，细读才读出其中不断用典——万叶歌人满誓沙弥有诗句"把这世间，比喻着何？简直就像那，朝离港划去的船，无迹可寻"，所以文中才说"盗得满沙弥风情";白居易《琵琶行》写到"枫",而日语里"枫"字发音同"桂",所以文中会说"桂风鸣叶,心驰浔阳江",如此丰满充盈,不细读没法领略。

这次读,又读到这样的段落:"让人感到粗俗下品的物象有:落坐的周围放置很多东西,石砚上笔多,佛堂上佛像多,庭院里草木过多,家里子孙过多,与人见面话多,祈愿文中写自己的善行多。"

心里一警,搁下书册环顾四周。家里小小的佛堂只有一尊二十厘米高的铜佛像;书案上有笔墨纸砚,端砚长宽各十厘米,笔筒里大中小楷各一支;庭院,没有;子孙,尚无;今日尚未见人,没开口说过话;昨日抄了一页《圆觉经》,末尾写了祈愿文,只一句:功德回向诸有情,愿见闻者悉证圆觉。

嗯,还好,心头一松,置于膝上的书又拿起来。

且慢,就在目光回收这一瞬,墙角的高木柜吸回了我的目光,我盯着它,穿透柜门,看到里边大包小包袋装罐装的茶,岩茶普洱红茶绿茶白茶,肉桂单丛碧螺春寿眉七五四二,还有,手边茶桌上没来得及收回的老六堡。再看茶桌,茶壶茶碗茶则茶漏茶刀。

心又紧缩成一团，不禁再次放眼全屋，这次瞧见满壁的书籍杂志画册字帖，有点扎眼。采购过多的书，堆得落坐周围密不透气；贪婪搜罗过多的茶，每天不过只喝那么一点；最简单的注水入茶，凭空就多了那么多零碎。

有点坐不住了，弃书走到窗边，俯瞰遍地白透净透的雪，心想，这些玩意儿，也都是让人感到粗俗下品的物象吧。

冬至·艺字

艺术的"艺"，现在写的是简体字，简化之前写作"藝"。

"藝"从"埶"逐渐演化而来，甲骨文里有"埶"，会意字，左边是个木，会树意，右边是个人。整个字是会意一个人持树苗栽种。到了金文，木下边加了一个土，突出在土地上种植的意思。到了篆文，整齐化，左边讹为"坴"（音 lù，土块的意思），右边变成了"丮"（jí，拿的意思）。隶变后就固定成"埶"了。

"埶"在《说文》里归在"丮"部，埶，种也。本义为种植。

"埶"成为偏旁后，为强调种植的意思，又加了个义符"艹"，所以又写作"蓺"，表明种的是植物。或者不加"艹"，在"埶"的下边另加义符"云"——种植需要技术，还需要安排行列，加"云"是说明耕耘之巧如云纹。

所以，"艺"字起初是种植之意，引申表示技能，又从技能引申为写作技艺，进而发展到当今"艺术"的意思。

追根溯源，艺是技能，是云纹一样美妙的素雅，云纹一样奇妙的技能。

小寒·四则

一

在东京时，约友人在上野公园闲谈，离开时才发现不远处有建筑群，气质不凡。可惜当时暮色四合，未及趋前。

后来到了北海道，有天看着窗外大雪纷飞发呆，突然忆及那建筑，就在网上查，竟是东京艺术大学，其前身是与中国若干艺术家关系密切的东京美术学校。

最早知道这学校，是读《弘一法师年谱》。1906 年，弘一法师以"李岸"之名注册，考入东京美术学校西洋画科，师从黑田清辉学习绘画。

黑田清辉（1866—1924）是日本绘画史上重要人物，1884年至1893年留学法国，先学法律，后改学绘画。在他留法期间，日本国内于1887年成立了东京美术学校，创始校长是冈仓天心。现在很多中国人知道他，是因为他那本《茶书》，其实他更重要的身份是思想家、美术家。学校成立之初并无西洋画科，1896年才建立，首任西画科主任便是弘一法师的这位导师黑田清辉。

弘一法师应该算是中国第一代油画家之一，关于他的油画，中国读者因为熟读鲁迅而熟悉的那个日本书店老板内山完造曾经撰文说："又据说……直至今日为止，（中国人）油画的造诣，尚无出他之右者。"

当时西画科还有教授久米桂一郎、副教授藤岛武二等人。藤岛武二（1867—1943）教了几年书后，自1905年开始先后留学法国、意大利，1910年回国。卫天霖1922年考入东京美术学校西洋画科，就是跟着藤岛武二学习油画。

黑田清辉还是日本画史上著名的"白马会"首领，后来曾当选国民美术协会会长、帝国美术院院长。而藤岛武二，是中国许多留日学生的老师，除了卫天霖外，还有关良、朱屺瞻、倪贻德、陈抱一等等，有"画伯"之称。

二

弘一法师曾在给学生刘质平的信中，说到写字用纸。

一封信里说："乞于他日往沪时，购奏本纸，照此大小裁好寄下，共计一百八十余张。除前寄上若干张外，尚缺多少，乞照裁之，并乞示知其数目……如无奏本纸，乞购夹贡（俗称）宣纸，又名玉版宣（上海称），又名煮硾夹宣（杭州称）。购四尺者，照裁为宜。（此纸海宁亦有。）"

另一封信中说："将来属写歌词大幅屏，仍以夹贡纸（即夹宣纸煮硾者）为宜。因单宣纸不甚好写，且大幅尤为不宜也。"

再一封信里说："便中乞寄下四尺煮硾单宣纸若干张，命纸店工人对裁开卷好，惠施与朽人为感。"

从中得知，一、夹贡宣、玉版宣、煮硾宣原来是不同地方的不同称呼。二、弘一法师写字用纸，大概喜用色白质厚的半熟宣。三、当时买纸，纸店可代裁。

查了一下"煮硾宣",亦作煮捶宣。由于矾水浓度不同,只有七分熟的才能称为煮捶,该纸具有洇墨慢等特点,适用于小楷、工笔画和较工细的山水和小写意花鸟等。杜子熊所著《书画装潢学》中描述其制作工艺:"把宣纸二至五张叠平,正面朝下,平放在台板上,台板一头垫高,便于御水,用开水淋煮三四遍,吸干晾燥,再用砑石在背面砑光,即成。"这是传统制作工艺,现在市面上一些所谓煮捶宣,严格来说应该称为"熟宣"或者"矾宣"。其制作过程是将生宣纸在矾水中浸拖而过,晾干即成。

另,鲁迅在一封致郑振铎的信中也说道:"我在上海所见的,除上述二种外,仅有单宣,夹宣(或云即夹贡),玉版宣,煮硾了。"

三

弘一法师用过很多名字,最为世人所知的有两个:李叔同、弘一。细察他每次改名,好像都在人生转折点——

刚出生时,名成蹊。

十八岁(虚岁,下同),入天津县学,改名文涛,字叔同。

二十二岁，考入上海南洋公学特班，改名李广平。

二十六岁，母亲离世，改名李哀，字哀公。同年东渡日本留学，又名岸。

三十三岁，应聘至杭州一师做教员，改名李息，字息翁。发表作品署名息霜。

三十七岁，在虎跑断食，开始素食、看经、礼佛，改名李婴。

三十八岁，皈依了悟和尚，取名演音，号弘一。

三十九岁，披剃于虎跑定慧寺，正式称法名演音，号弘一。

四

弘一法师一生写过很多对联，日常生活中，对目力所及的对联也挺留意。

1923 年他在温州，有天路过万岁里巷，看到一家客栈的门联：震川文派朋樽盛，昌谷诗题旅壁多。他在致友人信中赞赏道："雅思渊才，叹为稀有。亦既衰世，斯文轮替，知昌谷、震川名者鲜，矧复摭其遗事，缀为骈辞，有如贤首，则是人中芬陀利华矣。书法亦复娴雅，神似阴符合……"

1936 年他在厦门，又注意到某宅院一副对联：一斗夜来陪汉史，千春潮起展莱衣。他写信给友人说："未知是古诗句，或其自撰。幽秀沉着，洵为佳句。书法亦神似东坡（应是高士手笔）。"他还专门记下地址，请友人去瞧瞧，得便问问撰书者何人。说完这些，意犹未尽，信末又及："余至南闽八年，罕见有如是佳联，足与南普陀山门'分派洛伽'一联相媲美也。"

按，南普陀山门联为：分派洛伽开法宇，隔江太武拱山门。为石遗老人陈衍所撰。

大寒·始乱

"始"和"终"是一副对应词。

好比，有始有终，善始善终。

还好比，始乱终弃。

其实"始""乱"，早年也是一副对应词。

古时乐曲的开端叫"始"，乐曲的结束叫"乱"。

由始至乱，叫"一成"。

"乱"就是合乐，犹如今天的合唱。

听 琴

那天在和平艺苑做活动，有幸请到林友仁先生。老头儿提前俩小时到了，安坐于房间一角，穿对襟衫，大口喝酒，目光无外逸，只盯自己鼻子或者酒杯。

来人渐渐多了，红男绿女，都是些场面人物，这主编那老总的，细声细气地寒暄，端着酒杯茶杯，洋派的高雅。

老头儿还是独守一角，继续喝酒，大口大口，像断酒多日得以暴饮，旁若无人，眼睛没抬过。喝的是黄酒。陪他同来的闺女说，只喝黄酒，而且，什么十年二十年的，一概喝不中意，只喝散酒，在北京，孔乙己酒家打来的散酒最喜欢。

活动计划的开场节目，即是老头儿弹琴。开幕前几分钟，不用任何人提醒，老头像被闹钟叫了，噌地站起，步子快而坚实，迈上舞台。台上一把老琴稳稳摆着。

现场人都还在寒暄，声音越来越大。我目光一直不离老头儿，此刻索性离开人群，在老头对面地上盘腿而坐。

舞台上光线极暗，与我身后寒暄世界宛若风马牛。黑暗中老头儿端坐，一个深呼吸，双手慢慢、慢慢、慢慢抚在了琴上。

开始试弹。声音不大，可能满场只有我听到。并非声音那么小，无人在意而已。

老头儿还是旁若无人，手在琴弦上滑动时，嗤嗤嗤嗤的，苍劲而润。

老头儿试琴的同时开场了，主持人介绍完，老头儿并未起身致意，第一个音符已坚定地拨出，《忆故人》。

琴音极稳，极定，极准。音符的间歇，满场静得瘆人。

老头越弹越进得深，也是我越听越进得深，胸中一块实坨坨了不知多少年的死疙瘩，仿佛渐渐被震松，再然后，居然仿佛要被瓦解。恐惧一波紧似一波逼上来，刹那间我有点不知所措。

可琴音不饶人，步步紧逼，满满的，不留一点罅隙——已弹到最紧要处。

突然我有眼泪夺眶而出，吧嗒滴在手臂上。与此同时，老头从进场时就一直低着的头，突然扬起。

我离太近了，一股酒气扑面而来，只见满舞台的黑暗中，一束追光打在老头儿的脸上，老头的眼里，早已老泪盈眶，但是含着不出，星光闪耀。

学 琴

我有一个哥哥一个姐姐，都会不止一门乐器。哥哥拉二胡，吹笛子，姐姐弹琵琶，弹中阮。上世纪七十年代，他们演出的照片都在《新华日报》出现过。

说起他们学乐器，是有时代烙印的。那时候父母一个是"反革命"一个是"右派"，被从北京下放到苏北，他们觉得孩子早早学门手艺，将来好歹有个出路。和当地的淮剧团还能搭上一点点关系，就瞄上乐器这一行，想的是孩子将来可以进剧团，伴个奏什么的。

是对日子谨慎的安排，里边多少也含了些希望。无奈日子总是消磨人，希望又是主要的消磨对象，尤其是那样的心境、那样的环境。等我稍长成人，父母仅剩的一点对未来的期冀已被野火烧尽，我成了野花野草，恣意生长，没幼儿园可上，没乐器可学。

一晃眼工夫就过了四十岁，我也到了父母当年下放的年纪，成了个苟活于北京的中年人。2009 年一天晚上，在钢琴家亚蒙家吃饭聊天，话赶话地就问她：这把子年纪了，还想学个乐器有可能么？亚蒙想了想答道：古琴。然后追了一句解释：古琴可能是所有乐器中最容易弹会，但又最难弹好的。

合适啊！我喜欢古琴，那套著名的老八张古琴 CD 常听，读过若干古琴题材的书。"最容易学会"，合适，很快就能弹出完整的曲子，哪怕只一两分钟，也是完整的，反正人生过半，尽可以弹满后半辈子。"最难弹好"，合适，最难一定与它山之石有关，与人生阅历有关，这也合适。

几天之后，在友人黄伯蕾引领下，我坐在余青欣老师家里。之前黄伯蕾这么跟我介绍余老师：虞山吴派嫡传弟子，早年跟吴景略、吴文光父子学琴，中央音乐学院古琴专业八十年代毕业生。这些枯燥的履历之外，个性化的介绍有两条，一是"比你大一轮，也属猴"，二是"余老师有洁癖，不收男学生，我好说歹说，才愿意见一面，可还没答应教你啊"。

说实话，在余老师家的前一个小时我很失望。她身着居家闲服，颜色搭配有点艳粉。墙上一张她演出的剧照，也是绫罗绸缎那种古典式粉艳。和黄伯蔷俩人久不相见吧，东家长西家短，叙旧叙得有点叽叽喳喳。家里摆设全无章法，零碎儿奇多。家具是多年前流行的榉木，天长日久颜色淡了，干裂起皮，看得糟心。不难看出，余老师应该是独居，但又独得不那么精致。

余老师基本没理我，我也不哼不哈，面露微笑听两个中年妇女一通聊。还是黄伯蔷想起此行任务，简要介绍了我的情况。余老师安静下来，听得还算认真。听完未置可否，又想起个什么事，一声"诶"后，和黄伯蔷又聊上了，还是那么碎碎叨叨的。我当时心想，可能确实不想收男学生吧，也好，这么碎叨我也有点顶不住。

不想正在这时，余老师起身：瞧我，又忘了，学琴是吧，来吧……

我被她领进书房，一间小屋，正当间儿一张明式小琴案，案上相对摆着两张琴。余老师在其中一侧琴前坐定。这一系列移动，嘴上话可没停：今儿太高兴了，老忘正事儿，那什么，我先弹一段儿你听听吧，你坐那儿。

突然话就止住了，只见她一左一右两手抚住琴面，两眼微阖，轻微地深呼吸了一下，双眼重新张开盯住琴面，凝视片刻，很自然地弹出第一个音符。

时隔八年后的今天，忆起这一幕，仍然鲜活地在我脑海映现，却很难用文字传达那一刻我的震惊，刹那之间余老师像孙悟空七十二变，完全变了个人，碎叨、粉艳、中年妇女，顷刻灰飞烟灭，她笃定，沉稳，又深情尽在，右手时拨时挑，左手或吟或猱，无一不是恰到好处。更奇怪的是，刚才满屋的日常家居气息，也瞬间蒸发，一椅一凳，一纸一屑，都像穿越了时空，无不呈现唐宋明清的雅物匠心。

弹的《梅花三弄》，一曲弹完，我神游已远。黄伯蔷的掌声由远及近，才把我又拉回现场。这时余老师优雅谦虚地说："行么？愿意学么？"

还有什么可说的啊，从此风雨无阻，每周三晚八点，我去余老师家学琴。记得有天一边上课，一边听窗外雨夹雪中间有冰雹打在窗户上，声响震天，而余老师神情专注在琴上，我心想，她又穿越回唐宋明清了，听不到这一世冰雹的声音吧。

据说古琴教学有个差不多的顺序:《仙翁操》《秋风辞》《酒狂》《阳关三叠》，这四首曲子打基础，算预备课，然后再学新曲，才是正式开始。学完《阳关》那天，余老师听我磕磕绊绊完整弹完，居然鼓励说："虽然弹得太生，但是不俗，这很难。你在我学生中年纪最大，年纪大了再学琴也有好处，有点人生阅历了，知道什么是俗套。下次可以学新曲子了。但是这个还得使劲练啊。"说完又正色道："从现在起，要给你定条规矩，在我这儿学的曲子，不练够两千遍，绝不许在外人面前弹。"看她那么严肃，我只能严肃地点头。她又补充道："这不是我的规矩，这是虞山吴派的规矩，你现在是初学，将来要是弹出点样子，也要算到虞山吴派门下啊。"

上课之余也会聊聊天。余老师自己用的那张琴是宋琴，据她说，当年学琴伊始，吴景略先生给她挑的，花了三十元人民币买回家。太久没人弹，都弹不出声。她就在这张无声琴上无数次练习，渐渐地，声音越来越响，越来越松，越来越透，好得吓人。琴有铭，曰"致爽"，余老师说："命中注定我要和这琴过一辈子，清（青）心（欣）致爽。"

据我观察，余老师是典型的大脑发达小脑简单，走道儿总是跌跌撞撞的。有次说起这个，她说："没错儿，所以我这琴呀，老摔！开始特心疼，急得直哭，后来找到放心人能修，就随它去了。说来也怪，这琴甭管怎么修，声音是越修越好，神了！"

说是这么说，那张琴就像她的命，她看琴的眼神儿都像在看人，根本不是物了。就在学完《阳关》那天，我跟她开玩笑：

"用您这么好的琴，我肯定也弹得好着呢。"余老师兴致高，说："来啊，你弹一个我听听。"我不相信她会让我动那琴，但她坚定地拽着我胳膊，把我拉到爽琴边。那一刻，我多少带着点朝圣的心态，没好意思弹曲子，只分别试了天音、地音、人音，一通试下来，感觉那琴就和身体长在一起似的，贴身贴心。

慢慢地和余老师越来越熟，也聊一些家常。聊得多了，有点理解初识时她那份碎叨了。有天上课去得略早，敲了门，只听门里余老师一边唱着歌一边趿拉着鞋来开门，唱的居然是《我爱北京天安门》。打开门才发现，原来她在打电话。余老师的母亲一直住院，脑子清醒时少，糊涂时多。"给她唱唱这些熟悉的歌，她那脑子呀，就能明白点儿。"余老师挂了电话后解释道。

在那之前好多年，余老师离了婚，有个儿子在美国上学。上有老下有小，余老师又清高，不愿意撒开来收学生，所以日子过得清苦。但她曾经说："这都不叫事儿，等着我去完成的大事儿还多着呢，顾不上这些。"她说的大事儿，是要一曲接一曲打古谱，要传承好虞山吴派，不能在她这一辈塌下来。

因清高而清苦，日常生活艰辛又随时感觉大任于肩，这多少有点分裂，耗时日久，碎叨也算排遣渠道之一吧。

《阳关》之后，第一个大曲子学《鸥鹭忘机》。据说余老师在当代古琴界，有"余鸥鹭"的美称，因为她这一曲弹得最出色。我那会儿一直迷恋《忆故人》，所以听说要学《鸥鹭》，就问能不能先学《忆故人》。余老师有点不解，瞪着我，嗓门儿突然大起来，那股碎叨气息又陡然冒头，说："《鸥鹭》那么好听你不想学?！"我只好连说学学学。她看看我，又七十二变，瞬间穿越，气定神闲地给我示范《鸥鹭》第一段的一段泛音。边弹边说："你听，这个最适合你了，你一定喜欢。"

《鸥鹭》学到一半，有天上完课我开始收拾东西准备走，她说："你刚才走神儿了，又想《忆故人》呢吧?这么着吧，我给你弹一遍。"这话吓我一跳——那天我确实一时心思开小差，而且确实想到《忆故人》。

古人说，琴者，心也。我有时想到，余老师弹了这么多年琴，大概和琴早已心心相印，从琴音中洞察人心的本事大概是有的。有天下午我在三环路开车遭遇"碰瓷儿"，被人讹诈，处理完毕，看看天色尚早，而晚上有琴课，为免秽气干扰，回家小睡。一觉醒来神清气爽，下午种种不净心思荡然无存。高高兴兴地去上课了，弹了不到一分钟，余老师就问："今儿怎么啦?有心事儿?"我说没有。"那重来一遍。"又弹，又被叫停。"不对，还是不对，心里有事儿。重来。"如是者四，坐在对面看我弹的余老师一伸右手，抚住我的琴弦说："你绝对有事儿，我

76

不问你，但是今天别弹了，来，我请你吃'小脆'。"

"小脆"是一种零食，介乎薯片和锅巴之间的样子，挺香，特别亲民，还有点幼稚。余老师家里常备，她说是最爱。

秋往冬来，春去夏至，我突然忙碌起来，琴课开始三天打鱼两天晒网。当然不只是忙得没时间，时间挤挤总是有的，更重要的是，随着学习的渐进，我越来越体会到余老师弹琴女性特点太明显，或如泣如诉，或温柔体贴。一朝动了这个念，就越听越是，但又觉得自己初学，也许见识太肤浅才会错意，也没敢跟余老师当面说。总之就越去越少，直至干脆不去了。开始自己还练练之前所学，渐渐地，琴从我书房正中间搬至一侧，又从一侧退居一角，最后干脆挂上了墙，成了地地道道的摆设。

余老师没有问过我，尽管后来同门学琴的友人组织过雅集，我和她也见过一两次，但她从没问我为什么不再学。她既不提，我也从未想过要坦露心迹。日子一天天过，细碎无序，说是没什么新鲜事儿了，可还是有这样那样的杂事要做，人情世故要去维系，古琴，好像成了夏夜的萤火虫，有时忽然亮一下，一不留心，又消失于无边暗夜。

再后来，很久没有余老师音讯，有天刷微博，看到有人在我某篇文章下评论，说猜博主可能学过古琴。余老师在这条评论下回复："对，虞山吴派门下。"我一头汗，心里愧到想找地缝钻。一愧不知道余老师什么时候也注册了微博，我都没关注；二是我如此半途而废没出息，余老师还以这种方式鼓励我。我想跟她忏悔：老师，对不起，您教我的曲子，我一首都没弹够两千遍。

2015年12月29日，一早，没有任何先兆，也没有任何来由，我把一直挂在墙上的琴拿下来，拂去灰尘，弹了一遍《阳关三叠》。忘得差不多了，正要拿琴谱对照，电话铃响，是黄伯蔷。我当时大乐说："这也太巧了吧，你猜我在干什么？"电话那头，黄伯蔷没接我话茬儿，顾自极为严肃地说："你老师今天走了，胰腺癌。"

那天我枯坐到下午，没吃没喝，心里如有万马奔腾，待要寻点踪迹，又空空如也。暮色四合，开了灯，拿了页老纸，抄了一段《入菩萨行论》："愿诸盲者能见色，愿诸聋者能闻声……愿诸渴者得净水，甘美芬芳亦清凉，愿诸贫匮者得宝，愿诸忧恼得欢欣，愿颓丧者皆振奋，所作坚毅悉圆成。"一纸抄竟，功德回向余老师，然后把琴认真擦净，挂回墙上。

看 琴

中贸圣佳今年的拍品中，有一张彭祉卿先生旧藏明琴。友人上午发微信说，半小时后吴文光先生去预展看琴，可愿同往？当然。

急茬儿的，手头正忙要紧事，可是怎么能比这事儿更要紧？赶到展场，吴先生带着女儿和一学生也刚到，正解羽绒服纽扣。一行人敞着冬装外套，一同去看琴。

桐木，仲尼式，紫檀雁足。琴面可见正常修补痕迹，断纹漂亮。吴先生说：图录上说有一米三？肯定错了，这琴肯定没有一米三。话音未落，侍立一旁的拍卖公司负责人从兜里拿出卷尺当场量，一米二十一。负责人说：我这尺子是爱马仕的，应该准的。吴先生说：这就对了，一米三太长了，不好弹。

吴先生反复细审这琴，轻抚琴面断纹，又托起翻转过来看龙池，里面有字，看不太清楚。女儿打开手机手电照明，隐约看到"太仓王守中　南昌涂友琴"字样。

负责人又呈上一张拓片，吴先生展开，拓自彭祉卿先生墓碑。正中一行楷书大字："琴人彭祉卿先生之墓"。上款："中华民国三十三年五月"。下款："杨立德　李廷松　龚自知　徐嘉瑞　马崇六　查阜西　公立"。吴先生说："我见过，他的墓离聂耳墓不远。"又指着李廷松的名字说："我跟他学过琵琶。彭先生呢，我该叫伯父的。"

我们几个跟着吴先生看，前后足足看了十分钟。吴先生跟女学生说：弹个试试。

学生开始调音，叮叮，梆梆，叮叮……调好音，觉得展厅的座椅矮，拿了两册拍卖图录垫好，气一收，神一凝，第一个音符出来。

肯定是《忆故人》。

备受近现代琴家青睐的《忆故人》，正是彭氏家传琴曲，当年彭祉卿由《理琴轩旧谱》里整理出来的。也是由他之手始，弹到如今这般无人不知。1934 年，彭祉卿和查阜西、张子谦创立近现代琴史上著名的"今虞琴社"。古琴一代宗师吴景略先生同为琴社主要成员，曾担任司社，主持社务。他是吴文光先生的父亲。

一曲弹完，周遭不知不觉已肃立二十多人，一齐鼓掌。吴先生也鼓掌，一边说：弹得不错，琴声不错，清润。操琴者一额细汗，脸微微红。

1941年夏末秋初，作家老舍到昆明，中秋过后某一天，他到凤鸣山边龙泉村。后来他有《滇行散记》一文记述这次游历，文中写道："在龙泉树（村？），听到了古琴。相当大的一个院子，平房五六间。顺着墙，丛丛绿竹。竹前，老梅两株，瘦硬的枝子伸到窗前。巨杏一株，阴遮半院。绿阴下，一案数椅，彭先生弹琴，查先生吹箫；然后，查先生独奏大琴。在这里，大家几乎忘了一切人世上的烦恼！这小村多么污浊呀，路多年没有修过，马粪也数月没有扫除过，可是在这有琴音梅影的院子里，大家的心里却发出了香味。"

文中的"彭先生"即彭祉卿，名庆寿，庐陵人。逝于1944年，享年五十三岁，葬于昆明西山，没留下录音。

说 琴

不少"古"成了流行，古法制茶，古法制药，古法酿酒，各种古为今用。这古，也不确定古到什么时候，是上古中古，还是就前不久的"古早味"，大多是模糊的。好在历史太久，求甚解难，稀里糊涂一锅粥。

众多流行之"古"里，古琴是真古，是上古，至少到目前，考古发现了两千七百年前的实物。有意思的是，那时候只叫琴，古，是后人加的一个定语。

古琴又流行，很多人学，从小学生到六七十岁的长者。其中又以中年女性为主力。我一向默认女性天性更为纯净，所以也更容易与纯而又净的琴声共鸣。所谓天籁之音，男性天天埋在现实里，道远且阻；女性易空灵，爱空想，离天近。

从古到今关于古琴的说法浩如烟海，一头扎进去上下求索，会很自然觉得，这物件说不定真是沟通人与天的重要媒介呢。单看琴身组成及命名，森罗万象，涵盖天地：长约三尺六寸五，象征一年三百六十五天；面圆底扁，象征天地；琴身与人身相应，有头颈肩腰尾足；最初只有五根弦，内合五行金木水火土，外合五音宫商角徵羽，后来周文王、周武王又增加文武二弦，象征君臣之合恩；标志音律的十三徽，分别象征十二月和闰月；琴有泛音、散音、按音三种音色，泛音法天，散音法地，按音法人，分别象征天地人之和合……除此以外还有很多，太像看一册密码本了。

而且这个密码本，貌似还有若干层次，并非所见即所得。外行看热闹，内行看门道，真想看深看透，还需勤学苦练，提高修养。修养愈深，所见愈广愈博，直至最终天人合一。

是的，天人合一。按典籍所言，古琴诞生之初，本是为了郊庙祭祀、朝会、典礼雅乐所用。《说文》释"琴"为"禁"，可见其本。抒怀遣兴，在当初充其量只是延伸作用。这么一说就清楚了，基本是后来被编入儒家系统版图的事，所以，天人合一。

当我求索这些说法时，反复读到三句话：一、琴者，禁也。二、琴者，心也。三、琴者，情也。读得多了，思绪不免跳脱，挣脱了儒家版图，突然意识到，这和佛家所言戒定慧三学也是契合的。禁说的是戒，心说的是定，情说的是慧。

琴者禁也，原意是说禁止淫邪，以正人心，归于正道。古琴美学一向高古，这里所说的淫邪，不单是现代汉语中所谓淫邪之意，我们通常认为的悦耳之音，也属于要禁范围。这就很像佛家说的戒了。戒，并不仅指戒除什么、不做什么；长期专注地反复做同一件事，其他事情自然被断除。好比时时专注静坐，哪怕打毛衣写大字，自然不会天天像抽大烟一样放不下个手机，手机就被戒除了。

弹琴，手上可没闲着，勾抹托打挑一通忙活，也正是与此同时，正音贯耳，正气罩身，种种淫邪之事、媚俗之事也就戒除了。

琴者心也，是明代儒家心学代表人物李贽所说，原话是"琴者心也，琴者吟也，所以吟其心也"，是要反叛"琴者禁也"之说，提倡心手合一，琴心合鸣。这是从外在的禁，深入到内心去"拂拭"，很像佛家修定。

修定之旅忙的是心上，忙着专注，忙着望峰息心。可是专注和专注又不一样，有用心太紧的专注，也有用心太松的专注，均不可取。修定就是要调整这个松与紧。望峰息心，这个"峰"是什么呢？可以是有形的峰，比如琴音，比如念佛号，但更高级的是无峰之峰，没有目标的专注。

前日与一位当世杰出琴家对话，她介绍自己弹琴体会，大意是琴之音声发自于心，通过听觉又回到体内，直达心上，如此一轮循环，令她真切体会到琴之道。在我看来，她的这一过程正是典型的修定实操手法。

琴者情也，这句话如果毫无铺垫单拿出来说，很容易被理解成借琴抒情这么简陋。可它一开始就不是无缘无故说的，它是和"琴者禁也"一起说的。一禁一情之间，颇多幽密之处值得探寻。而我将"琴者情也"相应于"慧"，此处之情，因为经历了之前的"禁"和"心"，早已不是七情六欲之情，而是博大之情、无分别之情。

曾听一位导师讲，很多人以肤浅之心理解有所证悟者的用心，觉得是一丝波纹没有的静和净，那与一潭死水有何区别？更接近的描述可能是一泓清水里的小鱼，他们的用心随时灵动而自由自在。琴者情也，这个情，也许也适合用这句话来比喻。

由禁到心，再由心到情，不妨看作古琴的深层密码。青青翠竹，郁郁黄花，一张琴，无情之物，有无佛性历来争论未休，不过里边隐藏的这密码到底说了什么，值得深入探究，说不定还有更深层的密码被发掘出来。

乡愁与籍贯

我在北京读的大学，每逢春节前夕，宿舍楼里兵荒马乱，又喜气洋洋，外地同学们忙着采买年货，收拾行李，大包小包准备回乡过年。有一天，一个四川同学叼着烟都忍不住眼角嘴角的欢欣，一边收拾一边对我说：北京本地同学的人生至少有一点缺憾，你们没有故乡可回啊，体会不到乡愁。

今年春节临近那几日，上网转转，乡愁大爆发，疫情让太多人无法回乡过年，本该亲人团聚时刻，他们身在异乡，乡愁愈烈。顿时想起昔日同学这番话。

乡愁到底是什么？这是个庞大的问题，单把古今中外写乡愁的诗文读一遍，大概就要花上几年工夫吧？不过问题庞大也有庞大的好处，就是随便怎么说，不必有压力，说破大天也不过大海里一滴水。

表面看来乡愁是个空间地理概念，所以依我同学话说，北京本地同学没有空间上的间离感，乡愁无从谈起。然而以我目力所及，乡愁经常呈现出来的，其实是个时间概念。故乡往往与童年、少年两个意象紧密相连，太多人的乡愁，表现出来是对逝去的童年、少年光阴的怀念，甚至是迷恋。童年少年当然值得迷恋，每天都在生长，身体越来越结实，越来越自如；心理每天都更成熟，更健全，一切都在生发向上，吃喝玩乐便是职责所在，谁不怀念甚至迷恋呢？生老病死，唯有"生"与希望有关，接踵而来等着的，就是"老病死"，谁会怀念甚至迷恋它们呢？

乡愁还是个生物化学层面的概念，很多人的乡愁会聚焦到一种吃食，一碗米粉、一块年糕、一坛泡菜，诸如此类。作家阿城写过文章《思乡与蛋白酶》，认为所谓思乡，大多其实是思饮食，思饮食的过程，思饮食的气氛。之所以会思这些，是蛋白酶在作怪。阿城还说人老了的标志，就是想吃小时候吃过的东西，因为蛋白酶退化到了最初的程度。果如阿城所言，乡愁这么抒情的事，原来根基在于嘴，在于胃，在于蛋白酶。当然，生物化学层面的事也可以抒情的，比如"妈妈菜""奶奶面"一类，根基在生物化学，面目上却秒变足足一怀愁绪。

乡愁有时还是个语言音韵学层面的概念，久处异乡不闻乡音，自己说话、听人说话，都不是与生俱来的音韵节奏。语言天赋好的人或能较快融入，学会新方言，跟上新节奏，于人于己都是方便；天赋略欠者，乡音无改，虽然不碍日常交流，时日一长也能貌似消灭语言差异，但总会有那么一瞬，已被忽视深埋的外来者身份潜意识蹦出来，牵出一缕乡愁。

时间层面、生物化学层面、语言音韵层面，这些说起来还都比较表面，向深处探掘还有不少文章可做。比如乡愁的背后，隐含着传统中国社会的主要特征之一：血缘性和地缘性。对此有学者认为，以近代观点看来，高度的血缘性和地缘性造成了社会零散分割的局面，加强了小群的观念，削弱了大群的意识，因而延展了中国的"近代化"。

因为乡愁，早年间像北京这样的城市有诸多同乡会馆，时至今日的北上广深，又有形形色色的同乡会。历史学家何炳棣曾经下大力气研究会馆史，刨出眷怀乡土的乡愁背后根深蒂固的"籍贯观念"。

何炳棣在《中国会馆史》一书里总结，中国传统籍贯观念之特殊深厚，有其特殊的三条原因：与儒家"孝"的礼俗和法律有关；与官吏籍贯限制的行政法有关；与科举制度有关。

这三条当中，第一条好理解，父母在，不远游，家族祠堂，等等。第二、第三条要解释一下。中国从秦汉至今，行政法中基本都有地方官需回避本籍的条目。在古代，学而优则仕，读书人做官，有话语权，我们读到的抒发乡愁的文字大多出自他们之手。至于科举制度一条说的是，至少明清两代，科举与学校全要依据地籍，考生应试，要填写的最重要信息就是年甲、籍贯、三代。科场条例中对籍贯的禁限，与行政法中对官吏铨选的籍贯禁限作用相同。

籍贯观念是在礼教、文化和行政法规制度等等的综合影响下，逐渐培养而成，到清代登峰造极，民国之后方才渐趋削弱。因此，不妨置于两千年的大坐标内考察，尽管今天好像全无感觉，其实不过刚从顶点跌下来，怎么可能无影无踪呢？只是这影响更隐晦，更深入，不易觉察罢了。从这个意义上说，别老以为自己是多么先进的现代人，千丝万缕的旧礼教、旧文化的影响，力量比我们想象的要大很多，没那么容易摆脱。

树木与森林

去逛书店，新书满眼，细看选题，越来越精微化。早年一趟书店逛下来，触目所及，大题目多，纵横四海的感觉，痛感思想观念之激荡。如今呢，题目越来越精微，知识大爆炸，痛感生也有涯知也无涯，不免有点自我卑微化。可是卑微之后细一琢磨，那么多知识点，到底有没有必要啊？以及，书籍选题流行趋势不知不觉间已从森林转向树木。

曾经有一幅漫画很出名，画了一位戴着酒瓶底眼镜的学者，凑到曹雪芹头顶，正在细数曹雪芹有多少根头发。是要讽刺某一类学者捡芝麻丢西瓜。当时学界流行的，是《红楼梦》思想、主题、人物、意义这样的西瓜问题、森林问题。

按说从那以后，互联网兴起，万物互联，纵横古今，四海一家，无所不能，更应该多见森林，少见树木；然而单论文化，结论又常常相反，社会分工越来越精细，人们的关注点越来越细节化，实则导致多见树木，少见森林。

这个说起来也属正常，交通便捷，世界小到地球上任意两点之间皆可当日抵达；一切都在视频化，仿真化，我们大可随时穿越时间隧道，与古人生活在同一场景下。而与此同时，所谓大音希声，五色令人盲，人的能耐如此之大，选择如此之多，反而越来越喜欢躲进小楼成一统，忙着锱铢必较。

想起一个小故事，我有一位叔叔，几十年前写文章引用一句诗，苦于不知出处，在浩如烟海的唐诗宋词里上下求索多年，终于一次偶然的机会，那首诗映入眼帘，当下欣喜若狂。这样的欣喜，在搜索软件人人必备的今天都算笑话了，可这一笑之间，便少了上下求索这一动人心魄的过程，少了在唐诗宋词这一森林里穿梭往复的大局观。

回想由森林到树木这一悄然之变，至少有两个要点值得重视，其中之一便是搜索软件的诞生与应用，它让人随时可在知识海洋里遨游，随时细察曹雪芹的头发几何，甚至连数都不用数了，答案早已在那里。另一个点，是 Windows，"所见即所得"。Windows 逐渐养成我们一个习惯：一切直达结果。越来越缺乏耐心再绕着森林做总体考察，循序渐进由外及里，由边缘至核心，最终找到那棵树。

关于树木与森林，我自己也经历了一个变化的过程，不过与上述顺序相反。早年全面宏观，流行森林题目的时候，我整天呼吁警惕奢谈文化，亟须关注细节。举文学为例，流行讨论时代、主题、意义等等宏观问题时，读到几本新批评学派著作，如同找到了心里所想最好的代言人，于是大力倡导文本细读，推而广之，倡导对文化问题都应细节一些，再细节一些，食不厌精，脍不厌细。

当时经常引用的一段话，是有人采访一位教授，说钱锺书的《管锥编》也好，《谈艺录》也好，写的都是片段，没有建立完整体系，该如何看待这个问题。教授说，钱锺书不大相信抽象系统，他曾说黑格尔造一个大系统，可是自己也不能住进去，旁边还要造个小房子自己住，这个大系统有什么意义呢？钱锺书捕捉的是一种很小的真理，但是加起来很可观，就是说他有许多散钱，没有整个穿成一串，可是他有很多小小的串子，那些是有用的，而且永远有用。换句话说就是所谓大系统，往往没有几年就被人丢掉了，就忘记了，留下真货还是有用的。

可是事到如今，我又开始倡导竭力撤离树木，站得更远一点，更高一点，更宏观一点，该回过头来多看看森林了，因为我们已经近乎迷失在一棵一棵单薄的树木之间。

不仅要向外考察由森林到树木的悄然转变，更要反省自己内心从树木到森林的转变。反省的结果倒也没什么新鲜话，无非是由外而内，由物到心。

所见即所得、随时直达树木，带来的是"急"，时时急，事事急，耐心的缺失。开始还是个体化的，逐渐像传染病一样，演变为洪流。有一位老法师开过个玩笑，说他有出家弟子千余人，在家信徒百余万，但是他们高兴时不会想到找师父，一旦上门，必定是有了烦恼，而且大多声称是来挂"急诊"的。

现代社会科学昌明，让我们有兴趣、有能力将目光投注到每一棵树，但是时日既久，又难免过度关注，失去森林。就在这个世界刚刚进入现代不久，马克斯·韦伯就已觉察到，所谓科学是通往幸福之路，这是天真的乐观主义，因为科学无法回答什么是幸福、什么是意义。科学无法回答做什么样的选择是"值得"的，过什么样的生活是"有意义的"，生命的"目的"是什么。马克斯·韦伯说的这些问题，就是我说的森林。

当然，树木与森林是个整体，我们人为将其割裂为对立的两面，我是在这一前提下说了上述这些话。

悲观与乐观

给快递小哥打电话催件，彩铃是一首歌："每一天都是新的征程，今天的我和昨天不同，年轻的心要勇敢上路，踏平坎坷看到天边彩虹。"朝气蓬勃，积极乐观。

一位老师曾经说，有时候他给朋友打电话，对话要结束时他就会试着想，也许这就是最后一次和这位朋友通话了。老师说："这个时候，我会有悲伤的感觉，就会说好几次再见。"听起来是悲观人生态度。

读到网上流行的一首诗，题目是秋天，写的却是北方落下第一场雪，冬天即将来临。而雪莱又有名句：冬天来了，春天还会远吗？由秋及冬是悲观，由冬及春是乐观。

鲁迅写给孩子过满月，说孩子将来要发财的，得到一番感谢；说孩子将来要做官的，收到几句恭维；说这孩子将来要死的，得到大家合力痛打。前两者被视为乐观，最后这位被视为悲观。

从悲观、乐观之分，想到文学向有悲剧、喜剧分别，是不是悲观指向悲剧、乐观指向喜剧呢？如果这一假设成立，至少对于呈现出来的文学而言，历来悲观大于乐观。依钱锺书先生总结，中国几千年文论，开始只是强调诗言志，并未对苦与乐任何一方有侧重或倾向。从司马迁开始，不再两面兼顾，开始强调苦痛比快乐更能产生诗歌。从此苦痛成为主流，尽管众说纷纭变幻莫测，终究万变不离其宗。

有意思的是，这里所谓大于，所谓主流，也只是数量上占优，乐观所指向的喜剧，有时反而因为小众，得到颇高评价，所谓"欢愉之辞难工，而穷苦之言易好也"。

考察由古至今的文学家，确实悲观者俯拾皆是，乐观者凤毛麟角。能够跨越千年不衰，接上今天地气的，更是少而又少，苏东坡算一个。林语堂有名言：一个无可救药的乐天派。东坡诗词痛快淋漓，乐观通达，"欢愉之辞"甚多，也确实"难工"，其粗疏之弊历来为人诟病，其中介存斋周济评语最具代表性，他说苏氏"每事俱不十分用力"。

可是，就东坡论东坡，真的那么乐观吗？有两部宋人诗话中，记述了东坡对在黄州所作一首诗的敝帚自珍，他自认为乃"平生最得意诗也"，且"平生喜为人写"。东坡爱海棠，常以海棠自喻，这首诗写的正是海棠。其中有句"雨中有泪亦凄怆，月下无人更清淑"，东坡得意至极，说"此两句乃吾向造化窟中夺将来"。这首诗最后一句是"明朝酒醒还独来，雪落纷纷那忍触"。单看这两句，孤独，凄怆，天涯流落，很难和乐观联系起来。

东坡另有名句："问汝平生功业，黄州惠州儋州。"众人皆谓豪放之情颇为感人，但我从小到老，无数次读到这一句，怎么读都是诸多无奈，无限凄凉。平生功业黄州流放开始，而就在初到黄州的元丰三年，东坡四十五岁，写下这首海棠诗，从此开始把泪藏在雨中。

有了以上两段陈述，再来回答前文之问：苏东坡真的那么乐观吗？答案是肯定的。林语堂"不可救药的乐天派"之评准确吗？答案同样是肯定的。不过问题在于，此乐观非彼乐观，而悲观和乐观，也绝非在浅表层次可以两分的。

悲观、乐观之分，至少还有两个层次需要继续往下讨论。

第一层是基于乐观的悲观，和基于悲观的乐观。无论是悲观和乐观的主体，还是他者对悲观乐观的评价，都与年纪、经历有很大关系，以快递小哥的青春年少，以林语堂结论"不可救药的乐天派"时的意气风发，都是可喜可贺的真乐观、纯乐观，假如他们表达悲观，倒是为赋新诗强说愁。而到了东坡流放黄州的年纪，已在悲观乐观中穿梭往返多少个来回，悲乐早已杂糅一处，难分彼此。当此时，芸芸众生会随着天性随波逐流，忽悲忽乐；而如东坡大才，必花费巨大心力，有一轮艰难抉择，他要确立人生主线，并从此进入人生自主新境界。如此抉择出来的乐观，可以不纯粹，可以却道天凉好个秋，但不可以不清醒。此时的乐观，大多有个坚实的悲观根基。

第二层是超越乐观、悲观的分别。说乐观中的悲观、悲观中的乐观，说杂糅一处，还是二元对立的泥潭，难以解脱。无论乐观还是悲观，不妨都转换为"悲观"——"悲"是慈悲之悲、悲智之悲；"观"是观自在之观。东坡参禅修佛多年，临终时惟琳方丈在侧，劝他用力到西方，东坡说"着力即差"，可见对超越二元对立的方向很明白。不过真到那一刻，不用力是否能过去，亦未可知。

拉拉杂杂说了这些悲观和乐观，有什么用意吗？有的。世界变幻迅猛，信息爆炸，群情激奋和绝望之情都来得更猛烈、更极致，同时也更随意、更肤浅。这样的大环境下，有必要爬梳一下，应该悲观还是乐观呢？以及，不妨向着超越悲观、乐观分别的道路前进。

人和鸟

每年三伏天热到无奈，不由自主就想到辛稼轩那一句：只消山水光中，无事过这一夏。读诗词，不时确有奇效，明明窗外似蒸笼，几句诗词读罢，隐约就感到"熏风自南来，殿阁生微凉"，进而甚至还顿生豪气，"人皆苦炎热，我爱夏日长"，颇有一种"所有的炎热，所有的炎热都来吧，让我来编织你们"之意。说是奇效，不过是一种移情，并不奇。

除了读诗词，还弹琴，求乐求雅还在其次，弹琴可静心，仍是为的解脱酷暑。当年随余青欣老师学琴，她在当代琴人圈中有雅号"余鸥鹭"，是夸她一曲《鸥鹭忘机》弹得最有心得。这一琴曲源自《列子》里一则故事：有一小兄弟喜欢海面上下翻飞的鸥鸟，鸟也喜欢他，每天早上小兄弟一出海，上百只鸥鸟飞来与他嬉戏。小兄弟的爹就说了：听说鸥鸟特喜欢找你玩啊，你逮几只回来，让我也玩玩。小兄弟第二天到了海上，那些鸥鸟只在半空盘旋，愣是不下来。

说回辛稼轩。"无事过这一夏"一句出自《丑奴儿近·博山道中效李易安体》。我老觉得夏天写至此，更难的是还把日子过到如此，要算文人咏夏诗词之冠。就在这阕词的下半部，辛稼轩也用了鸥鹭忘机的典故："午醉醒时，松窗竹户，万千潇洒。野鸟飞来，又是一般闲暇。却怪白鸥，觑着人、欲下未下。旧盟都在，新来莫是，别有说话。"

抛开"旧盟都在，新来莫是"的重度抒情，我们来说说鸟与人。

诗词里写到人和鸟的不少，单就我个人喜好而论，陶渊明有"山气日夕佳，飞鸟相与还。此中有真意，欲辩已忘言"；李白有"众鸟高飞尽，孤云独去闲。相看两不厌，只有敬亭山"；辛稼轩除了"觑着人、欲下未下"以外，至少还有一次写道："谪仙人，鸥鸟伴，两忘机"……掩卷想想人和鸟，是一对有趣的关系。

人和鸟在同一蓝天下生活，鸟们飞来飞去，人们忙忙碌碌。

人和鸟每天都能看见对方，可是各自喜怒哀乐，于对方而言，全不知所云。那么，事不关己，就高高挂起？恐怕也不行。也许对鸟来说可以，对人，肯定不行。因为鸟又处在人与天的中间，人仰望苍天，首先看到的是鸟，然后才是天。天在鸟的背后，阴阴沉沉抑或灿烂辉煌。

有西哲说过，鸟能同时看见人与上帝，是上帝与人的中介。鸟的翅膀每一次扇动，都是上帝给人传达了一项神圣旨意。按这说法，人要揣摩上帝，首先要揣摩鸟。想接近上帝吗？请先接近鸟。

可是很难，因为鸟太小了，它的每一眨眼、每一扇动翅膀，在它可能竭尽了全力，人却很难看个真切。离得远、有距离感只是一方面，关键还是鸟太小。人的体积是鸟的几倍甚至几十倍，差距会带来变形、失真，如果你去过老北京微缩景园、深圳的世界之窗，看到偌大个紫禁城被缩成那副德性，一定有体会。

鸟可能无时无刻不在看人，但它也看不清晰，因为人又太大了。大，同样可能视而不见，就像人看泰山、看马里亚纳海沟——别说这么吓人了，就说乐山大佛吧，一个佛脚趾上站好多人还宽宽敞敞。

能不能看真切是一回事，看不看又是另外一回事，不可混为一谈。但是不管怎么说，鸟不认识人，人也不认识鸟。把庄子名言"不知鱼之乐"套用过来就是：人"不知鸟之乐"。

好事者很自然就会反问"子安知我非知鸟之乐"，我建议不再往下追问。"不知鱼之乐"是很朴素的一句话，再往下追，"子安知我非知鱼之乐"就有文字游戏之嫌。前句话是人对鱼，对鸟；追问的话就是人对人了。人对鱼、对鸟很朴素，至多不过到《列子》里那位小兄弟的程度，动了点心；人对人呢，就要落实在行动上了，狡猾，游戏，玩笑，尔虞我诈，点头哈腰，口蜜腹剑。

照此逻辑，人最好别老想着去认识鸟，认识自己就已经很难了，再去试图认识别人更容易出危险。于是矛盾出来了，到底去不去认识鸟呢？去认识吧，容易沦入人对人的劣境；不去认识吧，它又是上帝与人的中介。结果是，就像所有事的结果一样：进退维谷，莫衷一是，前后为难，尴尬。

蓝天之下，上帝面前，鸟和人放在一起永远是尴尬的。"人鸟"也好，"鸟人"也罢，都不是什么好意思，前者不雅，后者干脆就是句骂人话。

鸟被说到这个地步，又想起另一个容易引起歧义的字："靠"。网络语言中，"靠"已衍变为骂人话的代用字，可偏偏还有人深情地唱道："我让你依靠，让你靠，没什么大不了。"同样还是网络上，曾见一位朋友 ID 叫作"靠山山会倒，靠人人会老"。这倒是超越了生活的尴尬，依我看已接近澄明的天空，因为里边有悲凉，至少抵达了辛稼轩的"旧盟都在，新来莫是，别有说话"。

一河一城

许多事看似琐碎平常，细琢磨竟有诗意。比如我做图书编辑，一本书目录页版式，最为常见的是首尾对齐，但是中间对齐的也不少，两头自然伸展，参差不齐。读了一本设计研究著作，说后一种排版方式，缘起应是模仿我们祖先最早沿河而居，光阴荏苒，十户百户千户，自然造屋，参差伸展，渐成小镇，进而延展出一座大城。从此每见这种版式，好似看到一条河，一座城，并从中领略诗意。

河流是一座城的胚胎，也是这座城的魂。我人生过半，在北京居住时间最长，这座大城缺水，拢共没几条河，市区更少，换了几处住地，始终绕着西坝河，几近执着。开始是租借房子，时常被迫搬迁，南岸北岸，反正离河不远。后来有钱买房了，不由分说买了离河最近一处。如今我在书房读书写作，西坝河就在我窗外静静流淌。偶遇大暴雨，河水湍急，听着奔涌水声入睡，午夜梦醒，一时恍惚，仿佛回了南方童年。

买北京这处房子时，开发商的广告语是"水景阔宅"，在我这个江苏长大的人看来，不免既喜兴又可怜，西坝河啊，几十米宽的小河沟，水面常常近似静止，稍远点都看不清，还水景！相比西坝河，江苏的河才有河的样子。

我是江苏人，生于河边，长在河边。那条河枯水季也有一百多米宽，当地人称之为废黄河，又称古淮河，是古代黄河夺泗水入淮河而形成的一条河道。在我童年，自来水还不普及，人与河流的关系更密切。这座小城的人，离河远的人家喝井水，我们这些河岸人家吃用全靠这条河。家家有口陶制大水缸，必有扁担和两只铁皮桶，每天去河里挑水。洗菜做饭用水量大，直接去河边。

从家到河岸，大约百米长的羊肠小道，两边分别是玉米地和花生地。每到盛夏，趁父母午睡，偷跑去河里嬉水，半路会偷偷连泥带土拔一把花生，一头扎进河里，夏季暴涨的河水流速极快，那把花生往水里一杵，再拿出来就干干净净了。初长成的落花生，剥开白白的壳，里边是更白且嫩的花生米，一口咬下去，清甜汁液在口腔迸溅，那是童年夏天美好记忆。

回忆童年，很多事发生在河边。比如把我带大的姥姥去河边洗衣服，除了带上我，还会在衣服篮子里藏几册父亲的书，趁人不备塞入河里。那个年代书籍分两种，一种是红书，一种是黑书。家里有些中外文学名著，随着风声越来越紧，几乎都变成了黑书。扔啊扔的，经年累月，父亲的书架上异常清简。父亲明知道有这一出儿，却始终假装不见。当时就感觉父亲苦，但不知道有多苦，后来才明白，不光父亲苦，人人皆苦。不光那时苦，从来人生即苦。

还比如和小伙伴在河里玩耍时，摸到一颗未曾引爆的炸弹，战战兢兢几个人抬了送到派出所，得了嘉奖。当时感觉那颗密度极大的炸弹，简直是古时候留下的。后来才明白，解放战争时，这条河两岸有过一场著名战役，应该就是那时，这一钢铁疙瘩被留在河里，也就二十多年前的事。由此开始重新感知时间，才看清时间是人为设定的，哪有真实存在的时间呢，一个幻象罢了。

再比如，一年夏天，一个叔叔在河里游泳，我在岸边瞧着他劈波斩浪。就在那天，那位叔叔永远留在这条河里。他的家人、亲朋好友打着手电，擎着火把，顺流而下找了整整一宿，未见遗体。当时的我只是惊慌，有点糊涂，过后几天渐渐被死亡这一意象越攫越紧，从此不得不直面一件事，直至今日，这件事叫作死亡。

童年在江苏，也搬过一次家，从一座城到另一座城。这座城里有一条更著名的河，大运河。每天上学放学必须横跨大运河。那时陆路铁路交通都还很落后，大运河水运还很风光，河道里随时上演百舸争流画面，岸边还有不少运河船上人家，洗衣煮饭，炊烟袅袅。每当经过大运河，河里的一切都让我流连忘返，尤其放学的时候，站在桥上，向东凝视夕阳洒满整个河道，金光粼粼促人出神，无数次幻想跳上某条船，无知地觉得，向东，向东，就可以到大海了吧。

半生过完，常住的城三座，一城一河。人生前进，就像打开一扇又一扇门，而这几条河，恰似这几扇门的轴，流水不腐，户枢不蠹，它们不如门面那般彰显，却至为要害，半生以来诸多基调都在河边奠定。

有句老话流行几千年：知者乐水，仁者乐山。从小到大，我生活的几座城都与峻峭高山无缘，因此从无"乐山"体会。倒是每座城里这条河令我盘桓，倍觉亲近。那句老话的后半句还说了：知者动，仁者静。对照自己，知不知不敢诳语，真的是空有一颗好静之心，然而如同命犯河流，终究是动的。动荡的动。

浓缩人生

国庆假期，旅次阳羡溪山。天高气爽，山灵水秀，野菜湖鲜家常便饭，吴侬软语不绝于耳，本该各种贴心入肺，可是生了病，白日巨嗽，夜里低烧，了无生趣。

人在病中本就多愁善感，再上点儿年纪，难免不良暗示撒娇地冲入脑海，真就夸张到一闪念：假如一病不起，乃至一命呜呼，又如何？杜甫有诗句："老夫转不乐，旅次兼百忧。"他写下这句也在旅次，年纪也和我现在差不多，忧个什么呢？小到忧国忧民，大到上下求索，千忧万忧挖到最深处，就是个生死吧。

顺这题目一路诘问下去，答案竟是：生固然不舍，死也未尝不可。有不忍，有不甘，但也并非无法接受。一念至此不觉一惊——也就是说，生无可恋了吗？

再想想。我琢磨这些，固然起于生病的情绪化，但是诘问是思考的过程，情绪化因素渐渐消退，基本理智平静。早年曾经陪伴一位久病的长辈，一次聊天她说道：想到死神啊，是个笑眯眯的白胡子老头。我笑她：您那是圣诞老人。长辈说：一回事儿。用在我这一刻，没这么洒脱，也接近。也就是说，死亡于我，一不遥远，二不恐惧。

第二天重阳节，照老礼儿登高望远。一早洗漱清白去登东坡阁。登山途中仍旧巨咳不止，所幸有个高处是明确目标，勉强有些意趣。及至山顶，眺望远山如黛，俯视阳羡湖碧波千顷，想起大批神交多年的古人，也曾盘桓这片山水间，留下画，留下诗，传到我口里手里眼里。只恨自己不会作诗填词，只能借他们的话，涤荡正百般不爽的胸腔。

重阳节，最有名的诗词是当年一首"大学生诗歌"：独在异乡为异客，每逢佳节倍思亲。遥知兄弟登高处，遍插茱萸少一人。为什么叫大学生诗歌呢？王维写它的时候十七八岁，如今大学新生的年纪。第二有名的可能是这个：薄雾浓云愁永昼，瑞脑消金兽。佳节又重阳，玉枕纱橱，半夜凉初透。东篱把酒黄昏后，有暗香盈袖。莫道不销魂，帘卷西风，人比黄花瘦。李清照写它的时候也就二十岁。既然想到了作品，自然就又顺便想到王维、李清照的人生，得，昨夜的多愁善感再次强势入侵了。

所谓传诵千古，王维、李清照无疑都达到了，假如他们写完这一诗一词即赴死，如何？天才少年夭折、人杰英年早逝的故事从来不缺，一场浓缩的人生，好不好？

现在来看肯定不好，不好到极点。古人呢？我猜不一定，而且越往古早越不一定。差别在于，对于生死，越古早越没保障，依现在话说安全感缺乏，导致心理预期不同。风萧萧兮易水寒，当年多少人就为一句话，为一念，说死也就死了。搁今天，万千羁绊，想死还要送抢救，药物维持，没那么容易。

一次友人聚餐，气氛明明欢乐，不知怎么聊到死亡，说起最后一刻来临，比如已经丧失意识由人摆布之时，由谁来全权决定比较理想。在场众人答案惊人一致，竟然全都不是父母、妻子、丈夫这样的至亲，都选择了友人。背后的道理同样惊人一致：越是至亲越是难舍，过度治疗、过度抢救在所难免，而那不是将死者的意愿。

且不说最后一刻，再往前追溯一下。人定胜天是抒情，是自嗨，难逃生老病死才是实情。既然难逃，总数有限，不免会思考质和量的问题。年轻时候听闻英年早逝之事，总是扼腕叹息，这两年频有身边人，在创造力最成熟时猝然离世，第一瞬间仍然惯性地扼腕，惯性地叹息，然而过后，很多次一丝羡慕自脑海滑过，觉得就在人生的上升通道撒手离场，人生浓缩，简直是件大好事。寿则多辱，本来挺好的人生，老病死一来，生之精华被稀释得稀汤寡水，太不堪。

所谓死未尝不可，人生苦短，人固有一死，白驹过隙……关于生死话题，陈芝麻烂谷子的话太多了，聊来聊去，道理也无非那几个，绕不开。然而古往今来，还是"虽千万人吾往矣"。也不奇怪，"道理也无非那几个"这个话，放之四海皆准，古往今来什么事不是重复又重复呢？小到一日三餐，男欢女爱；大到经国大业，俯仰天地。

浓缩人生，这浓缩的精华该是什么呢？如上，道理也无非那几个，最有名的一句大概要算孔子所言：朝闻道，夕死可矣。曾有学者讨论这一句，说此处之"死"绝非简单字面之意，应该解为"为……而死"，原因在于，闻道是知，为……而死是行，知行合一，方为孔子原意。在我看来，如此解释的人，还把"行"和"知"打为两截，还不能体会知即行、行即知，因此很难理解我说的浓缩人生。

前两天读《佛陀的圣弟子传》，佛陀也说过与孔子类似的话。抱亡儿乞药的母亲瞿昙弥，在佛陀引导下渐渐走出丧子之痛，精进修行。一天晚上她看见油灯喷溅火花，顿时体悟到生死轮回即如灯火燃烧。世尊知道她究竟解脱的时机业已成熟，口占一偈：若人寿百岁，不见甘露道，不如生一日，得服甘露味。瞿昙弥听罢，当下断除一切结而解脱，从此生死不在话下，更不会如我这样，在这里想什么人生浓缩不浓缩。

人生之最后

1933 年 1 月，农历腊月，弘一法师在厦门一间寺庙讲演，题目是"人生之最后"。讲演的内容，是依佛陀的教育如何看待人的死亡，以及一个人死亡的前前后后，眷属亲朋具体应该做些什么、怎么做。

讲演最后弘一法师说："残年将尽，不久即是腊月三十日，为一年最后。若未将钱财预备稳妥，则债主纷来，如何抵挡。吾人临命终时，乃是一生之腊月三十日，为人生最后，若未将往生资粮预备稳妥，必致手忙脚乱呼爷叫娘，多生恶业一齐现前，如何摆脱。临终虽恃他人助念，诸事如法，但自己亦须平日修持，乃可临终自在。奉劝诸仁者，总要及早预备才好。"

由此上溯八百多年，1101 年，宋徽宗建中靖国元年，年初苏东坡在天籁堂画了那幅《枯木怪石图》。六月，因暑热染瘴毒，卧病五十余日。立秋后，行旅入荆溪，病益加重，命诸子侍侧。苏东坡来到了人生之最后。

据《东坡纪年录》记载，苏东坡"将属纩，而闻、观先离，琳叩耳大声曰：端明宜勿忘"。属纩，《礼记》中古时丧礼之一是"属纩以俟绝气"，意指病人临终前，要用新的丝絮置其口鼻处，看看还有无气息。闻、观，是指耳和眼。琳，是杭州径山寺的惟琳长老，他见证了好友苏东坡人生之最后。端明，犹神明。

惟琳长老在侧，弘一法师所说的"他人助念，诸事如法"可以放心了。当时的情形是，听闻惟琳长老言罢，苏东坡说："西方不无，但个里着（力）不得。"另一个陪伴在侧的友人钱世雄听了这话鼓励道：先生您平时修行得好，此刻更要"着力"啊！苏东坡答道："着力即差。"语绝而逝。

苏东坡一生好佛，人生之最后若此，有不同的解读。有人说他终得解脱，往生西方。有人说，能说出"西方不无"，便是疑信之间，假如真实信有西方，正好着力，如何谓着力不得也……这是专业问题了，我们这些俗人不宜置喙。

再来看弘一法师人生之最后——

据林子青编著《弘一法师年谱》载，1942 年，岁次壬午，八月下旬，法师渐示微疾。为两个同道写了大柱联，还"力疾为晋江中学学生写中堂百余幅"。月底，自写遗嘱于信封上。九月初一，弘一法师临终前三日，书"悲欣交集"四字交与侍者妙莲。

"悲欣交集"四个字，是这个六十三岁老人最后的绝笔。随着近年弘一法师"热"起来，这个词也被四处传诵，但大多传得面目全非，悲欣二字几乎被理解成一颦一笑之类，也真是没有办法的事。

其实"悲欣交集"这个话，弘一法师不止一次说过。1918 年落发出家，九月至灵隐寺受戒，马一浮贻以两册佛书，"披览后因发心学戒"。后来他在《四分律比丘戒相表记·跋》回忆："余于戊午七月，出家落发。其年九月受比丘戒。马一浮居士贻以《灵峰毗尼事义集要》并《宝华传戒正范》，披玩周环，悲欣交集，因发心学戒。"

弘一法师出家二十余年，悲欣交集始，悲欣交集终，是一轮回。但终时的悲欣交集，和初时的悲欣交集，同样四个字，个中内涵之广博不完全相同。

弘一法师的学生曹聚仁曾经撰文，非常浪漫文人化地挑选了老师早年写过的三首歌词，概括其师心灵的三个境界，即《落花》《月》《晚钟》。

《落花》的核心内容是：忆春风之日暄，芳菲菲以争妍。既乘荣以秀发，倏节易而时迁，春残。《月》的核心内容是：仰碧空明明，朗月悬太清。瞰下界扰扰，尘欲迷中道。《晚钟》的核心内容是：倏忽光明烛太虚，云端仿佛天门破，庄严七宝迷氤氲，瑶华翠羽垂缤纷。

很自然地，就想起更广为传诵的王国维"三境界"说。《人间词话》二六："古今之成大事业、大学问者，必经过三种之境界：昨夜西风凋碧树。独上高楼，望尽天涯路。此第一境也。衣带渐宽终不悔，为伊消得人憔悴。此第二境也。众里寻他千百度，蓦然回首，那人却在，灯火阑珊处。此第三境也。此等语皆非大词人不能道。然遽以此意解释诸词，恐为晏欧诸公所不许也。"

从青涩孤僻的独上高楼，到蓦然回首的市井人间，王国维说的这"三境界"也是一轮回。弘一法师的一僧一俗，也是一轮回。有兴趣者，不妨搜索弘一法师历年历处提及"悲欣交集"的文本，详加考察这一话题，我们这里单说人生之最后，"悲欣交集"四个字，是弘一法师人生之最后。

苏东坡、弘一法师二人都是傲世独立的文豪，又都是引领后世直至今日的书法大家，同时又都是佛弟子，俩人的人生之最后，一个"着力即差"，一个"悲欣交集"，都挺耐琢磨的。我写下这些文字的时候，窗外晴空万里，秋意初现，万般美好，看着街上人流涌动，人人脸上种种表情生动丰富，多少人会想到自己的人生之最后呢？可是就算你不想，它也随时横亘眼前。

悼念什么？怎么悼念？

人过五十，悼念亲友的事多起来，2019年尚未过半，四五起儿了。先是突然得知过世消息，过后是感叹，然后追悼会，再然后，还有追思会。

艾略特有句著名的诗，把4月定义成残忍的季节，这个5月，连赴两场追思会，又不知从何时起，眼窝子浅到叫人尴尬，流了两次泪。泪水忍不住的时刻，可能心理自我保护开关自动开启，一时打岔想道，艾略特说错了，5月才残忍。

亡者都是作家，一位二十年前病故，当时三十九岁，如今亲友们逐一撰文，出版纪念文集，聚众追思；另一位四十六岁，急病猝然离世，一棒子打下来，亲朋好友来不及反应，一七二七三七……七七数完，人人仍然蒙头涨脑，还是反应不过来。两个多月后，追思会才开成。

杜甫有诗：死者长已矣，生者常戚戚。戚戚，忧伤也，也有忧惧之意。忧伤好理解，生死两隔，难免伤怀；忧惧？有吗？我们悼念一个人，会心怀忧惧吗？确实有。

年轻时候爱说不忧亦不惧，今天回想，能这么说话，说明对忧惧还没什么深入体会。并不是说年轻就没有忧惧，只是，能说出的忧惧，多是形式大于内容。年轻啊，再忧再惧，能忧惧到多深呢？上点岁数就不一样了，忧惧不待开口说、动笔写，随时随地，如影随形。

可究竟忧惧个啥？这真是个至难回答的终极问题。难在能说得清道得明的忧与惧，其实就都不算什么，大忧大惧，一来无法表达，二来早没了表达的愿望。当然你也可以大而化之地说，无非人生即苦，流转轮回，可这样的话说出来，每个人都有每个人的意思，注定无法共享。佛教里有个词叫"共许"，就是没有共许。

言已至此，虽然终未给出明确答案，但已说完了我们在悼念什么。死者长已矣，生者常戚戚，我们悼念他人，其实是悼念着自己，悼念自己虚度的时间，悼念自己逝去的年华，悼念自己在这时空中留下的每一条轨迹，尽管说到底它们也是虚妄不实的。

就在这个残忍的 5 月，忙着悼念的 5 月，每一天太阳照常升起，一位老画家的个展盛大开幕。我的工作室就在展厅隔壁，得以和八十一岁的老画家多次深入交谈。

老人对我说，他六十岁的时候，对自己绘画生涯既忧且惧，觉得没什么指望了。活到七十岁，回顾过往十年的创作，蓦然发现这十年比过去的六十年都好，绘画上有了更多突破，总算渐渐找到真正想要的东西。然后，继续，万没想到，八十岁再回顾，七十至八十岁这十年，竟然更好啊……老人说完这些说："这是我由衷的感受，绝不打诳语，可是我明白，你现在还不懂这些。"我说："明白，没有共许嘛。"说完自己乐了——这话说的，到底是明白不明白呢？

还是这个残忍的 5 月，这个忙着悼念自己的 5 月，和一位失联多年的朋友重又联系上。加的微信，乍一开始，问好，感叹，多年不见，不知从何说起，话都说得客气。那么宽的时间鸿沟，我们好像都在奋力挥锹填土，想尽快架出一座桥，可是，迟迟难见效果。

无意间我向她转述老画家那番话，未及说全，一座彩虹一样美的桥瞬间架设成功，我们俩你一言我一语抢着说，话匣子顿时打开了。我们都认为，到了这个年纪，无论是主动的还是被动的，总之越来越少被比较低级的情感因素困扰并左右，终于摆脱了颠来倒去总是重复的那些外在，仿佛突然有了新方向，我们的心灵也因此突然年轻了，又开始爬坡，我们重新获得一种向上的力量。

对，力量，就是这个了，这就是"怎么悼念"的答案。我们悼念一个人，是要再一次逼着自己直面萦绕在怀、赖着不走的忧与惧，并不是要沉浸于此，我们是要借此学会与这份忧与惧共生共处，相敬如宾。如同我们的身体不再年轻，病痛时常突袭，器官逐渐老化，可是，以现在的医疗医药水平，只要安于接受，安心与病痛共生共处，也没什么大不了的。

就在这两场追思会过后，和其中一场的主办者交流，说起现场我居然一言未发。我说假如千言万语必须化成一句话，想说的是向亡者学习，学习她任何时候都不纵容自己，严格要求自己。主办者听完说道：她能给人力量，真好。

在可预见的未来，必将迎接越来越多的悼念，弄清楚这些悼念到底在悼念什么，以及怎么悼念，也就生出了力量。

回忆照亮现实

江南进入梅雨季节了。雨声与回忆可能是手心手背的关系吧，每到这季节，都会有回忆的小股部队前来袭扰。每天清晨醒来，听到窗外淅淅沥沥的雨声，必有零七八碎旧人旧事浮现脑海，恍然良久方能回到现实。

晨间的回忆，是白天现实的一部分，有时它是这一天的基调；有时它和这一天是手心手背，不分彼此；有时又是音乐的主副旋律，琴瑟合鸣。此情只待成追忆，只是当时已惘然，这话早年读到的是过去现在，过去了再不来；现在读到的是，所谓现实和回忆，二者真没那么泾渭分明，回忆即现实，也许压根儿就没什么可追、可惘然的。

今早雨声带来的，是一位多年不见的老同事。前几天看到她微博，典型退休人士气质，盛开的花朵，或是一隅美景，像花卉风景日记，全是图片，很少文字。看得出，隔三岔五她去山里，去水边，哪里有好花，哪里有美景，她就去哪里。在学彩铅绘画吧，偶尔发几幅作品，绚烂细腻，段位相当不俗。

她是北京人，南方名校读完书，回北京供职国家图书馆，没两年调到我所在的出版社，从此直至退休，一直是骨干中的骨干，每一项工作都完成得准时、坚实。每天稳稳地忙碌着，其他同事聊闲天的时候，她不拒绝，但也极少开口，淡泊地一边听着，该笑时笑，该忧时忧，该烦躁时也烦躁。平日大家有好事想不起她，有坏事同样想不起她，因为她永远不在显眼处。

时代变化迅猛，出版社这个小社会也是潮起潮落，而她永远是万变中那个不变，只踏踏实实做事情。不变说似容易，其实最难，乍看不显眼，时日一长便愈显珍贵。于是先做了主任，还要她做副总编辑，她拒绝，劝了好几轮，没有丝毫犹豫，五十五岁生日一到，立刻退休。

从她又想到另一个我俩共同的老同事，东北满族，少年到北京读书，后来落户北京，恋爱、结婚、生子。最初认识，他颇激进，有诸多文学理想，喜欢外国文学，立志献身文学出版事业，有计划有步骤引进一批小众、尖端的外国小说。当时市场经济尚属早期阶段，出版社的氛围，一面是"东方风来满眼春"，一面是"山雨欲来风满楼"，市场经济的脚步日渐临近，编辑们喜忧参半，喜的是权限越来越大，可以做些真正喜欢的书；忧的是越来越讲经济效益，再好的书，只要赔钱就不好出了。这位当时还很年轻的老同事要做"小众、尖端"，赔钱概率就大，选题常被重视大局观的总编辑枪毙。他一面身段柔软，上下游说；一面激进到要自己投资。当然，国营出版社，不可能是真正意义上的投资，只是立下军令状，书若赔钱，用自己积蓄照价补贴。

老同事在四十岁上下，已是部门负责人，经历了一些名利与情感的小挫折，消沉了一些时日。其间画画解闷，不想就画进去了。不仅从消沉中走出来，而且容光焕发，年轻了好多。每次在办公楼见到他，都在稳稳地喝茶读书，或者读稿件，外国文学出版工作仍然在做，但是从容不迫，不急在一时一刻，选题再被枪毙，也一笑放下。业余时间显然全部贡献给了绘画，每一个同事都收到他强行赠送的水墨小品，几簇幼竹，或是一幅丈山尺树，稚嫩，但真诚。

后来我辞职了，与他多年不见。一年腊月，我去琉璃厂买纸，准备写春联过节，货架一侧邂逅老同事，手里大袋小包很多宣纸，满脸喜悦。聊了两句，他说就要退休了，好日子终于要来了，人生美好退休始。我问后来还出了什么小众尖端的书，他说都被枪毙了，说完开怀大笑，没有一丝怨。

转年深秋某日，突然接到了老同事的噩耗，说他刚退休没几天，去外省写生，晚上和友人喝酒，突发心血管病，长辞人世。我问传信的人：临走前是开心的状态吗？说是太开心了，一直开心。

回忆至此，窗外雨声忽然强烈起来，现实冲进回忆，起床了。洗漱完毕拿起手机，读到一篇短文，巧了，也在说着差不多的事，说他一位昔日同窗，才貌双全，人人都觉得会前途无量，却一直待在时尚大都市一所普通学校，任时代浪潮卷袭，一一躲过，原地岿然不动。只讲课，不发论文，不参评职称，更不追逐行政职务，然而讲课内容却始终坚持启蒙时代以来的理性精神和现代文明原则，深受一代又一代学生的热爱。新时代到来，也到了退休年纪，眼下时刻准备退休。

这一大早的，回忆与现实是三个与退休有关的事，依我经验，它们将会成为我新一天生存的本色。除此以外，它们也是融会了我所有过往经验的回忆的结晶。常说的一句话叫"理想照亮现实"，在我看来，回忆同样会照亮现实，我将迎来的是稳稳的一天。

人间何事不鹅笼

嘉德春拍，吴冠中名画《狮子林》以 1.44 亿元成交。去年春拍中，我一位老师也拍得一幅吴冠中油画，画的是宜兴农家常见景象：屋后空场围起几道栅栏，养了一大群鹅，千姿百态煞是喜人。吴冠中与我这位老师都是宜兴人，围栏养鹅的场景于他们而言，太怀旧、太有感情了。

前几天资深戏剧人杭程兄排了一出新戏《鹅笼书生》，在鼓楼西剧场演出，赢得一片喝彩。戏是新戏，剧本却是改编自一个古老的故事，这故事与鹅有关，也发生在宜兴。

"风烟俱净，天山共色，从流飘荡，任意东西。"很多人会背诵绝妙写景美文《与朱元思书》吧？作者是南北朝的吴均，他还写过一本志怪小说，叫《续齐谐记》，鹅笼书生这则故事即源自此书——

古时阳羡（即今日宜兴）有一位叫许彦的老兄，某日担着鹅笼
赶路。遇一书生说脚痛，"求寄笼中"。以为是戏言，不料书生
真的进入笼中，奇怪的是，笼子没变大，书生也没变小，他与
两只鹅并排安坐，鹅亦不惊。更奇怪的是，许彦老兄再挑起鹅
笼，也并没觉得重量有一分增加。

行至一棵树下，书生从口中吐出器具肴馔，与许彦共饮。再后
来，书生从口中又吐出一位妙龄少女共酌。书生渐渐喝醉，妙
龄少女耍了单儿，她又自口中吐出一男子共饮。少女又喝醉，
新来的男子又另吐出一女子。如此几番，最终诸位各自将吐出
的男女又逐一吞回，又只剩下书生与许彦两个。书生送了许彦
一个铜盘子，飘然而去，不知所终。

据说这故事也并非吴均原创，是从《旧杂譬喻经》里的段落改
编来的。《旧杂譬喻经》我没读过，大致知道是以"譬喻"为
手段微言大义的故事集，具体引自哪一段不清楚，权且说在此
处，好奇者可去查询。

佛经里面确实经常用到譬喻手法，有一本更著名的以譬喻见长
的经书叫《百喻经》，很多译本。鲁迅先生好像很喜爱这本书，
不止一次出资助印，并亲自撰写题记。

很多流传很广的古代佛教故事，也大量使用譬喻，比如有个著名的故事：十一世纪的佛教大德密勒日巴，他有个弟子叫惹琼巴，一天俩人在路上行走，突然天降冰雹，密勒日巴看到路边有个牦牛角，就进入牛角里，但牛角没有变大，密勒日巴也没有变小。密勒日巴在牛角里还对着惹琼巴唱了一首歌，说牛角里的空间，对任何了解无二的人还大得很。

有没有发现，密勒日巴和鹅笼书生的故事有些许近似？这类故事其实数量从来就不在少数，从来为众多文化大家津津乐道。鹅笼书生的故事，蒲松龄就曾引用在诗句里，"世态渔洋已道尽，人间何事不鹅笼"。纪晓岚在《阅微草堂笔记》里也说过，"然阳羡鹅笼，幻中出幻，乃辗转相生"。近年宗萨蒋扬钦哲的《正见》等几本书畅销，其中一本里边也引用了密勒日巴这则故事。

宗萨蒋扬钦哲不光写书，还拍电影，最近很多人都在看他导演的《嘿玛嘿玛》。十几年前他还拍过一个电影《旅行者与魔法师》，讲的是在不丹，有个村官敦杜厌倦乡村，向往城市，于是踏上奔向超级城市的旅程。路上邂逅一位僧人，二人一路同行。僧人给敦杜讲了一个故事——青年塔西不好好学习，整天心里惦记女人。后来他被一位年轻美貌的女人吸引。与此同时，敦杜和僧人的旅程中，也加入了一位少女……

有没有发现，由敦杜，到老僧，再到塔西，到美女，这则故事和鹅笼书生也有些许相似？它们都有点像修辞手法里的"顶针"，一环引出一环，环环相扣，又相隔十万八千里，风马牛不相及。

这样的故事，很多人听起来都觉得是志怪小说，如果对佛教稍有了解，可能会敏感到，是在讲超越大小、里外、上下等等二元对立的意思，所谓芥子须弥，小到极致的芥子，也与无边无际的须弥山无二。《维摩经》里说："三万二千狮子座，高八万四千由旬，入维摩方丈室内中，无所妨碍。"

有点扯远了，我的本意不是要借此讲什么大道理。年复一年，日复一日，一茶一饭，东听听西看看，先遇到舞台上的鹅笼书生，又遇到宜兴的鹅，继而又想到读过的密勒日巴故事、看过的宗萨的电影，杂七杂八，纷至沓来，蓦然察觉这中间千丝万缕的联系。不过呢，联系恐怕也是一时一地，在时间与空间某一交会点上的一种错觉而已。这些故事看成微言大义也好，看成志怪小说也行，全无所谓，总之到头来，幻中出幻是个值得玩味的好话题，如我这般串烧一番，得个体验，也不赖。

原来你是这么想的

疫情来了，时间大把，不得出门，不得集会，不得聚餐，连日困守陋巷蜗居，读书闷，不读书更闷，所以还是怀着无奈读。

读什么呢？眼见网上各种事吵得天翻地覆，老想到鲁迅，就重读了多篇曾经熟到几近可以背诵的鲁迅文章，比如《记念刘和珍君》。一读免不了又和现实挂钩，顿生郁闷之情。疫情肆虐，格外心疼自个儿，生怕郁闷伤害免疫力，赶紧打岔。

这一岔，眼前活灵活现地浮出鲁迅那一代人和媒体、读者打交道的画面。就比如说鲁迅吧，点灯熬油写篇文章，批评个什么人什么事，最后的句号画下，东窗外泛出鱼肚白。中午起来喝茶抽烟，检查文稿，再作个别字句调整，封好信封贴好邮票，寄往报馆。几天后文稿到报馆，编辑排版印刷，一通周折终于刊出，交邮局分发订户，或者报童当街贩卖，就和读者见面了。有那么几位读者，早餐桌上看到，生了反感要反驳，煞费苦心构思一整天，也点灯熬油敷衍成篇，指不定又要过多少天，鲁迅才看到。鲁迅呢？胡说八道！待我来再写一篇批一批你！构思，铺纸，研墨，又一个不眠之夜。

如此一整个争论过程，在现代人眼里，恰似那个著名的比喻：老太太的裹脚布，又臭又长。现代人全是即兴的行家，所见即所得，张嘴就来，来了就公布于众，形同正式发表。不用成篇，少则几十字，多则一两百字，现代人最普遍接受的文章篇幅。读者呢，秒看，秒回，赤膊上阵，甚至大骂出口，战火迅速燃起，转发好比擂鼓助威，评论如同斜刺里杀出程咬金。还有一众看客，开始还东瞧瞧西瞅瞅，看着看着就看进去了，拍案而起：你怎么能这么说呢！啪啪键盘一通狠敲加入战斗，你来我往，难解难分，点灯熬油，直战到东方既白，双方招数用尽，仍未分出个你负我胜——也永远分不出胜负。

两幕情景不过相隔几十年，根本上没什么不同，只是节奏相差太过悬殊，感受就天壤之别。这么说吧，如同人人脉搏，一分钟七八十次，你不会在意有脉搏这件事；一旦过快，不由分说你就意识到心肝肺肾，肉身之沉重分秒未离啊。

可是每天免不了要刷屏，哪怕很自律只刷十分钟，也免不了看到一些异己之人发布异己之说。躲是一个办法，如见鬼魅，逃而避之。但这太被动了，刷个屏还东躲西藏的又何必，还是要力求视若无睹，穿而透之。

介绍两个我用过的穿透秘密武器，其实是两句话。

第一句：原来你是这么想的。说到底，人人生而不同，累世以来积累下的种种，加之成长、生活的环境各异，当然不可能所思所想一致。果真那样，世界属于机器人了。假如认同这一点，就算有了行动的理论前提，接下来就是操作层面的事。非常简单，时刻逼着自己要牢记，看到不同意见的反应，从"你怎么能这么想呢"坚决改为"原来你是这么想的"。只要牢记这一改变，再上战场，该说说该骂骂，敞开说敞开骂，绝不会丢人丢得底裤都没了。

可能有人会说，这不就是老好人嘛，明明不赞同还藏着掖着装慈悲，真正的慈悲当是劈头盖脸痛斥之，促其幡然证悟，唯其如此，方可拯救他们于水深火热。

这就说到了我的第二句秘密武器，也是来自一位前辈，他说："真正的证悟不是你可以写下来发表的，你甚至无法描述它。真正的证悟是一种真实的慈悲，是共情，是对他人的真挚理解。慈悲不是慈善，慈悲是全然的理解。"

不要妄言慈悲，更不要妄言证悟，它们遥不可及，先从眼下做起，从你碰到的每个人、每件事做起，试着去理解，理解他何以成为今天的他、何以如今天这般说话。

当然，这还只是对人的"理解"，对一时一世的人的理解，如同沧海一粟，距离"全然的理解"不啻九牛一毛，背后还有无边的世界、无边的有情众生等你慢慢发现，慢慢理解，难于上青天。但是，哪怕是盲从的、造作的，也不妨先做起来。

说到这里，貌似我在宣扬什么，都宣扬到无边的宇宙万物了，扯得太远。其实个人的体会是也没那么远，真要做到这两句话，因为违反我们早已养成的习惯，所以并不舒服。然而不去做，一颗心就在烂泥塘里打滚儿，更加不安。

善待"不合吾意"

少年时候非常叛逆，最直接的"敌人"是父母，觉得他们世故圆滑，特别没坚持，没骨气。有天陪父亲去医院，巧遇一位同来看病的叔叔，他们攀谈良久，气氛轻松。我在一旁看着很生气，因为这位叔叔是个著名左派。那个年代，左、右派是敏感词、流行词，以左右划分人差不多要算第一要务。

他们终于聊完，父亲见我捽捽打打一腔愤懑之情溢于言表，问我怎么了。我说怎么能和这样的人攀谈，还谈得如此融洽，他是个大左派啊！父亲乐了，说什么左派右派的，你这小脑袋瓜子里条条框框哪儿来的？你不是叛逆少年吗？一边叛逆我们这一代人，一边又在用我们这一代人习惯用的标准划分人吗？

那天从医院出来，父子二人聊了不少关于左右的事，父亲说人生是复杂的综合体，绝大多数人的左右之分是人云亦云、粗陋不堪，经不起诘问，很愚蠢，他自己也正在努力不以这一标准去看待他人。我说可是我读过这位叔叔的文章，听过他的演讲，确实很左啊。父亲大概觉得继续深聊无益，说了最后的结语：非要用左右划分也可以，但你能不能把思考、评价的背景稍微拓宽一点点，不妨细察，假如一个人表里如一、言行一致地左，或者右，那是思想自由，理当尊重；如果一个人墙头草，为了紧追社会流行甚至旨在谋利而忽左忽右，那是该鄙视的。

时光荏苒，几十年过去，世界已翻天覆地，然而左右之分依然困扰束缚着我们的大脑。眼下这场疫情，让这样的困扰束缚愈加明显，抗疫策略、种种针锋相对的意见，众多纷争，无数人还在简单粗暴地划分左右。

想想也很无奈，每个人都必须经历如此成长之路吧。我从当初的叛逆少年，早已变为那时我所叛逆的"敌人"，如今来写这篇文章，自然也会被叛逆者叛逆。曾经做过一个比喻：一群人爬山，总有先登顶者，下山路上对仍在攀登的人说，上边什么都没有，不用爬了，不如就地歇息，享受风景。这么说是遭人恨的，也是不道德的。因而我也不会厌烦如今的叛逆者，毕竟自己也是一路跌跌撞撞、头破血流走过来的。

但是，如此从叛逆到被叛逆的人生轮回就必须经历吗？有没有可能跳出这一显然是禁锢的怪圈，让人生更加简洁明快，更少无谓的重复呢？固然有人的追求就是芸芸众生，可也总有人想跳出轮回吧？有没有跳出的途径呢？

前几天看到一段哲学家罗素的影像资料，是接受访问，在最后段落，访问者问：假如这段影像能被后人看到，如同死海古卷千年以后被人看见，您觉得有什么该对他们那一代人说的呢？有关您的一生，以及一生的感悟？罗素说了两段话，一段关乎智慧，一段关乎道德。

关于智慧，罗素说：不管你在研究什么事物，还是思考任何观点，只需问你自己，事实是什么，以及这些事实所证实的真理是什么。永远不要让自己被自己所更愿意相信的，或者认为他人都相信、会对社会更加有益的东西所影响。只需单单地去审视，什么才是事实。

关于道德，罗素说：爱是明智的，恨是愚蠢的。在这个日益紧密相连的世界，我们必须学会容忍彼此。总会有人说出我们不想听的话，只有这样，我们才有可能共同生存。假如我们想要共存，而非共亡，我们就必须学会这种宽容与忍让。因为它对于人类在这个星球上的存续至关重要。

罗素与我，时间上相隔远未到千年，不过这些年世界加速度变化，一日长于百年，也不妨视作"千年之后"。看着屏幕上垂垂老矣的罗素平静而坚定地说着这几句话，深感一针见血，无比透彻，正是跳脱无谓重复人生的康庄大道。

其实类似道理，很多前辈都以不同方式说过，有的是长篇大论专著，有的是轻松随意的笔记。早到《论语》就曾有言："子绝四，勿意，勿必，勿固，勿我"。不凭空臆测，不绝对肯定，不固执己见，不主观武断。再举个当代人的例子，金克木先生有一段名言：正合吾意的书愈多读，愈无进步，愈无进步，愈容易流入偏狭，远不如多读几部不合吾意之书。

我也曾如此总结自己的一点感悟：遇到"不合吾意"，原来是"你怎么会这么想呢"，现在是"原来你是这么想的"，从此内心少了很多不解、愤怒、扭曲，有更多时间与精力投入到更有意义的事上。

越来越体会到，所谓真理，永远是最简单、最显而易见的大白话，它就明晃晃地摆在我们眼前，我们视而不见，是因为永远戴着有色眼镜，甚至双目被各种拆烂污糊得只剩下鼠目寸光。对治的办法是远离各种臆测、绝对、固执、武断，真诚善待种种"不合吾意"，唯其如此，人生才能远离愚蠢，迈向明智。

朋 友

从朋友圈说起吧。都在玩朋友圈，朋友数量众寡不一，交际花们不用说了，一个手机不够用，就是洁身自好者，一两百大概也是有的。且把手机扔一边儿，扪心自问五分钟，这么多人，都是真正的朋友吗？怎么定义"朋友"呢？

《现代汉语词典》解释"朋友"：一、彼此有交情的人。二、指恋爱的对象。后者是特指，前者才是通常意义的解释，也是要追问之所在。

汉语发展，双音节或多音节词汇渐渐取代单音节词汇（这也是书籍字数越来越多的原因之一），"朋友"这两个字，古汉语中是两个词，意思不尽相同。"同门曰朋，同志曰友"，或者说成"同师为朋，同志为友"。

《论语》开篇就是"有朋自远方来，不亦乐乎"，说的是朋，没说友。《诗经》里有"嘤其鸣矣，求其友声，相彼鸟矣，犹求友声"，还说"琴瑟友之，钟鼓乐之"，说的都是友，没说朋。

沾了友字，意思基本正面，朋就不一定了。《战国策》里已经出现"朋党"一说，"臣闻明王绝疑去谗，屏流言之迹，塞朋党之门"。后世各朝，整肃朋党乱政之事此起彼伏，确实不乏出自同一师门者结党排斥异己的事。当然，朋党中也有很多人，并非真正出自同一师门，但既要结党，免不了要竖某人大纛，临时抱佛脚认个师，这个某人，就是朋党们公认的"师"。

电视剧《雍正王朝》很多人看过，里面就有朋党段落，说的是李绂为首，门生云集，一时搅得朝廷明枪暗箭。此事确曾有之，气得雍正皇帝怒撰雄文一篇，找大宋朝的欧阳修老人家吵了一架。欧阳修写过一篇《朋党论》，说朋党分为小人之朋和君子之朋。雍正说这纯属胡说八道，君子压根儿无朋，唯小人有之。

朋、友分而论之，都是古时候的事，现代人不再细分二者，彼此有交情，囫囵就是朋友了。可是什么叫交情？交是交往，情是情感，不可能同时达成，总得先交往再生情吧？我们那些朋友，都是通过交往后生了情的吗？答案如果是肯定的，还可以继续追问，情也有深有浅，情到多深，才能被我们在心底认作真朋友?

现代社会教育普及,如果按老规则,人人从小学到大学都有成百上千同学,都是如假包换的朋。要论交情,同学之间找交情是如今最常见的事情,日常三五小聚,毕业周年大聚,无数"业务"在这些朋中酝酿、发展、完成。长江商学院、湖畔大学这些学校里,好多学员固然有充电深造诉求,同时还有另一大诉求,就是收获"朋",多多益善。

同门之朋何其多矣,可是用同志——志向相同、趣味相投——这个小筛子滤一遍,恐怕就剩不下一两个了。

如果嫌弃筛子太老套,有新的划分规则么?想起我编过一本书,张梅的《家师逸事》,写她多年随侍师父,从理论到实践,从宏观到微观受到的言传身教。其中一段写到朋友:

> 一次老师问我最近有没有交到新的朋友。"当然有。"我说,"而且都是有素质的。"特别强调这点。

> "那这些朋友里面,有没有说你不好,给你批评的人?"

> "怎么可能,他们都挺喜欢我的。"

老师不屑地笑起来："那我不认为你最近遇到什么值得交往的人。"

最新的时髦话之一：多做无用之事。好像一提有用就很功利，因而很低级。可是憋着不说，心里一直想着，还不如说出来。心里没想嘴上自不用愣憋。是朋是友，从有啥用来分辨一下，可以更清晰。

前边"朋"说得多，再来说说"友"。《论语》里说，"以文会友，以友辅仁"。一句话把友的用处点透。友，是用来完善自己的道德修养、培养自身浩然之气的。

可惜，我们打小儿学的是以文会友、以友辅仁，后来慢慢地就变成了以利取友、以友取利。这根本不是友，至多是朋。

话说回来，友只能辅仁，取利就不行？也未必。佛教徒们认为，结果不重要，关键在发心，交友发心正当，取利兴许更大，这也是常见的事，不少商界领袖自述、传记里常常包含这样的段落。比如李嘉诚就说："别把生意理解为挣钱。其实生意的本初乃是分享，把好的东西分享给有需或有缘之人，赢取合理的服务费用，秉着做一单生意交一个朋友，这才是生意。"

这话是典型的从发心角度讲朋友。紧接着这句话，李嘉诚还讲了"生意"这个词——"生是生生不息，意乃心上之意。"心上之意，果然是讲发心吧？是在讲生意，亦可当成是在讲朋友。

千禧年的时候，有位世人共奉的智者发表祈愿文，里边也说到朋友：满足感是无法从拥有外物而获得的，即便我们结交满天下，也不会有任何一个朋友可以帮我获得心灵解脱。

朋友一题说至此，算是说到尽头了。好了，这会儿把扔一边儿的手机再拿回来，打开朋友圈再看看。

从前，现在

听流行歌曲，喜欢单曲循环。意不在听，只求有个响动做背景声，手头零七八碎，该干吗干吗。有时歌里一两个词，又或是一两节音符，会带跑心绪，到爪哇国云游半晌，再回人间世。

今天听卢冠廷《一生所爱》，一遍唱完沉默片刻，第二遍再起，如此往复。每次乐声重现，冲进耳朵的前几个字是"从前现在"，某一瞬突然就听进去了。

人过半百，有很多"从前现在"可说了。

还是听歌，前些天听黄霑唱他写的名作《沧海一声笑》。词作者本人唱，非专业歌者，唱得像说话，倒亲切了，歌词从头到尾声听个一字不落。边听边想，从前听这歌真痛快啊，蠢蠢欲动，想中流击水，想浪遏飞舟。后来听这歌，听出老油条的味道，还听出虚张声势的豪情。现在听，既无痛快亦无虚张声势，不过是婉约到难免带粉气的一襟晚照，很柔情。

早起睁眼，接通音响，单曲循环，手头开始煮咖啡，又想到一组"从前现在"。从小受教育，千年一脉逶迤而来的"一寸光阴一寸金"，又被改革开放的"效率就是生命"巩固夯实，所以在从前，喜欢追求效率。比如煮个咖啡，等咖啡流出的空隙还要把碗洗了，把洗好的衣服叠整齐，觉得这样好。现在呢，煮咖啡就踏踏实实煮，洗碗就踏踏实实洗，叠衣服就踏踏实实叠，因为逐渐明白所谓效率，并非通常想象的那样密密麻麻，专注才是真正效率所在。

听歌就听歌，如此敏感地东想西想，也是性格使然。说到性格，也有一组"从前现在"。年过半百，逐渐认清自身不少性格缺陷的来历。我这一代人像海绵吸水一样吸取知识的时候，正值西风东渐，海量西方思潮涌入，其中有个时髦的心理学，认为人之一生，童年记忆简直是一切的基础。从前读了觉得未免夸大其词。现在有了些经历回头看，确实很多问题童年时期就埋下了种子。不过要修正一点，不仅是童年，半辈子过来的点点滴滴，都像一层层夯土，筑起心中层层堡垒，太结实了。

说到心理问题，我当然明白对"从前现在"敏感，不光有心理

143

问题，还有生理问题，不时会有酸痛和种种不得劲儿提醒你想从前，叹现在，这才是问题根本所在。这也是没办法的事，且不管它，继续说"从前现在"吧。

曾经写过一篇短文，分享半百之后处世的两条秘密武器，其中一条也是"从前现在"。日常生活总要与人相处，用时髦话说，没有线下的相处，也会有线上的相处，意见不一，甚至满拧，太常见了。你看网上一场一场的罗圈儿架，都是这么打起来的。身在此山中，难免不被卷入，即便没张口没出手，心里一样翻江倒海，汹涌起伏，不舒服。不过这是从前，不知何时起，事情起了点变化。从前听到相左意见心理反应是：你怎么会这么想呢?！现在的心理反应是：原来你是这么想的。

如果说喜欢比较"从前现在"说明生理衰老有点负面，"原来你是这么想的"之变，无疑是正面的，因为由意见不一产生的烦恼变幻无穷，无处不在，大到世界观人生观，小到日常琐事。比如此刻我在一家精酿啤酒馆写作，电视里在播一场足球赛，又让我想起从前特别不理解一些朋友，怎么还会热爱中国足球，踢得那么次，甲A甲B居然还如数家珍；现在觉得，几十年来我不也随时牵挂中国当代文学，买票去看中国当代电影，不光看，还和人讨论，有时讨论到互相翻脸，这不一回事嘛。

关于"从前现在"的话题太多了，排比下去可以写成一部巨著，必须适可而止，多说无益。开头提到卢冠廷那首歌，"从前现在"开篇后，是"过去了再不来，红红落叶长埋尘土内，开始总是终结没变改，天边的你漂泊在白云外"。确实如此，"从前现在"说了归齐，都是些自以为的巨变。天上方一日，世上已千年，看你在多大坐标系里考察，放在半百人生这一微观世界，貌似沧海桑田；坐标系稍稍放大，就会发现不过是从井底的东南角跳到了西北角。

有一次跟老师聊天，他说曾有三个开放式问题：世上什么东西最轻，什么东西最重，什么东西最肥。老师说，没有标准答案，通常回答：最轻是棉花或纸，最重是铁，最肥是酥油。后来一个老头回答：最轻的是那些恶业不多者的内心。最重的是那些曾经犯下深重恶业的人的内心。最肥是春雨后的大地，滋润而肥沃，生发万物。今天说起"从前现在"，不禁又想到老师这段话，从前觉得讲得真好啊，从向外到向内，里边埋伏着人生大文章；而现在，这些通通被略过，关注点只在"开放"，在"生发万物"。

学习交流

一场大疫席卷全球，人人深居简出，本来已经越来越少的实人实景面对面交流更加稀罕，虚拟的网络几乎成了唯一交流平台。可是，至少在目前，和面对面交流相比，网络交流多少有些打折扣，更容易产生误会。

"两微一抖"（微信、微博、抖音）号称这个时代三大交流平台，抖音主打小视频，音容笑貌俱在，还算折扣不大；微博微信以文字为主，表情语气以及更多真人场景方可感知的细节大打折扣。不知道有没有人研究过，如今公众意见分歧巨大至此，而且杂花生树，一人一套，哪怕一个很小的公约数分母都可望不可即，这是不是和表达途径的变化有关呢？

再换个角度说说。使用微信私下交流，还能语音、视频，更接近对面交流，误会还少些；微博是公众交流平台，陌生人之间你来我往全靠文字，经常吵得天翻地覆，仔细从头梳理，虽然究其实质确实意见相左，可吵得非常难看，驴唇马嘴乱了套，根本不在一个频率上。于是很多人又对交流本身之难深表悲哀，性子急的不耐烦，从此放弃交流，张口就骂，越骂越难听。

1993 年，《纽约客》杂志发表过一幅漫画，画上两条狗，一条坐在计算机前一张椅子上，对坐在地板上的另一条狗说出一句话："在互联网上，没人知道你是一条狗。"这句话后来成了互联网早期名言。几十年过去了，互联网生存的经历让每个人都深切体会到这句话的精辟，那些在网上暴躁强悍的网友，一见面才发现原来是腼腆寡语的弱男子；那些在网上风花雪月的林黛玉，一见面才发现原来是满嘴胡吣的焦大。

失去音容笑貌的交流容易引发歧义与误会，导致谩骂与分裂；但更容易引发歧义与误会的，是交流素质低下。如同识汉字会说话不一定就会写文章，并非能打字会上网就会交流，交流是需要学习的。

理想的交流是多讨论少结论，我相信张口就骂的人当中，很多人也赞同这一点，可为什么讨论讨论着就放弃讨论大骂出口了呢？我抛砖引玉小结一下，至少有下列这么几种情况：

一是不聚焦，话题跳来跳去。你说苹果好吃，他说农药现在是全球农业最大的灾难；你只好转话头，跟他讨论农药问题，他又聊起机器人在生物科技领域的重要性。你说全球变暖气候异常，他说吹面不寒杨柳风；当你讨论春风的时候，他又跟你聊起了居家风水问题。如同拍巴掌，老不往一起拍，非要擦手而过，一个巴掌拍不响，肯定讨论不起来。

二是专注力和耐心极度丧失，无法看完整别人在说什么，断章取义就投入战斗。若干次看网上吵架，起源都是一方没看完对方在说什么，甚至只是没分清楚设问句和反问句的差别，就迫不及待吵上了。旁观者来劝架，还没看具体劝的是什么，只为情绪的堆积，只看第一句就认定来者不善，下边的话当然就每句都横着出来，也讨论不起来。

三是预设立场过于坚定，心胸本来就小，还塞得既实又满，头发丝的缝隙都不留。他们所谓交流，其实是在宣布、灌输。在他那里一切早有定论，从根本上不接受有其他可能性。你说这是头大象，他说这是根柱子；你说这儿还像簸箕呢，他说这就是个柱子；你说这儿还像根绳子，他就急了，说这不明明是根柱子嘛。这种情况怎么可能讨论？

四是置根本分歧于不顾，非要挑战极限，发扬愚公移山的精神硬讨论。比如中医西医之分，比如转基因和反转基因之分，诸如此类的分歧，在我看来都是根本分歧，缺乏起码的讨论基础，不如"道不同不相为谋，志不同不相为友"，能互相尊重最好，做不到也千万别为难自己，绕开走就好了。

五是交流时不顾起码的政治正确，上来就激怒对方。比如昨天读到一篇雄文，开篇就鞭挞西方国家治疫不力，有很多证据可以说明，但文章偏偏选了"人口确诊比"这一条，说按照两国人口的比例，中国应该有53万人被确认，但中国至今"只有"8.2万人。"只有"一词可谓一剑封喉，绝对封死所有讨论的途径，只会引来谩骂。事实上这篇文章在网上也确实被骂得狗血喷头。

以上只是我粗略的几点小结，旨在说明：交流，尤其是网上交流，经过互联网滥觞期的泥沙俱下，眼下情形已不容乐观。貌似最开放的平台，人人皆可自由意志发表看法，然而由于人性中的自私与自大基因，越来越多的人心其实日益封闭，日益蛮横不讲道理。貌似百家争鸣、百花齐放，人人都有一套自己的理论，只有百家，没有争鸣；只有百花，没有开放。交流就像花的养分，没了养分，百花必将日益枯萎，最终我们将要面临的，是人人一条自我封闭的死胡同。

是时候学习交流，做一个合格的互联网时代的公民了。

默认值

第二季《乐队的夏天》最后一场演出，周深和木马乐队合作，周深是助唱，上场是要烘托木马主唱谢强的，可是我听下来的感觉，周深抢了谢强的风头，比谢强唱得好。这届"乐夏"的明星乐队非"重塑雕像的权力"莫属，乐队主唱是华东，刘敏是贝斯手，但是几次演出下来，感觉刘敏真好啊，"唱念做打"都比华东好很多。

一般默认乐队主唱是乐队之魂，也应该是业务最好的一个，但是从两个乐队的表现看，主唱略输文采，稍逊风骚。由此就又想到，读小说看电影看话剧这么多年，也发现一个现象：论角色，常常配角比主角写得好、演得好。从另一个角度反观，出现这样的现象，恰恰说明创作者的笔力还不够。

讨论文艺创作，经常提到"笔力"，所谓如椽大笔，所谓力透纸背，都是在说笔力这件事。笔力雄浑的创作者，笔下很少出现配角强、主角弱的现象。打个比喻来说吧，一场战争有大规模正面作战，也有小股部队偷袭，前者就像写主角，后者就像写配角。配角可以小快灵，可以小聪明，可以漫画式寥寥几笔写出个神似；主角不行，只能老老实实、规规矩矩一笔笔写下去，躲不过，也绝不容你避重就轻。

这算一个经验分享吧，再读小说看电影看话剧，不妨注意主角、配角孰强孰弱，这甚至可以当成试金石、检验尺，检测一下创作者的笔力够不够。

我在微博上大致说了这个想法，受到好多人批评，甚至谩骂，说不懂摇滚还乱评判；说术业有专攻，摇滚不光是唱，还有其他；归结为一句话可以说成是太主观。我看了一边乐一边继续往下想，就想到默认值这么个事儿。

通行的默认值是，有比较就有好坏，有比较就有伤害，说好说坏就是判断，不容更改。可这不是我的默认值。

我的默认值是，有好就有坏，十全十美和无恶不作只存在于幻想中。由此又可推导出进一步的默认值：说到底根本没什么好坏之分。此一时彼一时，此一地彼一地，时空不同，幻想的显现也会形色各异。具体到摇滚乐队，以及什么主角配角，我的默认值是，压根儿就没什么主角配角之分。

如此表达默认值，如果觉得有点玄，可以直接理解成：好坏啊，主次啊，都太不重要了，几乎可以忽略不计。那么，为什么又要说主说次、说好说坏呢？目的非常明确，是要通过鉴别来思考，再通过思考观察自己的感受，从中检点自己，是不是深陷种种默认值里而不自觉。

人生成长，随着知识获取越来越丰富，人生经验积累越来越老到，就会形成越来越多的默认值，小到文艺作品角色有主次之分，大到经常被当成禅意十足的"春有百花秋有月，夏有凉风冬有雪"。渐渐地，人就被这些默认值箍到黑漆桶里，五花大绑还缠得越来越紧。尤为可悲的是，像那句老话说的，被人卖了还帮人数钱，还以此自豪，觉得人定胜天，觉得尽在掌握，觉得人生进步。

说大了说大了，也说虚了，面目可憎了，再说回来。我这一年在江南生活，也遇到一些默认值的问题。

先说时间。刚来的时候，老有猝不及防之感，这么早天就亮了？这么早天就天黑了？感觉一双时间之手，每天都对自己特别严厉，随时催你起床促你睡觉。等住稳了，住久了，一来是面对光阴这么庞大的对象，真是一点辙没有；二来人都特别皮实，很快就被磨得习惯成自然，并不觉有何不妥。直到有一天，突然想明白了，地球经度不同嘛，此地在我原来生活的北京之东，自然天亮天黑都要早一些，有什么好大惊小怪。

再说空间。刚来时候去城里买衣服，市中心最高端商场里没什么品牌店，很奇怪，就问当地友人：此地一向以富裕著称，怎么会这样？当地人说都有啊，苏州有，常州有，南京有，杭州有，都有啊。等住久了，住稳了，终于明白之前为什么管江南这一带叫"包邮区"，城市密集，地理面积并不大，城市之间车程基本都是一小时左右。在包邮区之外看，是苏州、常州、南京、杭州一个个分割的城市，但是身在包邮区，这些城市就相当于同在北京，你在国贸我在北大，我在望京你在六里桥，如此而已。

种种默认值，无论如何变幻身形，乔装打扮，追究到底，不外时空的种种错觉，继而又将这些错觉当成铁律一成不变。曾经听一个理论物理学家谈话，说每个人心里对时空的默认值不尽相同，无论身在何处，有的人默认在城市里的某个点，有的人默认在地球上某个点，有的人默认在银河系里某个点，还有人觉得，哪有边和界，你不过是虚空中任意一粒尘埃。

假如能有一粒尘埃的默认值，再来想好想坏，想主想次，尽可随便想，因为它们一点都不重要，并且，它只是思考与感受的途径，完全不是结论。甚至我说了这么多，也不过只是此时此地的一些鲜活感受。

假大空

不过也就四十年前，文艺界乃至全社会流行过一个贬义词"假大空"，意指曾经的一段不堪岁月里，假话、大话、空话泛滥成灾。代表案例比如：人有多大胆，地有多大产；山在欢呼海在笑，万里东风传喜报。社会大风气如此，直接导致文艺作品也一片假大空，比如电影和小说，人物高大全，当然就假；情节无限夸张，当然就大；语言全是套话，当然就空。

四十年，于微观人生是一大步，于宏观历史是一小步。人生也好，历史也罢，循环往复，好多当下潮流，放眼一量，不过是转瞬之间的现象重复，太阳下无新事，当作如是观。

一不留神儿，假大空同学去爪哇国度了个假，悄然返场了，装扮华丽时尚，定睛瞧瞧，汤换了，还是那包药。可惜大处无以

155

论，只说文艺吧。

先说假。印象中好像是从韩剧《大长今》开始，技术发展让影视工作者们开始追求画面的色彩绚丽、晶莹剔透。开始还只是古装戏的惯用手段，时至今日，无戏不绚无影不透，画面调色都调得忒狠了，像整容过分的一个人，绚则绚矣透则透矣，可是假到令人生厌。

再说大。现在的书法家们对"大"简直是迷恋，动辄如椽巨笔，巨幅作品。开始还只是可着一张宣纸造作，可是宣纸制造技术有限，不能无限大，满足不了贪得无厌的求大者，于是拼接纸张在墙上写、在篮球场写，我见过最夸张的，在长城上写。

还有空。据说时下主流有三，并称"两微一抖"——微博、微信公众号和抖音。每人每天反复沦陷于"两微一抖"，乐此不疲。就拿微信公众号举例，我这个做编辑的，读那些流布甚广的爆款雄文，常有冲动想下手删改，试了几次，一篇两三千字，删掉空洞内容后只剩两三百字，该说的也都说得明明白白。

如上等等，都是假大空的现象，不妨进一步再说说。

影视画面假，科技进步是必要条件。阿城曾经写过一篇文章叫

《假声音》，说从 LP 到 CD，听到的都是假声音，我们用差别极大的音响器材，来听录音师动过手脚录下来的麦克风传来的假声音。阿城写这篇文章的时候，网络音乐尚未兴起，不然还得再加两段几何级的比较。其实呢，假难免，如同阿城文章最后说，听音乐最宝贵的是触动内心，假声音也是声音，触动也行，只是，别忘了它是假的。

书法家们贪大，背后也有个不同时代用心习惯不同的思考题。曾有前辈总结过，古人生存简单，直面天地的时间多，所以心量大。可是单看书法，古人留下的最大"作品"也没多大，《快雪时晴帖》高七寸一分，《中秋帖》高八寸四分，《兰亭序》各种版本高都在七寸半。忙忙碌碌的现代人呢，每天在格子间里求生存，连个星星都难见到，心量难免越来越小，可是偏偏就喜欢巨，喜欢大。当然也有科技进步的问题在其中，古时就不造那么大的纸，贪大也是与时俱进。没问题，只是别忘了，我们这就叫缺什么补什么。

至于"两微一抖"内容空洞，同样有科技进步原因藏于其中，就是网络化生存。互联网兴起，公开表达便捷，每个人的表达欲都能得到充分发泄。人活一辈子，能说的不重复的话其实真没多少，可又时时刻刻要宣泄，自然就车轱辘话来回说。所谓讷于言敏于行，如今变成钝于行忙于言，话多则必空。再有，就连公开表达也不是目的单纯的表达，还要表达到爆款以获利，本来两三百字即可说清楚的事，必须敷演成文才有可能获利，只好注水猛加空话。如同人生百态，有人生来性格活泼，话多话密；有人生来性格内向，不善言辞。话多话少其实不是问题，只是别忘了，好多话是空话。

假大空的问题讨论至此，还欠一层。所谓的"真声音"，真的就真吗？也不过是眼耳鼻舌身这五根之一的耳听到，再投射到大脑的一种反映，从根本上说也谈不上什么真假。同理，大话小话，空不空洞，说到底也都是你听到看到，在自己脑海里形成的一种判断。

空间浩渺无垠，时间无始无终，我们生存其间，认知世界感受时空，慢慢形成了一组组对立的概念，我们管有些内容叫真，有些内容叫假；认定有些东西大，有些东西小；有些东西实，有些东西空，乃至于我们觉得太阳下无新事，历史螺旋上升发展……所有这一切，都是我们在制造二元对立，以便确认自己一个明确的坐标点，不然就不踏实。假大空问题也是典型的二元论，说到底也没什么真假、大小、空实，不过一时一事，自我的一些判断。我之蜜糖人之砒霜，我在这里担忧假大空回潮的同时，并没有忘记一定有人觉得这才真实可爱，值得庆幸，否则，怎么就形成如此巨大的潮流奔来眼底了呢?

大俗套

经常听到看到，自己也会用到"大俗套"一词。减肥大俗套，鸡汤大俗套，汉服大俗套，等等，意思豁然，重点是要说其中的"俗"。这两年心思起了些变化，说起"大俗套"，其实要说的是"套"。

少年爱空想，爱形而上，整天琢磨大而无当的事，天地啊，宇宙啊，时间啊什么的。中青年时代是浓重的现实主义，事业，婚姻，家庭，诸如此类。如今行将老去，终点又回到起点，又开始关注大而无当的事了。

也有差别，还是那些事，不觉得大，也不觉得无当，只是它们如影随形，分分秒秒都感受得到，容不得不想，比如天地，比如宇宙，比如时间。这，就有点"套"的意思了，像一个圈套，还像轮回，冲不出去。

这是静夜独坐猛然意识到的，现实情形并非如此归纳总结式的高屋建瓴，而是绵绵密密缝在日常普通的行走坐卧之中，一不留神儿就被刺一下。

疫情以来一直住在江南宜兴，前两天突然冲回北京，去看故宫正在展出的苏东坡。说起看展览，从小到大看了无数，即便是最现实主义的人生阶段，展览也没少看。但是，看展览和看展览可不一样，少年时候看展览是渴望的、投入的、纯粹的；后来很长时间内，看展览是麻木的、世故的，甚至是社交的；而如今，跋涉千里专为看展，又像一个绕着圈儿的套子。

坐高铁回北京。早早到了车站，一番等候，检了票来到站台，看秋日远山层林尽染，走神儿了。站台另一侧，一列高铁缓缓停稳，形形色色的乘客鱼贯上下。我目不转睛地看着，细心看到车身电子屏上显示：江山—北京南，心里跃过一念：嘿，这趟车也是到北京的……走神儿间，只见站台远处一个制服姑娘——列车员向我跑来，纳闷她要干吗。她终于气喘吁吁跑到我面前，问我是哪趟车。报了车次，她焦急地一指站台另一侧那趟车说就是它啊。与此同时，那趟车门关闭，轰隆远去。

就这样，因为走神儿误了高铁。上一次误车还是少年时，是为一场告别，看着绿皮火车渐行渐远，没上车。那场告别搁如今，不过相隔百余公里的短暂分离，分分钟就去了，当时简直生离死别。一次不舍一次走神儿，大半辈子仅有的两次误车，竟都如此大而无当。

转签了下一趟车，继续向苏东坡奔去。列车在田野间风驰电掣，不时听到呼啸的电流声音，南京，徐州，济南，一路向北。想想即将要见到的东坡书法真迹，少年般的渴望从心头升起。最想看的是《新岁展庆帖》，苏轼在黄州时，给好友陈季常写的一封信，说他们一位共同好友即将到访黄州，过完正月十五就出发，约季常届时一并过来相聚……一触到黄州二字，忽然就又走神儿了，想象当年一个人与我此刻相反，从开封到黄州，一路向南。这个人当时还叫苏轼苏子瞻，东坡名号尚未诞生。

苏东坡存世的诗文，忽豪放忽闲适，现实生活中却辗转迁徙，马不停蹄，多少有点狼狈。我身坐高铁车厢，心已远，在近千年前的大宋疆土地图上，一城一城画着东坡毕生足迹，杭州，湖州，徐州，黄州……黄州（今湖北黄冈）无疑要算重要转折点，以东坡之号行世，即从黄州开始。

想到这里，开始上网查阅"东坡年谱"，想看看这位隔空千年与我背道而驰的老先生，是怎么一路颠簸到黄州的。

元丰三年，距今整整九百四十年，正月初一，苏轼离开京师开封赴黄州。在陈州（今河南周口淮阳区）歇脚几日。十四日，苏辙从外地专门赶来与他相别。十八日，蔡州（今日河南新蔡）道上遇雪，过淮河。二十日，过麻城（今日湖北麻城）春风岭，又过万松亭。二月一日抵黄州，上谢表。

搜索导航软件，开封到黄冈大约五百二十公里，依高铁三百公里时速计，不到两小时，苏轼足足走了一个月，平均每天十几公里。我的目光投向高铁车窗外田野，一次又一次仿佛看到一个身影倏忽掠过，向反方向走去。

时空突然就有些错乱起来，我被苏东坡拉扯进了时空的旋涡，向内深陷。东坡这一路行走，没有高铁，没有汽车，只能靠走，一路见人见景，见河见山，要住多少个客栈、花费多少盘缠？深夜一灯如豆，他都写了些什么、读了些什么？想得更多的是，他内心的时空感受是怎样的呢？

鸡零狗碎地胡思乱想着，最终还是岔到了时间与空间，想到时刻与时段，想到持续与顺序，想到相对与绝对，想到枯木龙吟，想到闻者皆丧。总之又想到大而无当，掉进了一个大俗套。看似时间、空间给我们布下一重又一重循环往复的圈套，可说到底，时间、空间才是最大的俗套。

夜的声音

生活习惯各有不同，有人早起早睡，有人晚睡晚起。前者被人喻为百灵鸟，后者听上去就不那么悦耳了，叫猫头鹰。但我并不为此恶名声所累，长这么大一直依着性子，想早就早，想晚就晚，而且绝大多数的日子里，子夜来临之前与床无缘。我总觉得白天是人群的，夜才属于自己，只有在夜里，思想、精力方能集中，思考起来有灵气，做起事来效率格外高。

夜里确实比白天静得多，但也绝非万籁无声。

小时候，每天走很远的路去上学，晚上回家也不累，缠着父亲讲诗词。当时似乎只听到父亲低沉浑厚的嗓音，那一句句诗词含义不甚了了，听了却总莫名其妙地激动。眼下回想起来，还有另一种声音如丝般缠在里边，像小提琴奏鸣曲中钢琴在一旁轻轻伴奏，互为映衬，造就了完美的乐章。

是蛙鸣声。

院子后面是一片稻田，每年春意未尽，青蛙们便急不可耐地
唱开了。心烦的时候嫌它吵，然而小小少年毕竟很少烦恼，
所以大部分时间里是将它忽略了，或者说不知不觉、自然而
然地将它糅进一种记忆和一种心情：稻花香里说丰年，听取蛙
声一片。

中学时代恐怕是人一生中最贪玩的阶段，加上那会儿正在落实
知识分子政策，家境因之逐渐好转，父母心情舒畅，人也变得
宽容，很少干涉我的行动，所以，每天不疯到精疲力竭、肚子
饿得咕咕叫绝不回家。回到家，满是泥污的衣衫随手一撂，狼
吞虎咽一顿后倒头便睡。

后来举家迁来北京，我上了大学，进入躁动不安、青橄榄般又
酸又甜的那段日子，人变得格外多愁善感。夜中不能寐是常有
的事，为芝麻大点的小情绪辗转反侧、苦思冥想，甚至流下眼
泪；有时也因心爱的女孩一举手、一投足或是一句话兴奋得难
以入睡。

校园地处城郊，高高的围墙又像隔音板似的圈起一片清静。每

遇夜不能寐之时，听着宿舍窗外一株百年老槐树叶沙沙作响，更添几分愁绪。有时自己也很明白，实在不过是为赋新词强说愁，却偏偏不愿自拔，偏要去玩味那份浅愁和寂寞，几近病态地细数青春绿叶的丝丝脉络。

工作以后忙碌起来，每天都有杂七杂八的琐事纠缠，干什么都很机械，就像身处万头攒动的人流当中，你能逆流而去吗？且随着转吧。

好不容易挨到夜里，独自静坐书桌前，想读读早买来的书，窗外又灌进夜间卡车进城肆无忌惮的轰鸣声，冲乱心情、粉碎灵感，任窗户关得再严再密，照样得无可奈何地承受，因为这是城市，周围没有稻田；因为已长大成人，必须干事业，学会担负愿担的和不愿担的各种责任。

也有读着读着灵感突现的时候，那要等到一两点钟，洒水车踩着湿润而小心的脚步由远而近，间或一阵清脆的铃声，像高烧时候一块凉毛巾忽然敷在脑门上，全身心为之一振。说不出的清凉，说不出的清醒。那一刹那，仿佛高楼离我而去，人群无影无踪，一切嘈杂烦恼顿作鸟兽散，只有我孑然独存，只有种种千奇百怪然而又精妙绝伦的想法汩汩如泉奔涌而出。

北京历来少雨，这几天却不知怎的，淅淅沥沥无休无止。洒水车好几天不来了，怪想它的。又想起童年到现在，从乡村到都市，夜的声音，确切些说是我注意到的夜的声音，也在悄悄演变。

与夜重逢

好像和夜有缘，特别钟爱。短短几年文字生涯，总是与夜有关联。第一次翻译小说，译的是美国作家伊利·威塞尔的长篇《夜》；第一次写随笔，题目叫作《夜的声音》；最有趣的是，一度被拉去策划电视剧，胡侃一通算是完成任务，也就走人。当时没觉着怎么着，过了一段时间，给做导演的朋友打电话，不想这位老兄白天老是在睡觉，晚上电话又没人接，弄得我好生纳闷。见了面一问，答曰夜夜都紧张奔忙于大街小巷拍戏。因为连续缺觉而满脸菜色的他大发牢骚道："我可让你们整苦了！一拍起来才发现，所有的情节都是他妈夜里的事！瞧你们这帮夜行动物，昼伏夜出惯了，阳光下的北京城什么样知道吗?！"

仔细想想，对夜的了解确实比对白天的多得多。小酒馆里白炽灯的惨白暗淡，醉酒汉子闲庭信步于空无一人的大街，浓妆艳抹嘴唇猩红的女子从大酒店闪出，夜间公共汽车哗啷啷地疾驰而过，孤独的少年坐在十字路口交警指挥台上苦思冥想，小聚畅饮后的诗人爬上动物园的围墙看猴儿……可是白天，白天什么样呢？想来想去，除了满大街黑鸦鸦的人脑袋，别的还有什么呢？实在想不真切。也难怪，一到白天就犯迷糊，老恨不得找个窝儿眯一觉才过瘾。如此一来，一旦笔落纸上，自然没有白天什么事，夜晚自然立即笼罩周身，氤氲化开。

可是后来也有了变化，夜出的频率逐渐降低了，一帮夜行族朋友啸聚的机会越来越难得了，并非朋友之间有了什么隔膜，原因在于，逐渐有人娶妻成家，有了孩子，得陪不惯独处的妻子吧，得教孩子念唐诗吧，要不成家干吗？

各自过起了正常的生活，日出而作，日没而息。夜色从各自人生舞台悄然隐退。偶尔站在自家阳台上，看看万家灯火的情景，怀想从前那些彻夜游荡的人和事，淡淡的怅惘会如潮水般涌上来，愈来愈浓，人就会躁动不安。

倏忽就有了今天，与夜重逢。

外出办事耽搁了，急匆匆搭上最后一班无轨电车，斜穿整个都市回家。天极寒冷，北风强劲，从车窗看出去，路灯灯影剧烈摇曳，护城河的冰面闪着白光。车厢内只三五个人，都浑身僵在那里，形态各异，像一组冰雕，聆听电车启动、刹闸那特殊的带有"电味儿"的声音。偶尔有夜间进城的载重卡车从对面交错驶过，轰轰隆隆声响巨大，这种巨大应该称之为"澎湃"。所有的车都不会按喇叭，因为路面太宽阔。

到站了，一下车，刺骨寒风穿透层层棉衣。大步流星过马路，向黑黢黢一片楼群迈进。太宁静了，以至能听见半空高架的电话线发出嗖嗖的锐利的响声，伸向远方。路口的红绿灯变红、变黄、变绿，再由绿变黄、由黄变红，寂寞而忠实，尽管红灯停绿灯走的神话此时已时过境迁，被彻底粉碎。

就在这时，突然觉得眼前的一切恍惚起来，似曾相识又面目全非，怎么也不能回想透彻。夜啊，是你吗？我们重逢了吗？怎么变得这么冷呢？不跟我说点什么吗？

刚念及此，楼群一个角落发出一声呐喊，嗓音浑厚，惊天动地，隔了许久，余音的震颤仍旧不绝于耳。喊的话莫名其妙——难道这么寒冷的冬夜，还有醉汉踯躅街头不想回家吗？

他喊的是："更多的人死于心碎！"

在察腊

昆明向西，六百公里，始见怒江。水势汹涌，泥沙俱下。溯怒江而上，二百公里，到贡山独龙族怒族自治县县城。灯火通明，歌舞升平。县城再向北，在山水间逶迤前行，三十公里，过跨江铁索桥，依山筑有小村寨，青山碧水，炊烟袅袅，便是著名的怒族村，察腊。

进了村，远远传来赞美诗的歌声，圣洁高远。循着歌声上山，见到雪白的基督堂，里边男女老少，各个捧了《圣经》，表情祥和宁静，正随了土生土长的牧师带领，伸长脖子，远近高低各不同地唱着。合声，多部位的。见了我们这些奔突几千里来的外乡人，并无讶异与好奇，歌唱的同时，露出热情柔和的笑颜。

歌声中一个女声格外高亢，镜头踪着这声探去，发现了阿姐，戴军帽，穿平常的怒家衣，色彩斑斓，照例是满脸的祥和与宁静。

阿姐的家在半山，三幢木房，一幢是阿姐自己的小家，一幢是阿姐父母的老家，还一幢是阿姐的哥哥阿都的家。

阿姐家里飘满苞谷饭诱人的清香，阿妈已在自家做好全家人的午饭。今天是星期天，家庭全部人员要在一起吃，这是几十年的老规矩了。

阿姐回来了，掸掸鞋上的土，迈进高高的门槛。饭暂时还吃不上，因为阿都和阿姐最小的弟弟阿棉还没回来。

阿棉是不用等了，他一大早出了门，搭公共汽车北上，十五公里到丙中洛，从那里再爬一个小时的山，白云深处有座喇嘛庙，阿棉信的是藏传佛教。每个星期天阿棉要去那里做功课。学了经书，唱了佛号，扫了佛堂，还要和师兄弟六七个人去庙里的稻田插秧，今晚就住那儿了。对于他，这是一个虽然无法与家人团聚，却快乐而忙碌的星期天。

阿都呢？阿都要等。阿都也去做礼拜了，在江对面山坡上。阿都信的是天主教。

阿姐一边与家人聊着天，一边帮着父母盛饭、摆酒杯。阿都该回来了。

门口猛地传来小狗欢快的叫，伴着叫声，阿都抱着在门口已等他多时的最小的儿子，儿子抱着心爱的小狗，一团和气进了屋。开饭。

阿姐说，好不容易赶上大晴天，该赶着这两天插秧了。

阿都说，明天就干吧，早一点动手，早一点收工。

阿爸说，家里又该酿点苞谷酒了。

阿妈第一个吃完了，拔出腰间长烟袋，填了烟丝，自火塘里夹块烧得通红的木炭，点着。吧嗒，吧嗒，再吧嗒一口，一股浓烟就在火塘上空漫延，阿妈笑着，什么也没说。

还是这个星期天，小媳妇一家四口，谁也没有去教堂，他们什么教也不信。丈夫说，他在蒙自当过兵，部队里不讲这个。小媳妇呢？小媳妇说我随他呗。

日子像怒江水，昼夜如斯长流着。像过去多少个日子一样，小媳妇操持完丈夫和两个小女儿的早饭，照例洗洗涮涮，然后开始织布。上回那条布毯织得有点糙，老下雨，得在屋里织，光线不好，心思也不爽快。今天赶上大晴天，鸡啊狗的，也在门前的场院伸上懒腰，悠闲地溜达，小媳妇想，借这好日头，织块新布吧。

小媳妇腰绑布带，手中织梭在太阳光下闪闪发亮地穿梭往来时，丈夫背竹筐上了山，去进货。他们家开了个小卖部，卖卷烟、桐油、饮料，当然，还少不了酒。货早该进了，只是阴雨连绵，山路太滑。

小媳妇织着布，不时看一眼身旁绕来绕去的两个三四岁的女儿，她们正和邻家孩子嬉闹着，小媳妇露出美满而知足的微笑。

丈夫回来了，竹筐里满满的，分量不轻。小媳妇没有上前搭把手。这种事，就该男人干的嘛。再说丈夫身体好，这点分量对于他，实在算不了什么。

与丈夫同来的，还有村里的宣传队长。队长笑盈盈地打着招呼，跟小媳妇说，鲜花节快到了，宣传队明天要在她家门前排练砍刀舞。小媳妇说来呗，我们备点酒。

小媳妇家门前的场院是个篮球场，村里重大的事都是在这里，所以，不知不觉中，小媳妇家成了全村的中心，又有点这个村地标的意味。难怪丈夫老是琢磨攒点钱，把这块空地买下来，在这里搭个典型而真实的缩微怒族村寨，外乡人来了，一目了然。"发展旅游嘛！"丈夫憨厚而自信地说。话音未落，小女儿拖着鼻涕、挂着眼泪跑过来。孩子间也会有口角和矛盾啊。当爸爸的说了两句什么，又哄了哄，再从筐里取了颗刚进的水果糖塞入一双小脏手，一切委屈与不快顷刻间烟消云散。所有这一切，小媳妇看得真真的，见怪不怪，没有任何格外举动，美满而知足的笑容更灿烂了。

第二天一大早，阿姐一家全部劳力下地干活，翻地的，插秧的，各自无言地忙碌着。

日头很毒，没一会儿，阿姐额头冒出细细的汗珠。抬头擦汗的间隙，顺便与阿都闲扯几句家长里短，阿都乐乐，没说话，将罩褂脱了，也擦了汗，继续埋头翻地。

日头老高的时候，地里的活儿也忙得差不多了。山下隐约传来锣鼓声，阿都抬头向山下望望，说了句：跳起来了。

阿姐抬起头，手搭凉棚向山下望，嘴上却是：回去吧，下午还酿酒呢。

锣鼓和大大小小的胡琴声融为一片,小媳妇家门前场院上,村里最精壮的小伙和最美丽的姑娘们正欢聚。台阶上,在宣传队长带领下,村里最好的琴手们陶醉地拉着手中的二胡。琴身全都油亮油亮的,这些琴已历尽上百年风风雨雨,传了几代人才传到今天。每到鲜花节,它们就会派上大用场,它们是怒族人几辈子生活的见证。

日头毒吗?身上的衣服汗湿了吗?对这群欢快的人群来说,不会在乎,他们心里欢乐的火焰比这日头强烈百倍、千倍。他们跳啊,唱啊,他们想今天就过鲜花节,他们想天天都过鲜花节。每一个侧身,每一个旋转,每一个眼神,他们尽情表达着内心的喜悦;每一次拉手,每一次对眼,姑娘和小伙都会害羞,有人正在表达爱慕之意,看得出吗?

阿姐的家又是另一种欢乐。火塘的篝火正旺,木柴噼啪作响,酒锅里已沸腾。一家老小,依着千百年来定下的座次规矩围坐一团,紧盯着出酒的竹槽。

一滴,一滴,又一滴,逐渐变成细得不能再细的细流。新酒出锅了。

阿爸上前接过酒缸，抿一口，又抿一口。全家人的目光都在等着老人的反应。老人仰着头，沉默良久，是在回味新酒的醇香，终于使劲点点头，将酒缸传给了老伴儿。老太太尝一口，传给阿都。阿都尝一口，传给阿姐……

这是劳动过后的酒，幸福的酒，这是喝一滴也会醉的酒。

醉意显山露水，阿姐的丈夫兴奋地说着什么，嗓音比平日更洪亮。是在回忆那年用根毒弩射死一头野牛的惊心动魄。说到兴头，索性扯开嗓门，高唱起来。歌声冲破屋顶，与山下的琴声遥相呼应，直升天际。

夜幕降临，场院上的歌舞还在继续，气氛比白日更热烈。

电灯扯过来了，阿姐、阿都、小媳妇，还有村里那么多的老老少少，他们忙碌了一整天，现在齐聚场院周围，每个人脸上都是安乐祥和的微笑。小媳妇真的把家里所有茶杯都倒满了自酿苞谷酒，来人就发一杯。杯子不够用，就两人一杯，三人一杯……酒杯在人群中传递，绝不停歇。与此同时，场院中心，姑娘小伙子的舞蹈更奔放，歌声更悠扬，琴声也更透着喜悦兴奋。

他们感谢土地，土地让他们生存；

他们感谢太阳，太阳让他们欢乐；

他们感谢怒江，怒江让他们清澈透明；

他们感谢生活，生活让他们彼此像一个大家庭，祥和，美满，安乐。

在简单中旅行

上中学时听过个故事，说有位青年乘火车去新疆，那时火车没现在这么快，到乌鲁木齐要三天四夜，或者是三夜四天，总之极为漫长。出了嘉峪关，很快进入一望无际的戈壁滩，难见人烟，窗外景象极尽单调乏味之能事，这位青年看窗外看久了，实在忍受不了那单调，终于神经错乱，跳车自杀。

今年春天，我受人之托，去滇西北的怒江一带拍个纪录片。临行前，照例找来地图仔细研究路径，发现那一带同样人烟稀少。从地图上看，很少见到代表城镇的红色圆圈符号，只有两条线，执着地相互交缠着，无情地向北延伸，一伸几百公里。蓝线是怒江，红线则是我们必走的公路。

这一发现让我胆寒，因为记起这个久违了的故事。暗暗告诫自己，得坚强些，即便不致生出轻生的念头，就是因此落下个忧郁症也够惨的。

昆明向西六百公里，始见怒江。我们的车开始转向北方，踏上那几百公里的恐怖长途。

果然不出所料，确实单调。公路左边是绵延上千里的高黎贡山，右边是流淌了千万年都快流成化石了的怒江。这样走上几个小时，窗外的景象也会生出些变化，不过别高兴得太早，所谓变化不过是因为过了座桥，怒江跑到了左边，而高黎贡山自然就置换到了右边。除此以外呢？人是难得一见的，目光能及的范围之内，永远都是那几样东西：山、水、雨、云、土、石、草……

第一天还好，在城市待久了，猛然落到山水之间，有种说不出的爽快。时候一长，这爽快就变了味儿。

车子始终在颠簸，车里的同伴始终昏昏欲睡，走了整整一天，找个旅馆打个尖，第二天再上路，还是没完没了的山、水、雨、云、土、石、草……走着走着，有一种什么都慢下来的感觉。车速慢了，窗外物体掠过的速度慢了，最要命的是，脑子也慢了，像没有上足弦的老钟，钟摆频率越来越缓。

就在此时，脑海中突然生出奇怪的联想——山、水、云、雨、土、石、草，这些不都是五笔字型的字根嘛！"土士二干十寸雨，大犬三羊古石厂，工戈草头右框七……"我们整天跟文字打交道，而所有的字，都是由这些字根组成的。

由此又假想，老祖宗造字时，身边的世界是简单的、天然的，他们首先要为贴身的、与自己最为亲近的东西命名。于是首先有了山、水、云、雨、土、石、草（艹）、犬、羊、竹、禾、目、日、虫、川、田……它们的笔画一律那样少，却又是那样精，别小看它们，它们是组成这个世界的根本。

世界越来越复杂，新鲜事物层出不穷，要认知世界、描述世界，字越造越多，也就越来越复杂，最早生发出来的那些字就成了偏旁。偏旁加偏旁，偏旁再加新造出的偏旁，如此循环往复，排列组合，便有了如今这许多字。只需想想一张化学元素表，上边那些字，哪个不是嘀里嘟噜一大堆，那么不清爽。发展到后来，索性连中国字都不够用了，出现了译音字词。再到现在，更有人直接在话语中夹带英文了。世界变化快。

从城市到乡村，有点删繁就简的意思。在城市，每天接触的东西都是复杂的，建筑、汽车、污染；到了乡村，山，水，云，雨，土，石，草……它们简单，但它们是根本之所在。它们是字根，也是这个世界一切一切的源泉。早些年不是有寻根一说吗？这也算是一种寻根吧。

想到这里，我在山水间怡然自得，看山峰，看流水，看天上飘过的云。

山峰其实变幻无穷，有的坡势陡，有的坡势缓；流水其实变幻无穷，有时汹涌澎湃，有时静若处子；天上飘过的云其实变幻无穷，有时迅疾如游龙，有时悠闲如老僧。细察之下，竟是其乐无穷，单调二字从何讲起呢？再想想那位远赴新疆的青年，怎么会发现不了呢？戈壁和戈壁也不一样的吧？

从那一刻起，我把自己这趟云南之行称作"在字根中旅行"。可这么直白的话，跟许多人说了，都听不懂，总得解释半天。后来索性改称"在简单中旅行"，人家听了觉得颇有禅机，也不多问，自去体会了。我也顺势做出一副深不可测的模样，招人夸奖去了。

回北京后闲来读书，读到埃柯（Umberto Eco）的《带着鲑鱼去旅行》，里边有篇文章叫：还在乎几点钟吗？埃柯说他看到一种怀表，价值十亿里拉。这么昂贵当然自有它的道理："它共有三十三种功能，可以知道日期、星期、月份、年份、世纪，每一年在闰年周期中的位置，换算成日光节约时间的小时、分钟、秒钟，所挑选时区里的小时、分钟、秒钟、气温、恒星时间、月亮周期、日出与日落的时辰、真太阳时与平均太阳时的时差、太阳在黄道的位置——还不说欣赏完整律动的星图，感受宇宙无垠带来的那份震颤，或启动各式各样计时表、计距表的按钮，或决定我大可放心仰仗可靠的内装闹钟小睡片刻……"

详细描述完所有这一切功能，埃柯最后残酷地问道：但这又是何必？

读完埃柯的文章，再回想我的"简单之旅"，觉得二者有异曲同工之妙。只不过那只怀表不是"简单之旅"，而是"简单之旅"的反面——我当下正在经历的城市生活。

寺庙生活

在阿坝的大藏寺住了几天。每天早晨被庙里的锣声敲醒。和尚上殿念经了，我们也不好意思再睡。没自来水，到厨房大缸里舀一瓢水洗漱。水来之不易，所以大家全都用得抠抠唆唆，很多男性干脆自觉放弃这一项。洗澡当然更别想，压根儿没澡堂，男女都一样。大家越来越黑，高原紫外线强，但也不排除疏于洗漱这一原因。

然后是解决体内垃圾。厕所是一间看得见风景的竹楼，悬空十几米搭在房屋侧墙上，八百里蓝天白云奔来眼底，排泄物坠地的声音很悠远，仿佛来自另一世界。

这些每日必做功课一完，便没什么事可干了。无网上，无街逛，无报看，无电视，无DVD，无电话，手机也没信号。这些平素时刻不离身的玩意儿，突然消失殆尽，一时有点不知所措。

可以去绕寺，寺庙围墙边，转经筒绕圈儿排开，边转边念经，积功德的大好事。一圈绕下来虽然只要一小时，但是海拔三千八的高原，地势又凹凸有致，很多人深一脚浅一脚绕完一圈就瘫倒在地，改寻别的法子积功德，比如绕殿。

庙里的护法殿据说很神奇，也是积功德的好去处。一圈绕下来只一百多米。很多人想着容易，便痛痛快快答应了师父的要求，驻寺一周时间绕完五百圈。可是想象是一回事，真做起来又是另一回事。七八十个虔诚的佛教徒，最后只有不到十个人诺言兑现。

还有人跑去大殿，随和尚们念经。还有人随便找块空地坐着，默默做自己的修行功课。还有人漫山遍野撅着屁股搞摄影创作。还有人静静伫立在仁波切住所门口，等候言传身教。有人高山反应，就有佛友从行囊中变出一套银针，照准百会穴就下手，病者头顶银针照吃照睡，像个天线宝宝。有人脚扭了，又有专业按摩师佛友挺身而出，不消几下推拿，病者健步如飞。六百年历史的大藏寺，因为道路崎岖外加未开发旅游，所以一直宛若在沉睡，这几天人声鼎沸。

晚饭后到睡觉前，是一天中最热闹的时段。佛友大多爱喝茶，齐聚厨房，生火烧水，比拼各自带来的珍藏好茶。边喝边拼八卦，别看都是佛教主题，照样惊心动魄、神秘曲折。聊到兴处，一位大姐"啪"地猛击掌，手掌摊开，一只硕大的花脚蚊子魂已归西。众人正在发愣当口，大姐豪爽的声音在厨房荡起：你们都不敢打吧！众人这才回过味来，这是杀生啊，纷纷念经超度蚊子兄弟，同时想起，在座只有大姐一个人不是佛教徒。

下山前一晚，一位同行的姑娘抚摸着盖了几天的棉被，遥想历年跋山涉水赶来庙里的前辈们，不禁感慨：我这被子睡过多少人哪！这话被大姐当场逮到语病：你这"辈"子够丰富的……那天晚上，大姐也语出惊人，她望着窗外满天繁星自言自语：到了成都，我要一头扎进锦江饭店，洗澡！

从前有座山，山里有个庙，庙里果然有老和尚讲故事，不过故事是讲给小和尚们的，我们这些俗人无缘听。好在我们有我们的故事要讲，我们在庙里的这些事，发生了就变成了故事。

需持戒

吃喝玩乐，攀附清雅，本是休闲惬意之事，但是想想社会风气于此事上的折腾，大有争前恐后、你追我赶之势，离闲和雅的本意有点远。

既是清雅之事，自然文人雅士做先锋，逢山开路遇水搭桥，在前边左冲右突。玩出好的玩法，慢慢向非权即贵的高端人群渗透。等高端人群玩起来，宫中一尺民间一丈的效应产生，很快蔚为大观。此时文人雅士早已撤出很久了，他们绝不允许自己的品位和权贵甚至大众同流合污，总要傲立闲雅风气的浪尖，不断发现新的玩法，才配得上"文人雅士"的名号。而权贵们此时也会指斥普罗大众流俗，自己身形急变，继续追随文人雅士前行。

吃喝玩乐、攀附清雅也是一种时尚，就是这样岁月更替、朝秦暮楚地一路演变到今天。比如喝茶，开始家家普洱，人人普洱，随便访户人家，几竹篓的陈年普洱供着。北京马连道茶城、福尼特茶城迅速红到紫。普洱茶这星星之火，引动遍及整个社会的商业大火，一饼茶几万、几十万的商业八卦随处可闻。没过两年，普洱泡沫破灭，红茶又成时尚。金骏眉借这么个好名字，一夜之间成了皇帝的闺女。经文人雅士陆续引爆，权贵们终于被启动，互送礼物走关系都选它。半年一载之后再去茶城，只见骏眉新人笑，不见普洱旧人哭。

又没两年，金骏眉也被炒到变态，装二两金骏眉的罐子，恨不得要用黄花梨。此时闲人雅士早已从软件玩到了硬件，赏起了日本老铁壶。龙纹堂、龟文堂等名坊老壶，转眼从一两千块钱连涨十倍二十倍。手头没一两把日本铁壶，都不敢号称自己爱喝茶。

喝茶这一轮时尚行至今日，微博上不时有女演员、董事长们贴照片炫耀自己的日本铁壶，温润柔和的灯光下，一把一升半的粗犷大物和旁边小巧精致的景德镇青花瓷南辕北辙，极不协调，但他们不觉得，他们只知道铁壶昂贵、时尚。

而此时文人雅士们又在玩什么呢？他们在玩杯子。建盏、滴釉、兔毫盏……这些词语在他们嘴里不时迸出，他们开始在海峡两岸密集地搜刮。可以断定，不消多日，现在几千块一只的台湾名家兔毫盏，几万没问题。

话说从普洱热炒至今，不过也就几年时间，单论喝茶一道的这几轮变化，真有瞬息万变、世事无常之感。其实这里边随便一轮内容，搁在旧时都够一个人玩上大半辈子的。

就说普洱茶吧，遍访每片茶山，拿出李时珍遍尝百草的精神，潜心探究其中一丝一毫的微妙变化，雨水几多，日照几何。中国是茶叶大国，前人遗留下来的相关史料浩如烟海，粗略读一遍也得几年工夫。但是现代人没这个耐心。

听过一个玩笑的说法，说如今饮用水的污染、农作物的大棚化，让人类基因发生改变，现代人的耐心缺失，实属"非不为也，不能也"。也就是说，古人有耐心把这些闲雅之事玩得细水长流、一以贯之，玩得细密周到、深得三昧，只因古人都吃有机菜，喝洁净水。这当然是一套推卸责任、不愿承担的说辞，不过仔细想这事，还真有不少可说道的内容。

喜新厌旧是人的本性，人人难抵御，追逐时尚很正常。不正常的是如今的时尚轮替之快、之疾风骤雨。分析起来可能一万个原因，其中必有一条是信息传播过多、过快。时尚轮替的周期，和信息量获得的难易，以及信息量的多少是有一定比例关系的，越快越多地获得信息量，一轮时尚式微得也就越快。

顺这思路往下可说道的内容还有很多，单说信息传播与时尚轮替的关系，往下琢磨就还有的是内容。由此回过头来说清闲高雅，我想说，真想闲和雅，就要有意识地"持戒"——有选择地戒除信息，唯其如此才能真闲下来，也才能真雅。

冬时杂咏

北京冬天长，旧历九月直到来年春分，棉衣离不了身。

我喜欢冬天，户外天气恶劣，在家能待住。天气好的季节，一看窗外好阳光，心里就痒痒，毛躁躁的，直想往外蹿。

其实在家待着特舒服，暖气足足的，好茶一大筐挑着喝，零食儿一大筐轮番尝，一屋子买来没读的书，齐刷刷在书架上列队，随便抽一本读进去，都可能美不胜收。读到眼睛涩了，书签一别，起身伸伸胳膊腿儿，走到琴桌旁边，抹点儿"百雀羚"润润手，复习复习刚学会的曲子。而天气好的时候，这些，这些常常不知怎么的就被遗弃在身后了。

这个冬天，翻来覆去读几本老书，《帝京景物略》《燕京岁时记》

《帝京岁时纪胜》，和古时的北京人一起，于白纸黑字间共度种种节日，乐此不疲。读到兴起不禁技痒，逢有节气节日，也试着描摹当今时令杂事，和古人对照。

默默写着，慢慢过着，春天就来了。把这些文字打个小包，封存在这里，我该出门看花了。

立 冬

今年北京下雪早，旧历九月二十一立冬，才九月十五，一场鹅毛大雪，好多树枝被积雪压折，冬天提前来了。市政统一供暖提前了，本该西历 11 月 15 日开始，提前十多天。此时北京，户外冷风刺骨，户内暖意融融。

旧时北京没暖气，百姓生炉子，大概也在这前后。《燕京岁时记》里说，一进农历十月，家家户户必"添火"。"京师居人例于十月初一日添设煤火，二月初一日撤火。"换算成西历，和现在北方的供暖起止日期差不多。

不少人家至今保留立冬吃饺子的习俗。为什么是吃饺子？一是饺子含"交子"之意，示意这是个交接点。立冬是秋、冬二季交界点。二呢，大概也是因为早年百姓穷，俗话说，舒服不如倒着，好吃不过饺子，吃饺子是特殊待遇。北京人喜欢吃韭菜猪肉馅儿饺子，每逢立冬，早市上韭菜价钱翻一倍。

立冬的"冬"，古文里是"尽"的意思，"四时尽也"，一年到头，最后一季了。古文里的"终"即写作"冬"。今天闲读书，说"冬"在古文里，还有"藏匿"之意，不知典出何处，我倒想到了贮藏大白菜。

北京的冬天，大白菜是百姓日常生活关键词。很多楼道里有居民堆码整齐的一大排，棵棵裹了报纸。上了出租车，司机正接媳妇电话，让赶紧去买大白菜。"才一分钱一斤！"话筒里的惊呼我都听到了。打开手里的报纸，头版便是大白菜的消息，配了巨幅图片。

想起自己小时候买大白菜的情景，排长队，蹬三轮，副食店门口大白菜堆成山，巨大的磅秤连成排。那会儿刚兴起羽绒服，一堆非蓝即灰的棉猴、军大衣行列里，偶见先时髦起来的年轻人穿着，颜色绚丽得扎人眼。我还据此写过篇作文，声称从那些跳跃的颜色里，见到人民生活水平之提高社会之前进云云，老师打了高分。

今日在外忙碌，东奔西突，脑子不闲，想到这些杂七杂八。晚上回来东翻翻西看看，想知道古人是否也有贮存冬菜的习惯，结果还真找到了片言只语。

《东京梦华录》记载："立冬前五日，西御园进冬菜。京师地寒，冬月无蔬菜，上至官禁，下及民间，一时收藏，以充一冬食用。于是车载马驮，充塞道路。"书中提到，当时贮存的菜有：姜豉、牒子（薄肉片）、红丝、末脏、鹅梨、榅桲、蛤蜊、螃蟹，没见提到大白菜。"东京"是开封，大概开封人不太认大白菜？当时的北京人估计是认的。

立冬对于现在北京人来说，还标志了一件事：西山的漫山红叶凋零了。

每年重阳节前后，西山遍处红叶怒放，颇有气势。北京人酷爱这一景，争先恐后，受着堵车一两个小时的罪，也要去凑个热闹。一俟立冬，香山、八大处、长城几处观赏红叶的最佳景点，全山尽秃，进山的道路空空荡荡。

十月一，送寒衣

夜里回家，一路看见好几拨儿烧纸的。偏僻的小十字路口，或者桥头，一拢火，火光映红一家老小的脸，面色凝重。突然意识到，即日起进入旧历十月了。

民间有"十月一，送寒衣"的讲究。旧历十月一日古称寒衣节，也叫冥阴节，百姓们会提前备好五色蜡花纸，一般粉红色的印上白色图案，白色的印上青莲色的图案，黄色的印上红色图案。也有素色的，裁成布匹形状的长条，也有剪成衣裤状的，直接装在包有纸钱、冥钞的包裹里焚烧，取意是冬天来了，给逝去的亲人添几件棉衣。

几种专讲老北京的书中，都写到"十月一"。《燕京岁时记》说："十月初一日，乃都人祭扫之候，俗谓之送寒衣。"《北京岁华记》说："十月朔上冢，如中元祭。"《帝京景物略》说："十月朔，纸坊剪纸五色作男女衣，长尺有咫，曰寒衣，有疏印识其姓字行辈，如寄家书然，家家修具，夜奠而焚之其门，曰送寒衣，今则以包袱代之，有寒衣之名，无寒衣之实矣。包袱者，以冥褚封于纸函中，题其姓名行辈，如前所云。"

"十月一"和清明节、中元节并称三大鬼节，百姓在这几个日子里，会按一定规矩祭奠亡灵。这几个鬼节，清明扫墓的习俗至今未变，另外两个渐渐被人忘却，只有些老人还记得，因此半夜"送寒衣"的队伍，都由老人率领。

近些年北京的年轻人过上了外国鬼节，西历 10 月最后一天，从下午开始，城里酒吧门口纷纷挂上恐怖面具。夜幕降临，酒吧里形状各异的南瓜灯闪着幽光，成群结队的白领身着奇装异服，戴着精心设计的面具，雀跃着喝洋酒，玩骰子，媚眼乱飞，眉目传情。高级点儿的酒吧，还会重金聘请外国 DJ 打碟，High 曲响起，全场群魔乱舞，确实不乏鬼气。

对在酒吧过外国鬼节的人，"送寒衣"这样的事，会被他们嘲笑，按人体自然规律来说，冬天多穿衣服再自然不过，但在他们看来，自然得太传统、太土，现在还有哪个年轻人冬天穿棉裤啊，别说棉裤了，有个时尚杂志主编，讽刺那些冬天穿秋裤的人，说他们土鳖到家，简直出门就该羞愧而死。冬夜，北京不少夜店门口，俊男 T 恤衫，靓女吊带裙，立在寒风中打电话，或吆五喝六招朋友，或哭哭啼啼诉怨情，那一幕，也挺鬼气的。

年轻人早忘了"送寒衣"，这不奇怪，他们从小按西历过日子，连春夏秋冬这么大的事情，日历牌上都看不出个明确所以然，别说"送寒衣"了。

不少老年人却仍按照旧历记日，就四季分明。一二三月春季，四五六月夏季，七八九月秋季，十月一日开始，正式入冬。因此会选择在这天"送寒衣"。

亡者都要准备过冬，生者自然也不会落下。北京不少老太太至今保留一种习俗：十月一日这一天，她们把细针密线亲自缝好的棉衣拿出来，让家人换季。如果此时天气还很暖和，穿不了棉衣，也要督促家人试穿一下，图个吉利。

冬　雷

继旧历九月半一场大雪之后，北京昨夜再度豪雪乱飞，伴以极强闪电，雷声划破夜空，震天价响，大街小巷道路两旁的泊车瞬间响个乱七八糟。气候越来越反常了。

冬天打雷因为罕见，古人一向以为不吉，或是觉得人世有大冤屈，发而为雷声，警示世人。现代人打小受科学教育，明白冬雷的主要原因不过是水汽、暖湿气团、对流、太阳辐射等因缘聚合的结果，虽不多见，也属正常天气现象，不必在意。

老百姓过日子，很多事被总结成谚语代代相传。关于冬雷就有著名的一句：雷打冬，十个牛栏九个空。意思是说，立冬前后打雷，此冬必极寒冷，即便体壮如牛，也难逃冻死噩运。这是常规解释，更显示学问的深度阐释是，冬日是阳气收藏时节，打雷是"扰阳"。阳气外泄，便可能引发疫病，因此牛的前途堪忧。太玄了，听听而已，谚语经常没什么严谨科学道理。"非典"那年北京也有冬雷，但事后种种气象数据表明，那是个地地道道的暖冬。

初冬，北京的老百姓都忙活些什么呢？

先看古时候。《燕京岁时记》里记载，每到旧历十月，朝廷要颁发来年的历书，城里大小书肆摆着卖，"衢巷之间亦有负箱唱卖者"。儿童们的玩，都是紧随时令的，初冬时节，他们踢毽儿、放风筝，还有斗蛐蛐儿、油葫芦、蝈蝈。这三种小鸣虫，其实是夏日的玩意儿，能熬过长长夏天留下来的，自是虫中极品。所以一枚蝈蝈在夏天，沿街叫卖的小贩不过收取一两文钱；到初冬，每枚可值数千。

现在呢？历书还有卖，换了行头叫挂历了。每年一到这季节，不少人忙着做挂历。挂历市场巨大，我就认识几个书商汉子，一辈子没见过书长啥模样，一年到头，春、夏、秋三季皆歇息闲逛，冬天仨月披挂上阵，紧忙一通，上百万本挂历印完卖完，一年的花销有了。

孩子们也还在玩游戏，不过他们不玩真虫子了，电脑绿莹莹的光里，蛐蛐、蝈蝈、油葫芦样样有，只不过他们兴趣点不在这儿，他们喜欢机器人、外星人。踢毽儿、放风筝的也还大有人在，不过不再是儿童了，各大公园树下踢毽儿的，三元桥、天安门广场放风筝的，都是中老年人。他们当中一部分人是缘自爱好，另一部分人是为运动而运动。现代人生活便利，活动机会太少，踢毽儿可锻炼老胳膊老腿儿，放风筝则是治疗颈椎病的良方。

得，不说这么悲的事儿了，还说冬雷。汉代乐府有一首名篇说到冬雷："上邪！我欲与君相知，长命无绝衰。山无陵，江水为竭，冬雷震震夏雨雪，天地合，乃敢与君绝。"有意思的是，如果把这几层罕见事当递进关系来理解，冬雷居然比"山无陵，江水为竭"还严重。汉代以前，自然气象条件真那么正常么？而如此痴心到极致的爱情，大概也只有古时候有，现在难找了。

还是有点悲，得，啥也甭说了。

十月半

《燕京岁时记》里说："冬月十五日月当头，如遇望时，则塔影无尖，人影亦极短，小儿女之好事者，必无睡以俟当头，临阶取影以验之。"

这一游戏情趣在今天的北京难体会，因为光源太多，无处不在，人不太容易与太阳、月亮这些最原初的伙伴直接交流，中间隔着很多人造的障碍。

十月十五，还是中国民间传统节日下元节。下元节的来历与道教有关。道家学说里有"三官"之说，天官、地官、水官。《太上三官经》里说："天官赐福，地官赦罪，水官解厄。"《中华风俗志》也有记载："十月望为下元节，俗传水官解厄之辰，亦有持斋诵经者。"

在道家看来，一切众生皆由天官、地官、水官统摄，三官大帝又分别对应着尧、舜、禹。下元水官对应着的，正是因治水而闻名的大禹王。又传说，这三官的诞辰日分别是旧历的正月十五、七月十五、十月十五，因此这三天在道家那里，称为上元节、中元节、下元节。

古人过下元节，有些固定习俗，比如把锡纸折成银锭模样，烧了祭拜先人。百姓家会在这一天做糍粑，赠送亲友。既是与水官大禹有关，遍及各地的大禹庙也当然会有祭祀活动。朝廷也会在这一天格外体现以民为本，严禁杀人。真有要杀的，延缓执行日期。此外，下元节这一日，民间工匠还有祭炉神的习俗。炉神即是太上老君。

现代人的节绝不比古人少，传统节日的确有很多没人提了，比如这三元节；但我们多了环境日、植树日、电信日……数不清的节。我有时想，一个普通百姓，一年到头能记住几个节呢？大概超不过十个。那么，古人们那么多节，也都真当节过么？会不会很多也像我们今天一样，真说起来，来历清楚，头头是道，但居家度日，谁都想不起来。

由此想到"节"的问题。民间传统的很多节，大多与神有关，往形而上说，与文化有关，甚至与信仰有关；往现实生活说，就是找个理由朋友相聚、吃点好的。

可节日太多，哪有那么多好吃的，只能将其中某些小节忽略。反之亦然，如果天天都有吃不尽的美食，天天都过节，也就无所谓节不节了。

冬　至

香港回归前最后一个冬天，有天我在铜锣湾闲逛，非常纳闷，不明白为何众多店铺大下午的就都关了门。后有明白人指点，那天是冬至，粤港一带冬至是和春节一样的至大节日，家家户户要吃团圆饭。

古有"冬至如大年"之说，冬至还曾有过"亚岁"的别称，可见地位特殊。

在北京，冬至不算节，至少不算大节。《燕京岁时记》里就说："（冬至）民间不为节，惟食馄饨而已，与夏至之食面同。故京师谚曰：冬至馄饨，夏至面。"时至今日，连吃馄饨的习俗都少有人知，很多人被问起冬至该吃什么时，回答是犹豫的：呃……饺子？

冬至在南北方不同的待遇，大约与地理环境有关。冬至太阳直射南回归线，中国大地本是至阴之时。与此同时，物极必反，至阴也就意味着阳气始动，万物开始萌动复苏。这在向来讲究阴阳的中国，是件喜兴事，值得大庆特庆。问题是中国疆土辽阔，所谓阳气始动，南方百姓可能有明显感觉，而在北方，冬至只意味着一年最冷阶段的开始，冬至日起开始数九，一九二九不出手，三九四九冰上走。

所以，虽然百官会呈递贺表庆祝，百姓却"不为节"。百官们知书达理好讲理论，理论上确实阳气始动；百姓呢，只管实实在在身体的感觉，冷暖自知。

冷也有冷的好处。北方虽冷，却可体会到"冰上走"的乐趣。就拿北京来说，北海、后海、颐和园水面都结了厚厚的冰，孩子们在冰面上拖冰床，小伙子、小姑娘在炫耀滑冰技艺，个个如孔雀开屏般向异性展示自己的魅力，那情景许多南方人羡慕死。

因为至冷，多数时间在屋里宅着，便又想出种种玩法。比如"九九消寒图"。

"九九消寒图"是一个游戏，《帝京景物略》里记载："冬至日人家画素梅一枝，为瓣八十有一，日染一瓣，瓣尽而九九出，则春深矣，曰'九九消寒图'。"

还有另一种玩法：准备一幅双钩描红书法，上有繁体的"庭前垂柳珍重待春风"九字，每字九画，共八十一画，冬至开始，每天按笔画顺序填充一个笔画，每过一九填充好一个字。九九之后，春回大地，一幅"九九消寒图"大功告成。玩得更细的人，还会将此过程进一步复杂化，填充每天的笔画所用颜色根据当天的天气决定，晴为红，阴为蓝，雨为绿，风为黄，雪为白。

最雅致的"九九消寒图"是作九体对联，每联九字，每字九画，每天在上下联各填一笔。如上联是"春泉垂春柳春染春美"，下联对以"秋院挂秋柿秋送秋香"，称为"九九消寒迎春联"。

"九九消寒图"的游戏,北京至今还有不少老派人在玩。再过几天就是冬至了,这两天,去荣宝斋买宣纸的人渐多,明眼人一看便知,其中有人是在为这游戏做准备。

元 旦

"元旦"一词在古时候,是指今天的春节。元是开始之意,按旧历,春节是一年之始。辛亥革命后建立民国,改公元纪年,将公历1月1日叫作"新年"。中华人民共和国成立之后,将这一天改称为"元旦",成了法定节日。

今年北京的元旦特别冷,天气预报显示,为三十年来同期最低温度。而且连续两天大到暴雪,清晨起床拉开窗帘,发现平日楼下路边停着的汽车都消失了,变成一个个雪白的面包。印象中这么大的降雪量也几十年没有了。多亏正值放假,否则全城交通、水电、供暖等民生问题会出多少差错,不堪设想。

下大雪,北京的孩子们喜欢堆雪人。楼前屋后、林间空地,孩子们奔前突后忙活着。浑身上下裹得像个粽子,只露出两只眼睛,黑豆豆一样晶亮纯真。冻得通红的小手在雪白的大地上堆积自己的梦想,那情景很动人。

青年们也不会放过在雪地上撒点野的机会。北京话中有个词叫"欻雪"，大意就是在雪地上瞎折腾。具体折腾什么没有定规，胡乱折腾都叫"欻"。青年比孩子的活动半径大，他们一般不满足于在自家附近折腾，会去西郊，去山里，香山、八大处、颐和园等。山地因为人迹罕至，气温较城里低了两三度，雪不易融，欻起来更带劲。他们三五成群，衣着鲜艳，一团团红蓝黄在雪白的大地上跳跃，青春活力洋溢，追逐着打雪仗，雪团在风中呼啸而过，迸出流线般的雪粒，在阳光下晶晶闪亮，那情景很动人。

中老年人老胳膊老腿儿，雪天路滑，不敢乱跑，一般就在家里隔着玻璃赏雪景，沏上茶，放上音乐，或者打开电视，享受着休闲家居生活。再或者拉家带口儿，带着全家出动，就近找块地方，与大雪合影留念。当然也有活跃的中老年，他们挤上公共汽车或者地铁，到北海，到天坛，在昔日皇家园林的雪景中，找角度，对焦距，把自己和北京特有的一道风景——红墙、绿瓦、白雪，定格在永久的记忆中，那情景很动人。

想起很多年前，有一年元旦在香山住着开会，夜里和一班热血青年彻夜大酒，争论各种世界观人生观这样的大问题。凌晨时分，有新人闯入房间，抖落一身雪渣子，惊呼道：还这儿臭聊呢，外边漂亮死啦！几乎是你争我抢地夺门而出，一座雪白的香山一览无余，一个人影不见，一只脚印未留，大家当即被这情景惊得欢呼。

年　前

元旦后、春节前的这段日子，一贯被人称作垃圾时间。通常情况下，二者相距只个把月，元旦三天法定假期，春节有七天，两个长假之间，很容易人心惶惶，干不了什么正事，好像一直在期盼、准备、筹划一个辉煌的大日子，心里毛躁躁的。

对于绝大多数平头百姓而言是垃圾时间，但对某些人来说，正是总结过往、铺展来年事业之关键所在。这些人大致也分正、邪两大类。正的一类，年终总结、述职、决算，以及来年计划、调整、预算，诸多宏观掌控类的事，都在这个时间段进行。邪的一类，为过往的一年催款结账，为新的一年请客送礼。有个朋友，和一个土豪住对门，说一到这段日子，邻居家门口的礼物堆到水泄不通，而他，因为做着对外联络的生意，送礼本是日常业务，好不容易到了这垃圾时间段，更是不容错过。可是，每天一出自家门，看看自己是拎东西的，对门儿是收东西的，心头无数不平衡忍不住往上蹿。

垃圾时间段，北京的道路最拥挤，不分周末不周末，不管限行不限行，有路必有送礼车。各单位院子里平时懒洋洋停着的车，此刻全被派满活儿，在大街小巷奔波不息。

旧时老北京的这段日子，也是垃圾时间，也有不少人在忙乎这些事，只是那会儿往来送礼收礼没有汽车，心思一模一样。因此，先别冒失地叫"垃圾时间"，其实垃圾时间的含"金"量最高呢。

不一样的，倒是平头百姓在这段时间的生活内容。《燕京岁时记》里，记述了老北京人在这段垃圾时间都忙活些什么，从中可以看出，那时候的人们，期盼、准备、筹划的这个过程很有形式感，有一系列规矩、老礼儿可供遵循。

明清之际，逢腊八那天，百姓家家要熬粥，与此同时，雍和宫的喇嘛们也在熬粥供佛。各级衙门开始封印，颁示天下，一体遵行。"每当封印已毕，万骑齐发，前门一带，拥挤非常，园馆居楼，均无隙地矣。"衙门封了印，各大戏园也要暂时封台，只等春节那天开始，重打锣鼓另开张。

再往下，该学生娃们高兴了，衙门封印后，各大私塾学堂也开始放假，憋屈了一年的孩子们迎来一年当中最自由散漫的日子。

腊月二十三，小年到了，家家户户准备南糖、关东糖、糖饼及清水草豆，祭灶。南糖用来祀神，清水草豆者用来祀神马。"祭毕之后，将神像揭下，与千张、元宝等一并焚之，至除夕接神时，再行供奉，是日鞭炮极多，俗谓之小年下"……

就这样一步一个脚印，忙碌而有序地一阵紧锣密鼓，从容不迫地来到年根之下。

现在的北京老百姓，虽说这段垃圾时间也兴奋，也期盼，但都是在心里东一榔头西一棒槌地瞎兴奋、瞎期盼，完全没有什么形式感的兴奋、期盼，没多大乐趣。

春之絮

有一首歌曲被广为传唱，名叫《小桃红》，满心欢喜地描绘春景，头一句唱道："又是一年春来到，柳絮满天飘。"下边才陆续唱到桃花、榆钱儿、黄鹂这些。

至少对生活在北京的人而言，因为地处较高纬度，所以湖面融冰，土壤松动，甚至树梢泛出光晕般一层绿芽儿，这些都不意味着春天的真正到来。杨絮、柳絮漫天飞舞了，棉衣才敢真正脱了洗了，收到箱子里。

杨絮、柳絮这些春之絮，既因带来春天气息招人怜爱，又因四处乱飘直往人鼻孔里钻而招人厌烦。碰上像我这样本来就有点花粉过敏，一到这季节鼻子便不舒服，喷嚏接二连三的，见到春之絮，更是不啻鬼魅现前。

小时候可不烦它们，那时候正长身体，处在上升期，有股天不怕地不怕的劲头，这点玩意儿对鼻子、嘴巴、呼吸道形不成任何威胁，只顾着满树棵儿探寻卷成一团的絮絮，火柴一点，刺溜一声，一个火球瞬间灰飞烟灭，情景喜人，乐此不疲。

如今身体各项机能都在走下坡路，越来越娇气，柔弱成那样的絮絮，居然能让我生起畏惧之心。

古往今来，描绘春之絮的诗文很多，印象深的有《世说新语》里一个段子：某日天寒下雪，东晋名臣谢安（就是那个著名的谢太傅）兴致勃勃地与晚辈们一起，谈文学论写作。他问，这大雪纷飞，用什么来做比拟呢？侄子说，雪落沙沙作响，宛若天空往下撒盐哪。侄女却说，倒像春风吹得柳絮满天飞呀。老头儿听了大乐。

后人钟叔河曾经分析谢老头儿为什么大乐——以撒盐比下雪子，以飞絮比下雪花，本来都很形象，无分优劣；不过从文学描写的角度看，空中撒盐断难为真，风吹柳花则是常景，而这种似花还似非花的东西，作为春天的标志，又特别能使人联想到春的温馨和情思，所以更具亲和力。

关于春之絮最新的段子，是昨天从电台节目中得知的，园林局在有关专家支持下，研发出了一种药水，注射进杨树，便可抑制杨絮的生长。

杨絮说白了就是杨树的种子，春天，杨树的果实成熟开裂，种子便选择风力作为传媒，在空中飘来荡去，寻找适合的生长地落脚。这种新研发的药水，其实功能等于避孕药。也正因此，电台主持人后来就直接问受访的专家：那咱们何时给它们节育呢？

想想好可怜，这些树生在这个钢筋水泥搭起的城市，本来就难找一块土壤落脚，如今又因惹毛了人类，要被集体骟掉了。

零碎的欢颜

《欢颜》是我看的第一部台湾电影，时间是上世纪八十年代初某一天，地点是北京小西天电影资料馆大放映厅。故事讲的什么现在忘得差不多了，记下的是故事外的零零碎碎。

老唐大我十岁，当时在中央工艺美院读书，留着"叔叔阿姨头"。上点儿年纪的人应该还记得这个词，意思是蓄长发，小孩子看了分不清该叫叔叔还是阿姨，因而得名。学艺术的都好耍个范儿，尤其是在校艺术生。和现在好耍内心孤独范儿不同，那会儿连拿范儿都拿得非常质朴，也就是重个外形。这样一个艺术青年看完电影出了放映厅，激动得跺脚拍脑袋，借此让自己清醒。"太性感了！太性感了！"老唐止不住感叹。

老唐说的是片头的胡慧中。那时的胡，真是秀外慧中，水灵生动。片头是她全屏的大特写，弹着画外的吉他，"不要问我从哪里来，我的故乡在远方"。歌唱了四五分钟，镜头就照此拍了那么久。光也打得非常八十年代，虚虚的，七彩的，如梦。长发在鼓风机吹动下飘飘颤颤的，美得叫人绝望。老唐赞得投入、由衷，也赞出了我们这些小萝卜头的共同心声。

很多电影靠插曲的传播流芳千里，比如《冰山上的来客》，还比如这部《欢颜》。《欢颜》里的歌首首好听，因为突出了一个"愁"字，切中我们这群少年的要害，当即无条件追捧。星移斗转，辗转多日，终于得到一盒录音带，是个女歌手的专辑，唱《橄榄树》，唱《欢颜》，唱"天上的星星／为何／像人群一样的拥挤呢／地上的人们／为何／又像星星一样的疏远"。

一个星期后，我在同学家听到这盒磁带的孙子的孙子版，女歌手的声音，和我听到的已有太大走形，几乎判若两人。再后来，知道这个唱得好听的歌手叫齐豫。再后来，齐豫弟弟的几乎所有歌曲，被几乎全国所有大学男生用来在宿舍楼的水房吊嗓子。

那么迷人的电影，只看了一遍。现在回忆起胡慧中的美，已毛了边。都不该叫作记忆了，叫想象反而更准确。倒也不是怕什么毁坏心中的美好，只因没有机缘。机缘是个谁也拿它没辙的事，过去就过去了，想找，什么也找不回。

老唐后来去了美国，一晃十年，再见时已经妻儿老小一应俱全。目光虽然尚存偶尔的激烈，肢体语言已显迟缓。而我们这些当年跟在老唐身后瞎混的"喽啰"们，也早已尝过诸般来势凶猛、不容置疑的愁苦。大家坐在秋日艳阳下，谈起逝去的诸般人事，断续露出零碎的欢颜。

除夕忆旧

十来岁的少年都有个叛逆期，特别自我，特别较劲，好像所有人都和自己有仇，谁的话都懒得听，父母都懒得搭理。

我也不例外。今天找东西，翻到中学时的一个笔记本，看到一段当时记下的感言，大意是说过年了，家人都在客厅团聚，香烟水果花生糖，看着电视里歌舞升平，我却躲在自己的书房，临摹吴昌硕的《石鼓文》，觉得好脱俗。

中学六年，每年除夕夜都是分两截儿过的。十二点以前，和家人包饺子看电视，有一搭没一搭聊两句，非常无奈，很不情愿。钟楼一百零八响钟声一敲，立刻如同刑满获释，套上棉猴儿，告别父母，骑上车飞也似的穿过街头重重烟火，去找几个哥们儿把盏守夜。

父母是开明人，当然没有呵责，甚至欣然同意，只提醒带上手电，路上当心。但他们眉宇间的不舍，甚至失望，我再笨也看得出来。可当时就是不愿多想，只想迅速逃离庸俗的家庭气氛。

其实哥们儿相聚也一样庸俗，无非也是香烟水果花生糖。哥们儿之一的家是个宽敞的四合院，北屋是我们每年守夜的据点。窗帘拉得严严实实，防止家长看到我们抽烟。我们团坐一起，沏上酽酽的香片，桌上堆满零食儿。打开四喇叭的夏普777，听罗大佑、邓丽君，隔壁班的那个女孩怎么还没经过我的窗前，不知天上宫阙，今夕是何年，唱的是少年躁动情怀。

二十多年过去，如今回想起这一幕，有深情回忆，还有对父母的愧疚。不是说不该除夕离家，非得和父母死守到天明，心思不在，守也是白守，关键是，那就又变成另一种较劲了。所以我要说的，是较劲。

其实问题很好解决，父母并不呆板守旧，也一向没有年夜守岁之习，至多熬到一两点钟，必定上床呼呼睡去。既如此，大可不必非要一俟钟声敲过，就急不可耐地逃离，兴头上泼凉水，谁会乐意啊。不如放松自己，既来之则安之，从容地和父母聊聊天，嗑嗑瓜子儿，看看电视，待他们熄灯睡下，从容地自去辞旧迎新。如此两不相扰各自心安，多好。

这会儿说起来容易，那会儿做起来却难。这就是人生常有的悲哀，总是时过境迁，才明了解决之道，然而为时已晚。就好比，这会儿是明白了，但已再没机会与父母同守年夜，父亲早已去世，母亲也年年去三亚过年了。再好比，眼下除夕离家这个劲是不较了，可还会有别的劲去较，别的反会逆，而将来总有一天又会突然明了，这又何必。

可怕的是，现在人到中年，较劲也好，逆反也罢，这些小孩子才会有的情怀，我们仍在与之苦苦作战，这就有点白活了的意思了。所以还是那句话，放松，直面一切，不忧不惧，笑看年夜将至，看它冬去春来，这才是这个年纪该有的正常生活。

性禁忌游戏

当年有"内部电影"一说。既是内部，大众无缘得见。

内部电影一大特色就是"性"。我当年因为有些特殊机缘，有幸成为内部电影的忠实观众，看到不少被誉为性事颇浓的电影。时隔三十年，今天想来很感慨人们观念之变幻莫测，当年那些一禁再禁的内容，让今天的年轻人看了会觉得，他们的父辈太有游戏精神了，那么小儿科的东西，也配自诩为"性"。

好比有一次，被一个当时的电影理论家领着，去小西天电影资料馆的"小放"看电影，跟在理论家身后的我被工作人员强行拦住。理论家是个老头儿，在他眼里，我还是个童蒙未开的少年儿童，所以非常不耐烦地训斥工作人员：不就有点那个嘛，他一个小孩子知道什么！

我那年十四五岁，正对性事有糊里糊涂的渴盼，听了这番对话，心中如揣小兔，表面竭力装出一副完全不谙男女之事、事不关己高高挂起的无辜，蹭进摆有六七十个大沙发的豪华影厅。

所谓"有点那个"，不过就是罗伯特·雷德福喝醉了，跑到芭芭拉·史翠珊的宿舍住了一宿。镜头是这样表现的：摇拍从客厅到床边的地板，一路雷德福的衣物，从衬衫到内裤，说明雷氏一路脱着衣服上了床。镜头切换，史翠珊从厨房煮好咖啡来到客厅，见此情形，深叹口气，伴以摇头，犹豫片刻，也脱衣上床，关灯。再然后，机位静止，中景，床单下边，两个身体激烈扭动。完了。真的，就这些，不信随便找个碟店买张《回首当年》看看。

不过，说起来这还算好，最多也就是种静态的游戏；更有甚者，不乏有人还把性禁忌游戏玩成动态，甚至轰轰烈烈。

当年流行朦胧诗，一些年轻人模模糊糊的想法，模模糊糊的句子，把一群老头儿彻底激怒，瞅准机会口诛笔伐。当时曾经轰轰烈烈地讨论过舒婷的一句诗，"青草压倒的地方，遗落了一朵映山红"。好几个著名评论家都站出来说，这诗太淫了，太"性"了。我还清楚地记得有人直接指出，这哪里是什么朦胧，分明是大张旗鼓、明目张胆地写了一场"野合"嘛！

218

我当时读到那篇批评文章，特别想去问问那个评论家，这诗和他看的那些内部电影比，哪个更淫、哪个更"性"，因为那个评论家，我常在内部电影放映厅里见到。

我的问题终于没有问成。事隔三十年，现在我可以替他回答一下：压根儿就是一回事儿，不过是一场性禁忌游戏。

邮　局

如果不是"世界邮政日"，报纸上也不会有人想起邮局这茬儿。记者在街上随机调查发现，很多年轻人根本不知自家所属的邮局门朝哪边开。正如报上标题所言：很多人已将邮局淡忘。

语言文字的发展，常有字词横空出世，比如"宽带"；当然也就常有字词死掉，比如"洋火"。"邮电局"也正走向灭亡，因为邮、电已分家。以后只有邮政局、电信局，而很快，"邮电局"也会像"洋火"一样晋升到古董级别，被人淡忘吧。

有诗人写过：有的人死了，但他还活着。这话千真万确。该记的，任它灭亡也会记得。

小时候每到星期天，会随爸爸去邮局取报纸。那会儿爸爸正落难，下放在苏北一个县城。消息闭塞，读报是唯一了解外面世界的途径。报纸少，又都长得一个模样儿，稍微能透过表象探点真情的，是《参考消息》，所以一天也不愿落下。星期天邮局不送报，就迫不及待去邮局取，顺便带我上街兜风。

去邮局那一路，是童年记忆里最美好的时刻。爸爸骑自行车，我坐前梁上。那是一辆除了铃铛不响哪儿都响的"老爷车"，道路又坑洼不平，简直要说沟壑纵横，每过一个坎儿，"老爷车"都会发出惊天动地的颤响。孩子都有恶作剧心理，逢到这类破坏性征兆，兴奋不已。车体每一次剧烈颠簸，我都大叫一声"咕咚"，继而狂笑。爸爸终日紧锁的眉头，会随着我的大呼小叫渐渐开朗。

几年以后社会形势好转，全家迁回北京。一个细雨的下午，迷上集邮的我到邮局索取订购的新邮票。其中有一套特种邮票取材于童话《"咕咚"》，我看了看，不以为然地搁在一边，想那童话虽美，比起当初我和爸爸分享的"咕咚"，差很远。

回头来说邮局。那会儿邮局真忙啊，收发信件和电报的，订取报刊的，大包小包寄包裹的。我家刚到北京那会儿，江苏朋友怕北方大米供应缺乏，我们吃不惯面食，整袋整袋地给我们寄一毛四分七一斤的大米。无数的情意，无数的交流，从四面八方汇聚而来，再被分发到天南海北。邮局，是这世上最重要的沟通中转站。

现在不同了，纸质的书信越来越罕见，物产极大丰富，商业交通都发达，北京再也不缺大米了，没什么地方缺什么东西了，再有顽固啰唆的老头老太太要寄包裹，还挺遭人嫌弃的。至于电报，可能只剩唁电、贺电这两个形式主义分子了，正常的电报已被手机短信取替。你看大街上、公交车上、地铁车厢、娱乐场所，人人拿着个小机机摁来摁去的，都在发电报呢。

家庭关系

人老到一定年纪，秉性就像小孩。而且越老越像，任性，撒娇，耍小脾气，因为自己的建议不受家人重视，委屈得默默流泪。俗话说老小老小，果真是如此一场轮回。

我们有个连续聚的小团伙，三天两头扎堆儿。早几年聚着聊文艺，聊社会，近两年随着陆续迈入四十岁门槛，闲聊的话题多了一项各自家里的老人。老人的病，老人的怪癖，等等。边聊边打量自己不远的未来，不禁微微肝儿颤。

我们这年纪的人，父母双全的很少了。独居的老人一般对子女的依赖更重些，所以经常是我们正聚到兴头上，某人的妈突然来个电话，内容居然是夜太黑独自在家害怕之类。某人明知这是撒娇，也当即无怨无悔朝家飞奔。没啥可说的，老人变成小

223

孩了，你就只好当大人，像照顾子女一样照顾父母。

问题是，有的人本身就童心未泯，如此两小相凑，有时候家庭关系活像小朋友玩过家家，别有一番情趣。

就像老张家，老张一把年纪尚未娶妻，一直和父母同居一处。有段时间，老张每天临睡前都要反复检查自己房门是否锁死。这么做的起因是，有天上午老张睡得正酣，隐约觉得哪儿有点不对劲，猛睁眼吓半死，只见他妈端坐床头，直勾勾正深情凝视他呢。见他醒来雀跃地说：儿子你可醒了，妈太闷了，陪妈下楼打网球吧。

十个指头伸出来都不一般齐呢，再亲密的关系也免不了磕磕碰碰。大多数人家闹别扭，既然老人已经成了孩子，最终都是子女忍气吞声。老张家不一样，因为老张也是孩子，所以他们家别扭一闹起来就小不了。有一次因为俩"孩子"吵得太凶，比着砸电脑，砸碗碟，邻居不明就里报了110。警察一敲门，这俩先是傻了眼，醒过闷儿来当即合伙怒训警察，警察被训得直乐。

更逗的是老李家。老李爸爸是部队高干，家里房子好几套，所以老李和媳妇单住。逢周末，俩人必回父母家，全家大聚。那个星期天，老李伉俪照例回去全家聚餐。老爷子做了红烧肉，美味无比，吃得老李媳妇连赞不已。夜深时分，老李把吃剩下的半锅红烧肉打包带回了自己家，准备明天继续享用。

不承想，当天夜里老爷子小孩脾气犯了，越琢磨越撮火。天一亮，老李接到他爸的电话：你们来看我，在我这儿吃饭，我很欢迎，可是，这以后能不能就光吃，别再打包了？不合适嘛。老李讪讪地挂了电话，也越琢磨越撮火，小孩脾气也噌地涌了上来，怒气冲冲抄起电话，不是打给老爷子，而是打给快递公司。

两小时后，老李父母家收到快递公司送来的一个盒子，里边是那半碗还没来得及吃的红烧肉。

提人儿

北京有不少资深混混儿，都有一项本事叫"提人儿"，就是不停地跟你提各种人名，试图从中找到与你共识之人，目的当然是套近乎。如果稍加注意，很容易在日常生活中听到如下对话：你跟他提我！要不你跟他提那谁谁谁！

大街上毫不相干的俩人，各怀鬼胎地提人儿，不出两分钟，不定从哪个犄角旮旯就能挖出一两个共同熟人。这是有理论基础的，数学上曾有著名的六度分割理论，又称小世界理论。又有心理学家根据这理论断言：世界上任意两个人建立联系，最多只需要通过六个人。

人人都有一张交友网，时间一长，慢慢就形成左一个右一个的圈子，演艺圈、娱乐圈、白领圈、总裁圈、作家圈，不一而足。一圈套一圈，环环相扣，情状很像奥运会的五环图案。每个圈子里又有那种能量超人、不甘一棵树上吊死的交际花，他们精力充沛，以认识新人为己任。有了他们的串联，很快圈子与圈子之间犬牙交错。按我一个朋友的说法，每个圈子都有交错的时候、交错的机会、交错的人，如同国外那种交换舞伴的集体舞。有了圈子，提人儿更方便了，八竿子打不着的人，哦您是作家圈儿的呀？那谁谁谁您认识吧？噢天哪，朋友啊！仰慕已久相见恨晚！

我每日奔忙讨生计，当然也难逃圈子这张大网。不过直话直说，我对自己身处的这个圈子有点憷。明明做的是老老实实的出版工作，偏因爱好文艺，交了不少作家朋友，落入作家圈。正赶上作家圈在流行实名制写作，于是不幸屡屡被写。先是被封为"三里屯十八条好汉"之一，再讽我"杨老颏独占花魁"，再刺我"怀中可抱月，心上不留人"。从此普通平凡的生活被粉饰得形迹可疑，偶尔被隆重介绍一次，对方投来的目光宛若洞察秋毫，一个劲儿狡黠地笑。细问问，原来对种种"劣迹"早有耳闻。

外地的作家朋友还好，一年到头见不了一两回，既见了，你好我好大家好。常常是寻个山清水秀的地方，扎堆儿谈谈文学，互相往死里捧，当然少不了还要八卦一番圈子里近来的人、事。这就是江湖上盛传的"笔会"。再通过互相勾搭多年的媒体圈朋友一宣传，没准儿都能担上繁荣文学的头衔。可惜这些都算圈子外围，真正核心却是一群北京作家，年龄相当，常在一起连续聚，早已没有"有朋自远方来"的新鲜劲儿，一朝坐在一起，互相侮辱的时候居多。

奇怪的是，天行"贱"，君子自"贱"不息。愦归愦，偏偏对互相吹捧的事全无兴趣，反而是互相侮辱的朋友更有吸引力。虽然连续聚到无话可说，相对无言，呵欠连天，但一有闲工夫，还是愿意坐在一起，坐看云起，朝花夕拾。那情形之于生活，有点像寒冬夜行人终于找到个破庙暂时可以歇脚，互相依靠着取暖。

细想也没什么奇怪，世上本无十全十美的事，任何人、事概莫喜忧参半，单看你缺什么。互相侮辱叫人一时难堪，但因熟到不能再熟，每句话、每个字都直戳心尖，疼过之后会有苦口良药之疗效；而互相吹捧固然一时欢喜，但往往虚头巴脑、言不由衷，说了跟没说一个样，纯属泡沫。最可怕的是，往往说着说着就会有人跟你提人儿。如果在提人儿和互相侮辱二者间做选择，尽管后者令人发愦，那也选得心甘情愿，因为提人儿实在太可怕了。

说圈子，说提人儿，古时候有"朋党"，近代有南北军阀"派系"大战，上个世纪五六十年代有名目繁多的"小集团"，到了今天，是"圈子"。再从集团到圈子，扎堆扎得越来越不成气候，名头都越来越黯然无光，气势也越来越小，一副逐渐式微的模样。可见社会发展趋势，是从豪放到精细。也是不得已吧，因为每个人的独立性越来越强，登高一呼万人云集的事，越来越不现实了。

冰火两重天

那一夜，我们要听费玉清。还是下午，和另一位中年肥汉按捺不住激动，早早在演出场地周边逡巡，先到工体边上的鹿港小镇垫点食儿。

鹿港小镇与往日大不同，俊男靓女全不见，倒像一场中老年联欢会的后台。点吃点喝也是中老年风格，殷实做底的节俭、适量、从容。听不到往日的唧唧喳喳，看不到惯常的无端浪费。仔细观察一下会明白，这良好的氛围，全是因为费玉清。

有个花白头发的中年妇女，台湾某媒体集团总裁，手里一摞打印好的 A4 纸，应是从 Google 上查到的所有费的条目。还有个老头，头发梳得溜光水滑，穿长衫，围一条五四风格的围巾，拄文明杖，信步进堂。

演出开始了。嗓音太干净，走音、音劈这类杂毛绝对没有。台风太正，从始至终，恁大的舞台，基本只在一平方米范围内活动。态度太谦虚，每唱新歌，会说尝试一下，与听众切磋。歌词太优美，是《兰花草》，是《一剪梅》，是《采茶曲》，是山，是水，是长空。总而言之，范儿太正了，调儿太柔了，全场气氛，突出一个"怨"字。

可能费玉清也怕阴柔之美有点过，唱完小半场，舞台背景纱帘突变，由山水画变成了书法词典的一页，上有真行草隶数十个龙字，补救气场吧。而我内心的气场，也是阴阳颠扑，异常复杂。

十一点，转场。著名的音乐胜地九霄，又一场艺术盛宴即将开席。我们要听 Joan Pimente 的 *Super Honey*，据说融合了 Melodicrock 和 Vintagesoul 两种音乐风格的精华。

女歌手巨胖，胳臂似腿，胸前似俩篮球。由此，底气足，声音出来响彻云霄，至少九霄。歌我不懂，只是乍听兴奋，欲舞欲蹈，如有火在胸中流窜。但是仅只三首过后，疲了，累了，最要命的是，场内空气太差，走之。

离开剧场，我们去吃羊肉臊子面，热气腾腾，肚子圆了。一点，迈上回家之路，夜风很冷，想这艺术的力量确实非同小可，简简单单两场演出，叫我这一夜过得宛若冰火两重天。

如今九霄早已烟消云散，旧址一片瓦砾，正向过往行人追忆往昔繁华。站在碎砖瓦上想想，冰火两重天，真要算是北京夜的高度概括了。所谓老、中、青三结合，比如鹿港小镇的客户群构成；所谓中外古今传统现代的杂交，比如工体和九霄、费玉清和 Joan Pimente；所谓百家争鸣百花齐放，比如突出的那个怨和欲舞欲蹈……北京的夜生活就是乱七八糟一锅粥。我们夜夜在这锅粥里周旋、沉迷，被冰火激荡得颠三倒四，各种毁灭性的心理疾病开始悄然萌芽。已有前兆，太阳照常升起时，一丝空虚在内心深处陡一激灵。

焐店的夜游神

曾在北京、上海之间游走，大而化之地总结过两地夜店的区别：北京的店是认人的，上海的店是认地方。在北京，店再火，老板一换情形立马不同；在上海，只求去处够洋够浪，没人管是谁开的店。借用拟人手法来说，这也基本和两地的性格相似：北京讲究个老人情味，人在店在，人去店空，随意流动性强；上海老憋着要做世界之最，所以开个小酒吧都恨不得请哈佛商学院教授来讲讲管理，靠的是冷冰冰的规章制度。

北京讲究人情味的突出表现，是专有几支招之即来、来即能战、战即能胜的焐店夜游神队伍。朋友或者朋友的朋友开了店，一时间内盯死了去，最次也是周末必到。不是白坐着，回回几千块大单埋着。店家要打折都怕被诬为瞧不起人。因为去得太勤，不明就里的外人常生误会，以为那店必有其股份。

亲眼见证一批社会"闲"达,从三里屯的白房子开始焐起,焐到幸福花园,再焐88号、99号,再焐Suzie Wong,再焐日坛南门的FM,再焐后海岸边老白的酒吧,再焐工体北门的Chivas,再焐九霄……几年下来,焐得人人一脸褶子了,人老心不老,又奔工体西路焐去了。

这些焐店夜游神们,人人脑海里一部北京夜店的发展史。他们焐店的几步跳,勾勒出北京夜店的几大高潮:三里屯、朝阳公园、后海、工体西路。

按词典里解释,用热的东西接触凉的东西使之变暖,叫焐。焐店的夜游神们正是见人之所未见,利用自己在江湖上热乎乎的地位,把一爿爿簇新簇新的店带热。等人满为患了还去等位,那叫追风犯贱。焐店者永远走在时尚前沿。

这里所谓时尚,可以替换成白领二字。虽然白领永远是最大的消费群体,但在夜店这件事上,老被当成大俗套看待。至少在焐店的夜游神们眼里,他们简直就是随波逐流、俗不可耐。所以当白领们如钱江潮般涌向三里屯庆个生日什么的时候,夜游神们已悄然转场朝阳公园。当白领们如过江之鲫奔向朝阳公园度个周末什么的时候,夜游神们又奔后海了,以此类推。

虽说人老心不老,但这只是主观美好愿望,焐店者的队伍终究还是要新老交替。江山代有才人出，一群老字辈老霸着焐，因为观念的陈旧，焐不出更大的动静不说，年轻人会跟你急的。夜北京的江湖，本来是以一团和气的无聊为主旋律，真闹得像电影《黑社会》里梁家辉那样，为当帮主把人从山坡上滚下去就不好了。

老一辈退出焐店江湖的情景是有点凄凉的，尽管他们打起十二分精神，去了 Baby Face、唐会、美丽会这些新店，但那整齐划一、满眼工业化金属的风格，他们实在接受不动了，想趄回往日辉煌的幸福花园、王吧，早已是一片瓦砾、断壁残垣，于是他们只能去钟鼓楼下的波楼、疆进酒、王吧边上的"蒋酒"这样人情味尚存的老地方，喝一些陈年老酒，谈一些陈年往事，任雪线在鬓间悄然浮升。

三里屯的起承转合

三里屯这二十年，很像一个人的成长，少年时青涩、欢乐，青年时孟浪、激进，而立之年前后混乱、崩溃，到如今，被人生之苦，以及各种社会现实教育得浪子归来，规规矩矩，娶妻生子，建设家庭，成了和谐社会的中坚力量。

又说人生如梦，还说人生如舞台。三里屯这二十年的人生，如果是一场梦，是一出戏，还真有板有眼，丝丝入扣，起承转合清晰可见。我在三里屯一带玩了二十年，亲历这一场春夏秋冬四季轮转，很多细碎小事当时不在意，今天回头看，套用时髦词儿来说，居然都是起承转合的"拐点"。

上世纪末，三里屯开始"起"，不消一两年工夫，迅速蔚为大观。仿佛王者出行，闲杂让道，北街路西原来有一长溜儿与秀水街齐名的服装摊，迅速被挤走。不仅服装摊，各种不相干的买卖全都被挤走，三里屯成了酒吧的天下。

闲杂买卖让了道，整条街却被闲杂人员当了道。当时晃荡在三里屯的主要两拨人，一拨是有班上的文化人儿，另一拨是没班上的大闲人。前者比如记者、文化公司的老板、员工；后者比如各领域的艺术家、唱歌的、写作的。两拨人的共同特点：有闲，爱混。

北京圈子文化盛行，上述两拨人，在北京基本算一个圈子，所以彼时的三里屯，随时都像大家庭聚会，熟人满街飞。偶尔碰上不相识，互相瞧着也眼熟。夜幕降临，四九城的兄弟姐妹都往这儿扎，直把家家店老板混成了哥们儿。于是，不光一家店里桌与桌之间串台换位，店与店之间也游走频繁。嬉笑怒骂，甚至打架，都是家庭内部的事。今宵离别后，明日还相逢，整个三里屯，像一场永不完结的流水席。

这期间有一件小事，至今记忆犹新。那天我们在 58 号户外大酒伺候，酒到多时，某人心里泛起愁事。正郁郁不得解，猛抬头看不远处黛茜小屋门口，蹲着一位姑娘正号啕痛哭。这位老兄被姑娘的悲痛征服，直入忘我境地，情不自禁抄起桌上一摞餐巾纸，大步流星冲过去，塞在姑娘手中。

当时那场景，因为姑娘下蹲姿势颇似正在方便，所以送纸巾的动作，很容易被理解成讽刺挖苦。我们于这头看着，隐隐替那兄弟担心。姑娘倒是毫不见外，悉数接过，一把鼻涕一把泪，脚下迅速餐巾纸堆积如山。这是"起"时的三里屯，人心淳朴，简单率真，都是兄弟姐妹，所以姑娘没有任何顾忌。不过我们开始生出怕被误解的念头，想到了讽刺挖苦的歧义，也说明这条街上人开始杂了，陌生面孔越来越多，"起"到此处，该告一段落了。

所有的酒吧生意都太好了，夜夜笙歌，附近居民以扰民为由抗议，城管部门开始干涉，子夜过后不得在街面喧闹。从此，三里屯开始"承"。

新的作息时间，更适合早起早睡、偶尔放纵也有节制的白领。于是三里屯的顾客，渐渐变为以白领为主。可是，老混混们不可能就此不混了呀，他们开始沙家浜的第二场——转移。

上海人泡吧，认地儿不认人；北京人泡吧正相反，认人不认地儿，只要老板是朋友，哪怕他在民宅里开个酒吧，都天天不落往那儿冲。三里屯第一代酒吧老板们赚到了钱，陆续挑选城里其他地方另开夜店，比如88号，比如FM。老人们都随老板去焐新场子了，剩下三里屯这些老店，多数盘给了新人。

最了解这些店的，当然是当年那些店伙计，他们眼瞅着这些店从初创到极盛，加上感情的因素，很多人奋力聚资，摇身一变，从伙计变成了老板。也因此，后来再去三里屯，满街东北话，这是原来的那些伙计们又从家乡招了新一茬儿伙计。

东北人向以性格豪爽、胆大著称，做起酒吧生意，也是天马行空，很快三里屯向多元化发展。之间酒吧频繁倒手，东北人这支主流也被冲散，街上的成分越来越复杂了。

有一年夏天，一个在纽约大学做比较文化研究的朋友来京，要去参观鼎鼎大名的酒吧一条街。我陪他在那条街上正指指戳戳，突然后边蹿上一位大嫂，问：大哥，要玩玩不？全是从老家新来的姑娘！

尽管我们直接谢绝了大嫂的好意，她还是不死心，一路紧跟。同样的话不停地重复，很没创意，害得我和朋友完全无法聊天。情急之下，我猛回头盯着大嫂问：我这朋友不喜欢姑娘，有小男孩儿吗？那大嫂瞪圆了双眼，吐了吐舌头，继而嘴里嘟嘟囔囔，终于放过我们。我那朋友当场笑翻，大呼三里屯太有意思了。我当时半自言自语半对他说：这条街到了这个鸟样子，孟浪激进过头了吧？该转变转变了。

果然开始"转"了，政府开始准备重新规划三里屯地区，酒吧街一片喊拆之声，闹得人心惶惶。家家店铺都在想方设法尽快出手，本来想在寸土寸金的街面上再挤进个酒吧的新人们，也火速撤退，酒吧街的生意越来越淡。

当然，要拆迁只是生意淡的原因之一，还有不少其他因素，比如经营越来越不靠谱；比如悄然之间，几年下来，三里屯主街周边的巷子里，也陆续起了一些酒吧，老王的酒吧、蒋酒、海上、青年旅馆，等等，这些新店不仅从各处拉回很多已经走失的三里屯的老人，也拉走街面上那些酒吧的大部分顾客。三里屯开始迈上混乱、崩溃之路。

街面上酒吧的崩溃是显而易见的，到周末，不少酒吧仍是门可罗雀。街后小巷子里的酒吧，也以另一种方式走向崩溃。连续七八年的夜夜笙歌、欢聚大宴，使得很多老战士都渐生疲态，一时眼前又无新路可走，只得沉溺其间。起先的兄弟姐妹情谊，这些年下来也都盘根错节，生出新的爱恨情仇，像一副扑克牌，还是那些花色数字，却已经被洗过若干遍，不复当初。

那两年，三里屯当年的老战士们轮番得了抑郁症。虽然还是见天儿凑在巷子里的某个酒吧，但已不复当初握手拥抱、把酒言欢的形态，而是互问病情，互道珍重。

就在那两年中的某一天，一伙老战士聚在老王的酒吧里，话题七拐八绕，不知怎么绕到怎么才能让"王吧"挣上钱，摆脱大食堂的称号。老战士之一突然语惊四座：修座庙吧！他的理由是：你想想来三里屯这些人，有几个不精神危机啊。

今天回想这话，像是黎明前黑暗的一个标志。三里屯十几年的繁华，至此走到终极。如同人生，最美好的童年、青年时代纷纷攘攘、热热闹闹，可以头破血流，可以胡作非为，可惜这一切都已结束，中年到来，"合"相初露。

"合"了以后的三里屯，先是起了3·3大厦，随后大片空地上开始建设全新的楼宇，富丽堂皇、时尚先进，CBD成了它的新兄弟，名牌精品店即将成为它的新主人。这一切，都很像一个安居乐业的中年人，体面，稳定，按部就班，满面红光，一副和谐社会主人翁的气象。北街东面还有几家最老的小酒吧没有拆，戳在那里，随着周边新楼的崛起，越来越显出颓败、陈旧之相。

不知道市政部门将来的规划如何，如果让我建议，不妨留着它们，归口到博物馆部门管理。周末夜幕降临之时，这些老房子里会传出一些老歌，歌声幽幽地在三里屯的大街小巷四溢流淌：还记得年少时的梦吗，像朵永远不凋零的花……

食与酒

国人宴席上喝葡萄酒的越来越多，也大多能说出个红酒配红肉、白酒配白肉的讲究，红酒配海鲜容易加重其腥味云云。但这是西餐的配法，绝大多数中国百姓的食与酒搭配，还是煎炒烹炸，大米白面，外加白酒。

食与酒的关系，最平常心的一种，正如评书里常说的那样：嗞溜一口酒，吧嗒一口菜。每当太阳下山，华灯初上，这座城市多少扇明亮温暖的窗户里，都在上演这一幕。这是居家过日子的食与酒，三四个小菜，二三两小酒，不分主次，合二为一，这是食与酒最温婉的结合。

这种温婉，如果在量上稍做调整，也可以陡然豪放起来。这种情况评书里也常说道：大块吃肉，大碗喝酒，可神气了！稍微往这言辞里用用心，脑海里很容易出现水泊梁山聚义厅的豪爽场面，热血冲霄汉。所谓"少不读《水浒》，老不读《三国》"，这种豪放有一定危险。但是哪个热血汉子不神往呢？

食与酒的关系最奇绝的一种，是天平失衡，满桌子的食只是个形式，内容一边倒，全在酒上。曾和一个京城著名酒楼的老板聊天，他交过底：做好每一道菜自是酒楼工作的重中之重，但是再往细里探掘，所谓每一道菜，也都是独立的个体啊，不好一概而论。比较而言，凉菜比热菜更重要。其中关窍在于，喝不喝酒都要从凉菜吃起。对这些顾客而言，凉菜就像名角儿大戏的一亮相，必须求个满堂彩。大酒伺候的呢，凉菜还没上完，他们舌尖上的味蕾已开始麻木，说不准要到桌子底下去寻人了，对这些顾客而言，后边的热菜就是个摆设，即使动了筷子，也是走个过场，形式大于内容。

这种形式大于内容，如果在量上稍做调整，也可以不这么狼狈。处理得好，还可以形成君君臣臣的一派和谐。有个朋友，金融业翘楚，年纪轻轻却厌恶了写字楼营生，撂一边，跑一商业中心开了家淮扬菜馆。菜好吃没的说，但是周遭一圈朋友去，都不是奔那菜去的，奔酒。

翘楚就是翘楚，开饭馆也绝不流俗，创意为先。他平日热衷搜集小品种酒，没事儿就开着车下江南，苏浙沪赣一通踅摸，单挑小作坊的自酿酒尝，太湖白、橄枣黄什么的，有多少要多少，每种也不过就十几二十坛子，全搬自家小饭馆来。到他那儿吃，一桌菜也是摆设，人人动作沉稳，推杯换盏间，各各不同的春光花色在每个人舌尖逐一绽放。夜色深沉，一堆身体微晃、印堂发亮的人踱出小店，老板在门口相送呢，一脸谦和的笑，舌头却也有点拎不直了，微微囫囵地说：明天还有两小坛特酿花雕，来喝啊……

食与酒的故事，每个好吃之徒都能讲上三天三夜不带重样的，只是这些故事就像日升日落，我们早已熟悉到懒得提起。但是只要我们稍一凝神，瞬间即可感受到一餐餐饭的惬意，一滴滴酒的浓香。

在寺庙吃

在一些寺庙吃过饭，各处风格不大一样。

藏地寺庙生活清苦，一般只有糌粑，我不太习惯。有次随老师去日喀则的扎什伦布寺，一则是大寺，二则老师在寺里有熟人，所以普通的糌粑、奶茶之外，特供了一碗人参果，据说是过年才有得吃的宝贝。

和汉地那种核桃大小的人参果并非一个品种，是藏地野生人参果，黑褐色，一两厘米长条状，又称蕨麻。煮熟了用木碗盛上，拌上酥油和蜂蜜，再加白糖，油直往外汪。

好像藏地人喜吃甜，但在汉人看来太腻了。在主人热情的劝说下，和无比热烈的眼神期待中，吃了一大勺，腻得连喝一茶缸子浓浓的砖茶，才算把那股腻劲儿打消些许。食堂的喇嘛看着我狼狈的样子，做了个孩童般的鬼脸，一脸灿烂。

有一年和好几十个朋友同去阿坝的大藏寺，住了一星期，也吃了一星期。因为太多汉人去，寺里提前为我们准备了腊牛肉和蔬菜。饭菜是川味，回锅牛肉、各种菌子还有"国际菜"西红柿炒鸡蛋。虽然几天下来菜式不变，但口味习惯。不过，地处偏僻，负责做饭的是附近乡里农民，洗菜炒菜都是粗犷路线，米饭里有小石子，菜里有没化开的盐疙瘩，都属常见。

汉地寺庙的饭菜要可口得多。尤其是一些经济发达地区的寺庙，本来当地蔬菜品种就多，食堂又长年都有固定的义工负责做饭，大多是退休的中老年女性，心细，操持家务多年，再加上对寺庙的一片虔敬之心，做得用心，自然色香味俱佳。

曾在苏州某寺庙几天，每天早上稀饭配四样小菜，中、晚两顿大餐四凉六热，外加蘑菇或者青菜汤，米饭馒头兼备。味道好得呀，顿顿吃完所有盘子空空如也，连滴菜汤都不剩。一起吃饭的出家人看着我们频频点头。他们心善，不会把我们这举止往馋里理解，我猜他们理解成了我们爱惜粮食，一粒米都不忍浪费。

不过说实话，如我这样平时不吃全素者，在庙里一日三餐素下来，一两天没问题，时间稍久会觉得肚里没油水，饿得特别快。住在庙里，一般晚上七八点就关大门，不好意思惊动门房，只能在屋里听着肚子一通叽里咕噜乱叫，饿到百爪挠心。这会儿要有块点心吃，该多美。

南普陀就有。厦门佛教气息深厚，街上素食饭馆特别多，我吃了几家，虽说各有特色，但往往失于过分精美讲究，反而不如在南普陀的几顿饭吃得朴素、随意、舒适。饭后再在食堂小卖部买几盒素饼带回屋，夜里饿的时候，那些香芋馅、绿茶馅、绿豆馅的可口素饼，简直就是光，是电，是唯一的神话。

护国寺

去电影院看的《梅兰芳》。银幕上人影晃动着，无论褒贬，每个观众的心为之牵动，我却不知怎么的，止不住走神儿，东一出西一出。

思绪乱起来的源头，是想到护国寺。护国寺是北京西城一条街道的名称，街上有个小院，是梅兰芳故居。据说电影热映的这些天，故居游客量暴增。经常得见的梅兰芳晚年照片，大多是在这小院拍的。这里本是前清庆亲王府的马厩，后来做过兵营，再后来被改为住宅。梅兰芳1950年从外地回京，政府"安排"他居住在此。

从护国寺又想到梅兰芳在北京住过的地方不止一处，生在李铁拐斜街，后来住过百顺胡同、鞭子巷三条、南芦草园胡同、无量大人胡同——就是现在的红星胡同，现在那里有著名的半岛王府酒店。

又重回护国寺。护国寺是22路公共汽车的一站。22路的快车，是47路，护国寺不停。护国寺号称一条街，其实就是个胡同宽窄，尽管有梅兰芳，还是拼不过那么多通衢大道的威风，当然是小站，快车当然不停。我对这一线公共汽车情况了如指掌，全拜我在这条线上奔波过四年。我的大学母校也在这条线路上，那一站叫铁狮子坟。这么难听的名字，在诗人们看来倒有意味，上世纪九十年代，赫然在报刊上看到有人竟打出"铁狮子坟诗派"大旗。

护国寺，现在没了寺，不知毁于何时。历史久点的城市，很多地名现在看来莫名其妙，其实不用怀疑，都是早年间的事，你不知，不代表人家没家谱可寻。就拿护国寺来说，本来确实有寺庙，又叫西寺，和东寺对称。东寺就是现在的隆福寺，那里现在也没了庙。

还是护国寺。这条街上还有人民剧场。早三四十年，正值其鼎盛年华，夜夜门口宝马雕车，是北京戏剧演出的高级场所。风水轮流转，不知不觉中就退出北京人的文娱生活舞台了。前年夏天一个朋友拍电影，要找一个旧剧场的景儿，寻遍北京找不着旧得够气派、够场面的。后来突然得到消息，人民剧场闲

249

着，到那儿一看乐疯了，简直就是旧时王谢堂前燕，虽然旧，里头被拆得乱七八糟，王公贵族一般的威风不倒。

那个夏天我频繁往护国寺跑，明里去探剧组的班，实际是迷上了那条街，还有那条街上的人。

每天夜幕欲降，护国寺街上人头攒动，熙熙攘攘，车水马龙，生活气息浓得呛人。胡同一样的小街上，五十米距离内大概有七八家棋牌室，里边有电动洗牌的专业桌，打一锅儿每人收费五块钱，合计二十。夜里两点多，几家棋牌室都还亮着灯。离胡同口不远，有个巴掌大的小门脸儿，专做香河肉饼的，好多回头客，排队等。旁边好几个烤串儿的摊儿，烟雾缭绕……这才是北京。在这样真实可信的北京，当街大排档坐坐，会觉得所谓CBD，像唇上刚长几根毛的二流子。

思绪游走至此，影院全场灯亮，《梅兰芳》演完了，一片嗡嗡杂杂之声，每个人都在急切地表达自己的观点。我恍恍惚惚随人流出来，街上北风呼号，CBD地区霓虹灯闪烁，我暗自定下明日的行程，去看看冬天的护国寺。

昔日的校园

自打有了微信，失散多年的同学一扯十、十扯百都出现了。小学、初中、高中、大学，都有专门的微信群。其中，高中还分了文科班和全年级两个群，一时怀旧之情爆屏。

我高中读的是 166 中，在灯市口大街东头，准确地说是同福夹道。那是上个世纪八十年代初，北京城的建筑虽不似今日之现代、高耸，大部分中学也都是楼房，像 166 中那样一大片平房的，算稀罕。当时那些平房的布局，如同北京城绝大多数的大杂院，阡陌交错相当杂乱，不过若有心仔细打量，从那些房子的高大格局、宽敞开间，不难发现隐约有个王府级别的大宅院根基在。

都知道同福夹道原名佟府夹道，上学时不知道哪儿听来的，这

251

院子是明朝权相严嵩女婿旧宅，就一直这么以为了，偶尔和别人说起也这么说的。此番同学微信群里贴了些老校园的老照片，不禁勾起考据之痒——谁说的来着？上点年纪就爱训个诂考个据。

一通查考，并未找到和严嵩女婿有关的资料，倒是有说这院子就是当年严嵩府邸的，也有说是严嵩之子府邸的，都没看到确凿证据。

所谓"佟府"，是清朝的事儿。清朝历史上，佟家是大户。努尔哈赤麾下有两员大将佟养真、佟养性，名闻朝野。佟养真有个儿子叫佟图赖，也以骁勇善战闻名，顺治朝被加衔太子太保，康熙皇帝即位，又追加为一等公，世袭罔替。佟图赖有这份荣誉，两代人屡建战功是原因之一，更主要的原因，是他女儿佟佳氏十三岁被选入宫，为顺治皇帝生了个儿子，后来继承大统，就是著名的康熙皇帝。也就是说，佟图赖是康熙皇帝的姥爷。

佟府和帝王家的渊源从此越结越深，《清史》康熙皇帝的"本纪"里说："孝懿仁皇后，佟佳氏，一等公佟国维女，孝康章皇后侄女也。康熙十六年为贵妃。二十年晋皇贵妃。二十八年七月病笃，册为皇后。翌日甲辰崩。谥曰孝懿皇后。是冬葬仁孝、孝昭两后之次。雍正乾隆嘉庆累加谥，曰孝懿温诚端仁宪穆和恪慈惠奉天佐圣仁皇后。"佟国维是佟图赖的小儿子，所以"本纪"里说康熙皇帝的孝懿仁皇后，是顺治一朝孝康章皇后的侄女。

相关史料里说，佟府当年面积很大，用今天的地图说，东至东四北大街，南至灯市口大街，西至同福夹道，北至前厂胡同。

佟府在晚清的模样和命运没有细考，总之到了民国时期，这里成了著名的贝满女校校址。贝满女校是166中的前身，美国传教士贝满夫人于1864年所建，开始只是小学，逐渐有了中学、大学。后来的协和大学乃至燕京大学，都是在贝满女校基础上建立的。1949年后，贝满女校先后更名为五一女中、女十二中等等，直到最后被改为沿用至今的"北京166中学"。

1982年至1985年，我在佟府旧址读了三年高中，院子当然比当年的佟府小了很多，喧闹而破败，房子虽然算不上危房，也是勉强使用而已。那年月，不知何故，每个学校都有"冬季长跑"的怪习惯，166中操场太小，根本不够全校学生跑的，就都轰出校园，绕着周围胡同七拐八绕，跑够三千米气喘吁吁回校。冬天的校园里还有一景，操场泼水成冰，人造简易冰场，供学生体育课滑冰用。不慎有人摔倒的时候，我老觉得倒地的声音咚咚的，带回声儿，仿佛地面之下是空的。

虽是种幻觉，但也并非毫无来由，地下确实是空的。深挖洞、广积粮时代，北京到处挖防空洞，这所大院的地下也未能幸免，有四通八达的人防工事。有天校园里砖石砌成的乒乓球案子塌了，露出防空洞口，我们几个男生找来手电，顺洞口爬下去探险，惊叹地下并不多深处，竟有另一个备用的北京166中学，一排排整齐的教室，门口居然还挂着"化学实验室"之类的标牌。

高中三年，每年10月校庆，会从校园大喇叭里听到当年贝满女校杰出人物的名字。印象最深刻的是作家冰心。若干年后我到出版社做编辑，编的第一本书作者正是冰心。

又是10月了，166中同学微信群里，每天都有人发一百五十年校庆的信息——贝满女校最早建立于1864年，逢五逢十为大庆，何况是这么悠久的一个逢五逢十。从目前动静看，必定应者云集，摩肩接踵，那个昔日王府大宅的校园，虽然现在也已建了高楼，毕竟面积就那么点儿，那么多校友回去，耍得开么？

同学不少年

谷建芬有首歌里唱,"再过二十年,我们来相会"。唱这歌时还是懵懂少年,眨眼间对这句歌词有了切身体会。

2009 年夏天,大学同学毕业二十年聚会。全班一百二十多人,散居海内外多地,一声号令,近百人啸聚昔日校园。早有组织者安排好一切,校园对面小宾馆包下,吃住随意;两个赋闲的同学家属当了孩子王,负责照顾二十多个随父母来京的孩子,三天的参观娱乐活动排得满满,保证没一个想起他们的爹娘;请回当年最受欢迎的老师重上一堂课;同学中好几个博导了,也要上一堂课,不过是给我们的孩子。

对同学聚会最大的妖魔化,是说"老同学大聚会,拆散一对是一对"。这次聚会此话却难应验,因为当年我们班内部恋爱成风，二十多对终成眷属。如今虽有个别离散，总体而言有股家庭聚会气氛。不过还是有人倡议，所有成双成对的老同学，三天聚期内不当"戒严部队"，各自解放。应者云集。就临时加了一项特殊安排：找曾经的暗恋对象倾诉衷肠。

当年北师大学生多来自乡村，腼腆自卑，令很多咕嘟嘟滚开的暗恋之情，生生被理智冰水浇灭。集中安排这项日程的那个下午，小宾馆房间、校园主席像遗址、操场的台阶上，散落着若干四十大几还一脸羞涩的怪身影。晚餐桌上，细心者会发现，竟有几位红眼圈尚未平复。

乍重逢都觉陌生，当年的瘦子变胖子，当年叽叽喳喳的姑娘稳重得像国母，需要定睛打量半晌，才敢喊出当年的外号。聊上几个小时，山还是山，水还是水，各种装饰了二十年的面具都撕下，皱巴巴的一群老哥们儿，当下穿越回青春少年。

然而毕竟一把年纪了，激动、雀跃，乃至撒泼打滚儿，都是灵光一现，再不能赤诚到只参与不旁观了，哪怕想，也做不到了。于是聚会的最后一天，一边积极参与每一句欢声笑语，一边极为无奈地开始思绪飞散。

我们这届大学生，因为毕业时间节点特殊，离校时凄惶逃窜，那情景中的悲情成分，非亲身经历恐怕难以想象。当时北师大门口的马路上，近千名同学洒泪别离，路过的大小汽车受阻，很快道路水泄不通。体育系那么精壮的小伙子，一把鼻涕一把泪妇人一般。突然有人登高振臂：兄弟姐妹们，将来有一天，遇到八九届学生讨饭讨到家门口，给口热乎的！

好在再大的悲苦，时间也能抹平，至少抹个表面光。现在回头想，甚至都觉得当时有点过度纵情，但在当时情势下，再自然不过。

现代人越来越重视心理健康，一场地震、一场战争，过后有大量心理辅导机制介入。那么，有没有人总结过八九届大学生这一群体的集体心理特点呢？比如他们的逆反期特别长，常有与年龄不符的近乎病态的不合作态度，热衷于反权威，对权力的特殊敏感。

这些特点又分正、反两方面的表达。正面表达比如我们班出了好几个学者、诗人，他们有个共同特点，正如李零教授说的那样，不跟知识分子起哄，也不给人民群众拍马屁，都特倔，特拧，话一出口，无不好似满目仇人。反方向的表达比如，就在我们的二十年聚会上，几个高级官员的秘书在座。他们早退时，一律边点头哈腰边退着走出包间，嘴上同时还絮絮叨叨慢慢吃啊好好吃啊。如我这样的平头百姓笑死了。

还有些非正非反的表达。比如这次聚会上，我们玩一种游戏——捏着嗓子假扮各级有关部门，给未到场的那些当官的同学打电话，让他们"立即来一趟"，真有不少被吓着的。这样的表达表面谐谑，心里淌泪。

这些特点，只是欢声笑语的间歇粗略想到的，并未认真思索调查，姑妄言之。同学聚会于我而言，我更关心一些边角余料，比如前边说的不当"戒严部队"。再比如，恰同学少年我不记得，到中流击水我不记得，浪遏飞舟我不记得，只记得当年的足球队员们重新披挂上阵，和随父母来参加聚会的下一代们临时组成的阵容踢了一场比赛。结果是 10 比 0，下一代完胜。

上班第一天

按部就班过日子的人，都会有几个纪念日，作为人生转折点被刻在记忆里，比如上学、结婚、退休，还比如上班第一天。

我第一天上班，是在 1984 年夏天的某个星期一，当时十六岁。刚念完高二放暑假在家，正值人生的强烈逆反期，遭遇的老师又品质不佳，趁假期思考了人生，终于对上学一事绝望到底，愤而提前寻求人生的下一个台阶：上班。

那时的志趣所在，一是故纸堆，二是手工艺人的小作坊。理想中二者合一的地方，是故宫博物院，说具体点，就是最好能被哪个老师傅相中，收为关门弟子，学习修补旧书旧字画的独门绝技，在冷清孤寂中度过一生。几经努力，这一梦想无缘实现，不过最终去的中国现代文学馆，仍然和旧书烂纸有关。

文学馆为巴金倡议建立，当时还在筹备。巴金带头捐出十几万册藏书，引来四面八方的声援，有钱出钱，有力出力，大库里一时堆满众多老作家以及一些机构捐来的图书。我这个临时工的全部工作，就是整理登记这些图书，一一做出卡片，并按图书馆的专业分类法逐一上架。

那个星期一，阳光明媚，天空瓦蓝，我骑着那辆伴我多年的凤凰26自行车，七点半从位于虎坊桥的家出发，斜穿整个北京城，八点半到达现代文学馆当时所在地万寿寺，满头细汗。

进了大门先去锅炉房，把搁在自行车前筐里的一个铝制饭盒交给锅炉房的师傅，那是头天晚上就已准备好的午餐。馆里没有食堂，全馆六七十人一律自带午餐，由锅炉房统一加热。那时候街上没什么饭馆，上班族如果中午不回家，有钱都没处吃，都是采取这种办法解决中饭问题，总比泡方便面强。

饭事解决，穿过几十年前就被烧成废墟的万寿寺原有大殿遗址，来到改作藏书大库的后殿，和同事们简单打了招呼，套上两只藏青色套袖，在一张三屉桌前坐直坐定，左手拿起桌边一摞书中最上边那一册，右手扯过一张桌角摞放着的登记卡片，有生以来第一次上班正式开始了。

因为是古建筑，大库里可凉快了。不过我们的办公桌并不在殿内，而是在宽阔的走廊上。七八张三屉桌一溜排开，左边有大殿不时袭来的穿堂风，右边廊下是一片参天古树浓荫蔽日，因此走廊比大殿里更凉爽。大家闷头抄写，只听见钢笔划过卡片刷刷作响。间或树颠突然蝉鸣大作，听了一惊。

偶尔，同事之间也会简短交流，一两句话而已。我注意到大家叫我小杨，而在此之前，上了十一年的学，同学间互相都是直呼大名，还从未有人这样叫过，很新鲜，私心里将之认作成年礼的重要内容之一。

那一天我一共登记造册了整整两百册图书，大部分是巴金老人的私人藏书，所以不少书的扉页上，都有别人题赠的墨迹。看着那些以往只在课文中出现的著名作家的笔迹很激动。最大的惊喜，是一个同事登记到那部著名的《北平笺谱》，忙招大家集中观赏。这部笺谱是鲁迅、郑振铎所编，当年只印了一百套就毁了版，所以这一百部弥足珍贵，被编者分别标号赠送亲朋好友。送给巴金这一部是第96号，版权页上有鲁、郑二人亲自钤上的名印，朱红色印泥宛若尚未干透。如此稀罕之物，居然可以亲自动手摩挲把玩，心里乐开了花。

也有叫人无法乐起来的事。那天登记的图书中，有小部分来自中国文联原有的资料室，我赶上的，全是批判"胡风反党集团"的小册子。五花八门，什么罪证集，什么批判集，无不白底黑字，透着丝丝阴森恐怖。午休的时候，好奇地翻看了几本，看着那么多资深文艺理论家们，为那么简单的文艺问题口诛笔伐，大动干戈；由此再联想到我的邻居路翎先生，一个十七八岁就写出《财主底儿女们》那样才华横溢的长篇小说的天才，居然就因为这样简单的文艺问题，被活生生整得像个傻子一样天天目光呆滞空洞，悲从中来。

不知不觉日头偏西，下班时间到了。我是看到周边同事们开始收拾书包，才知道该走了。第一天上班的人，没什么时间概念，不像后来，既不用看表也不用看周围人的举动，凭感觉就知道什么时候可以溜之大吉。

回家的路上，骑到筒子河附近，突然下起雷阵雨。雨势好大，雨柱由西向东疾速推进，我把车骑得飞起来一般，雨柱就在身后步步紧逼。我和雨柱像两个嬉戏玩耍的好朋友，你追我赶，争先恐后，雨点不时打在后背。如此快乐的情景，这辈子往后再未遇过。

雨过天晴，半空惊现一道巨大的彩虹，我就在这彩虹的照耀之下，结束了上班第一天。我这个计件取酬的临时工，按每本书四分钱的标准，挣了八块钱。

就那样天天埋在书的海洋里，两个月后，我放弃了上班的念头重返校园，因为每天工间的阅读，越读越读出自己的浅薄可笑。

现在回想起来，上班第一天的很多事，都预示了后来的人生种种。比如这份临工与书有关，而我后来一直在读书、编书、出书、卖书、写书，一辈子没有离开书。又比如因为是个"文学"馆，让我领略了文学的美妙，从此放弃了做个手工艺人的想法，后来做的所有工作，都与文学有关。

首映式

被约去 3D 电影《超越那一天》首映式。宣传语称它是"中国大陆首部音乐 3D 电影",内容主要是崔健 2010—2011 跨年摇滚交响音乐会的现场,穿插了几分钟的八十年代影像资料。选择 5 月 9 日这天首映,有纪念之意,1986 年这一天,崔健在北京工体首次唱出《一无所有》。那年他二十五岁。

放映厅门口人头攒动,有餐台,备了可乐啤酒柠檬水、花生杏仁开心果。还有巨幅用来签名的喷绘宣传画。凑近看看上边的名字,像是一屏幕打开的微博,因为很多类似"十年砍柴""姬十三"这样的网名。如此网友社交聚会的气场,却有几个工作人员乱哄哄拿了很多条红布,散发给来宾,帮他们缠在额际、臂间,要以"一块红布"唤醒大家二十多年前的记忆。

放映厅里倒清静，稀稀拉拉没几个人。典礼开始，厅外社交人群呼啦啦涌入。一名典礼协办网站的负责人跃上狭窄的舞台，又拉了一位电视台财经评论人共同主持。先向大家解释，原定主持人黄健翔因故不能到场，由他们勉为其难。然后就请出制片人，三人在台上歌颂崔健，回忆他们第一次听到崔健时的情景。口才都不太好，那么然后吧啊啦的特别多，说前言不搭后语有点夸张，但表达实在不算清晰流畅。电视台评论人稍好些，可是每隔三句话会带出口头语"的话呢"，我们那时候的话呢，都很年轻；崔健的话呢，无疑是中国摇滚第一人……我这样记述，好像有点瞧不上人家，其实当时心里倒是颇感新鲜。如今是个活动就请专业主持人，看惯太多人口若悬河，说的内容却全是套话。但这仨人结结巴巴说话，实打实，热情，激动。开场前厅外的社交情景留给我的坏印象至此云散。

不过，还是嘴太笨了，他们的情绪早已顶到沸点，但表达不好，也没调动好，观众席还凉，台上台下的气氛势成冰火。好在崔健的感染力强，电影一放，歌声一响，冰开始融化。用3D技术拍演唱会，看上去现场感极强。《一无所有》《假行僧》……观众席有点温度了。可又没到尽情释放情绪的程度，都有点压抑着。原因出在，每首曲子一完，明显是主办方工作人员的一些小伙子就在场内带头吹口哨、号叫。甚至有工作人员拉了一块巨幅红布，两边扯着自后向前，从每个观众的头顶滑过。他们这些反应并非夸张，他们的情绪都溏锅了，他们太想让大家

265

一起嗨起来。但观众们没这么快，刚唤醒的一些东西又被打扰了，好似煮开水，刚煮得有点热，一阵邪风吹灭火，只能重新点火继续煮。

正忽凉忽热时，电影戛然而止，全场灯光大亮，三个主持人又上台了，开始邀请观众上台回忆。被邀者明显都有点为自己还没嗨起来不好意思，只好顺着主持人刚开始定的基调歌颂崔健，回忆他们第一次听到崔健时的情景。全场气氛突然变得非常诡异，如同所有人都共同保守着一个秘密，只有三个主持人不知道。还如同县政府斥重金请来国际巨星走穴，县里有县里的规矩，只要县长想，随时可以打断演出聊几句。

这诡异气氛突然被一个不请自来的"九〇后"小伙子打破。他蹿上台说，我用 RAP 表达一下我此时的感受吧。他说唱了一大段，大意是今天的气氛好奇怪，不像在看摇滚，而像在听领导讲话。还说国际影星尊龙就坐他旁边，也和他叨咕了这个感觉。整段 RAP 是现场发挥，批判锋利，批主办方，也批观众，但是引得主办方和观众的热烈掌声，全场热度猛然增高。

正在这节骨眼儿上，主持人按事先排好的议程宣布，继续放映电影下半场。崔健的演唱会，曲目编排当然也是要逐渐推向高潮的设置，《像一把刀子》《新长征路上的摇滚》，快节奏，加之当年演唱会现场热烈气氛的再现，让观众终于有点躁动起来。

但是，眼看又一个节骨眼儿到来之际，电影结束了。典礼还没完，因为典礼的一大要素——崔健，还在来现场的路上。三个主持人又上台了，新一轮的"那么然后吧啊啦"。其中制片人曾三次宣布，"神秘嘉宾正在来的路上"。谁都知道，崔健嘛，怎么还神秘嘉宾。观众们轮番上厕所、出厅喝水、下楼抽烟。

二十分钟后，五十一岁的崔健终于抵达。观众特别兴奋，但主持人的嗨劲儿倒突然被崔健的气场抑制，和崔健的对话特别外交辞令。崔是有主心骨的艺术家风范，话语得体，能看出对主持人前言不搭后语风格的采访很无奈，但也都答出了结结实实的内容。其中他说：今天这场活动，连宣传都不算吧，就算是吆喝。另一个细节是，主持人问崔健：有种说法是鲍勃·迪伦、罗大佑们都老了，现在这社会不需要他们了，你怎么看？崔健说："二十多年了，你们看得到的变化是我岁数大了，其余你们没看到的都没变。"主持人听完突然忘情地号了一声："还是像一把刀子！"崔健听了更加无奈的表情，没搭话，场面冷了几秒钟。

典礼散场，回家，买菜做饭。饭后洗碗，收拾。家里重新整洁之后，和媳妇看一张新买的 DVD，几年前很流行的小资电影《饭祷爱》（*Eat Pray Love*）。大嘴茱莉亚·罗伯茨在意大利旅行，剃头店的意大利老头儿笑话美国人：Americans know entertainment, but don't know pleasure. 忽然想到下午首映式典礼上，制片人说他做这电影就是想"启发大家的回忆，想想到底是世界改变了我们，还是我们改变了世界"。还想到典礼之后了解到，制片人是个理工科才俊，本来和电影半点关系没有，但他热爱崔健，爱到倾家荡产，几近疯狂。对他来说，崔健，崔健的这个电影，也许只是他一个人的 pleasure，而我们这群观众，以及主持人，以及到场的那些社交人群，都只是去参加了一场 entertainment 的活动吧。

苏北笔记

引　子

戊戌年春节，陪母亲去南京过年。她在无锡长大，祖籍河南新乡，和南京有关系的不是她，是我。我既非生于南京，也没在南京生活过，但祖籍在此。父亲倒是南京出生，不过很小就因战乱离别故土，连逃难，带求学，再没回去。

南京之行是母亲的主意，心底的细密思量没说。随着我也年纪渐大，有件事体悟渐深：万事怎么可能单一原因呢，都是复杂、复合的，欲说还休才是常态。我猜母亲内心众多原因，其中必有一项，是对自己某一身份猛醒——这个家族，她是老一辈仅存的硕果了。父亲、叔叔婶婶、姑姑姑父均已作古。我这

269

一辈兄弟姊妹十几个，多在南京，最年长者今年七十岁，我最年轻，今年也五十岁了，母亲大概觉得有责任主持一次家族聚会。说起这份猛醒，可能也只是潜意识活动，并不那么明确。

大年初一抵宁，当晚一大家族二十多口人欢聚，欲笑还哭自不消说。初二下午，天气晴暖，全家人到燕子矶，三五成群沿江边漫步，晒太阳，唠闲话。我们轮换推着坐在轮椅上的母亲，她很高兴，眼睛一直由着笑容挤成细长线。

江面泛着金光，一艘大船"突突突"自西向东稳健前行，身后不远，三艘小不点儿并排紧随，步调一致。此时此刻，此情此景，令我顿感恍惚，时光倒流三十九年。也是冬季的一天，父母带着我和哥哥，天蒙蒙亮即从江苏淮阴长途汽车站出发，一路开到洪泽湖边，已近晌午，停车吃饭。下午到了南京，当日夜里又从南京坐绿皮火车，由南向北跨越此刻就在眼前"一桥飞架南北"的南京长江大桥。第二天傍晚抵达北京，和此前已先抵京的姐姐会合，一家人从此定居北京。那一年我十一岁。

乍到北京头几天，每至夜晚，半梦半醒间，老觉得整个房间在移动，仿佛还在火车卧铺车厢，床也随着同步移动，辨不出南北西东。是因为坐了太久火车，那会儿南京到北京将近二十个小时；更是因为，淮阴不通铁路，我从出生到那时从未离开淮阴，整个童年都在淮阴度过，当然也从未坐过火车。

淮阴还是往大了说，精准表达出生地，是江苏省淮阴地区涟水县。当时行政区划，各省下辖若干地区，地区下辖若干县。淮阴是苏北一个地区，下辖涟水、淮安、盱眙、洪泽、金湖等县，首府清江市。上世纪八十年代，地区制改为市区县制，清江市撤销，淮阴地区更名淮阴市。本世纪初又更名淮安市，原来的淮安县成了市里的楚州区，涟水仍是下辖县。

涟水，一个此前和我的家族没有丝毫关系的苏北县城，成了我这一生开始的地方。父母年轻时，也绝无可能想到这辈子会和涟水搭上关系，而且一搭二十年。他们黄金般的青春在涟水度过，在此日出而作，日落而息，一日三餐，生儿育女。

1949年，父母从不同的解放区进了北京城。十几年后，时势变化，他们一个成了"右派"，一个成了"反革命"，先后被发配到河北唐山柏各庄农场。中间又是多少故事，最终结为患难夫妻。1960年，他们被下放到苏北。本来应该在市里安排工作，母亲工作落实了，却没单位接收父亲，只剩涟水县文化馆有一空缺编制。涟水离市里不足三十公里，现在看是同城，但在当时社会文明条件下，是实实在在的两地分居。父亲怕委屈了母亲，建议她留在市里，自己去涟水，两头跑。母亲说，那么老远从北京跑来这么个奇怪地方，不就是为了两人不分开嘛，一起去。

1962年夏天，父母的第一个孩子我姐姐生于涟水县。1964年夏天哥哥出生。1968 年，也是夏天，我在涟水县人民医院哭出生老病死第一腔。长大后知道有生辰八字一说，年月日明确无误，问到出生时辰，父母疑惑地对视，而后同时遗憾地对我摇头，说那年月哪顾得上这个。母亲可劲儿回忆，最后只记起，"天边刚露白"。

1979 年父母落实政策回北京，我也从此告别苏北，迄今已近四十年。如今回忆苏北的童年生活，如七宝楼台，虽在心里炫得很，拆碎下来不成片段。这些天读周作人杂事诗，有一组"往昔"诗，均以"往昔"二字开头，往昔居会稽，往昔在越中，往昔买玩具，等等，多是回忆童年在绍兴故乡种种，也是零散不成段落，惹得我也时时思绪荡回苏北。只恨向无诗才，更无周作人那样看似素淡实则情深的文笔，就用笔记的形式平白直叙，算是一份纪念人生半百的作业。

名　字

先从伴随五十年的名字说起。

我出生的时候，社会流行破除各种传统，统而笼之有"四旧"之说，传承几千年的一些东西，被归为旧思想、旧文化、旧风俗、旧习惯四大类别，予以摒弃。"四旧"里，人有姓有名，有字有号，里面暗含家族、辈分诸多信息，一朝风雨来，这些统统被破除，姓杨，名葵。没了。

依族谱，我这辈应为"恭"字辈，父亲是"信"字辈。父亲1948年从旧北大逃到河北解放区，少不了洗脑学习、更改名字，从此单字一个"犁"行世。我这辈出世，社会气息焕然一新，父亲跟时势，一不做二不休，弃族谱于不顾，也不再用"恭"字排辈。

叔叔、姑姑不似父亲一生曲折多变，寻常人家安稳度日，所以他们的孩子，起初还有几个名中有"恭"。后来的几个，大概也是时代风尚裹挟，没心思顾及这些老礼儿，囫囵一个单字凑合了。

"破四旧"，具体到命名一事，少了"男楚辞女诗经"的陈词滥调，更多时代气息昂首挺立于千家万户新生儿的名字中。"葵"，正常时代想到的是葵与藿，是植物，或者向日葵这样的简朴意象，但我这个"葵"，红色气息浓郁。

据说生我之后，父亲起了若干名字备选，母亲左挑右择，没中意。一天晚上，还在坐月子的母亲听见院墙外小孩子唱歌，正唱到"您是灿烂的太阳，我们像葵花，在您的阳光下幸福地开放"，忽有所感：不如就叫"葵"。

这首歌叫《毛主席呀，我们永远歌唱您》，红极一时，原唱张振富、耿莲凤，是当时最负盛名的男女声二重唱组合。另有歌词近似的两首歌，一首《毛主席啊，我们永远忠于您》，还有一首藏族歌曲《我们永远祝福您》。

大概从我这里得了经验，从此再有人请父亲起名字，一律使用贴近时代大法。比如 1977 年我堂姐生了儿子，父亲为他起名"治"，当时全社会最流行的词儿是"抓纲治国"。

可是，从我姐姐哥哥名字看，父亲有着知识分子一贯的小心思，"破四旧"并非义无反顾，还是悄悄留了尾巴。我长到十来岁，读了些书，知道有"伯仲叔季"之说，想到哥哥名字叫"季"，于是认真问父亲："季"该是垫底的啊，哥哥的名字好像应该是我的？父亲沉吟片刻，岔开话题。我虽年纪小，也大概明白了自己是"计划"外产品。

遇见死亡

不知何故，后来想起苏北，常是冬日景象。不管什么回忆，底色总是萧条的冬天居多，地面下过雪。江苏的雪不会太大，积不住，满地潮湿泥泞，到处脏。

不过据母亲回忆，我出生那年冬天，有过一场豪雪。就在那场雪中，有天夜里我呼吸急促，脸憋到紫，随后呼吸越来越弱，脸越来越白。父母吓坏了，抱着我冲向医院。积雪甚深，唯一的交通工具自行车（苏北叫"脚踏车"）无法骑，只能跌跌撞撞跑。心急如焚，路上像过了半个世纪，其实不过二十分钟，到诊室打开襁褓，只见一张红彤彤的小脸儿，正对他们乐。

我对此当然全无记忆，只能从母亲的说法中，体会当时的紧迫，母亲原话是，"感觉这孩子活不成了"。

我自己记忆里，也有过一次这样的感受。有年夏天，在一条小河沟旁，还不会游泳，河沟最窄处只十来米，想着憋口气必能渡过，就下水了。恍惚间觉得手已触岸，头浮出水面才发现离岸还有一截距离，霎时惊慌失去理智，在水里扑腾得惊天动地，脚下似有一股神秘而强大的吸力，将我吸向死亡。当时脑子里就是这话：可能活不成了。后来，不远处的哥哥发现，冲过来把我轻松揪出河沟。哥哥全身透湿坐在岸边大乐：这么窄的河沟，哈哈哈。我惊魂未定，也说不清当时那股神秘力量，一言未发。

还有过一场更明确、更漫长的与死亡打交道的经历。1976 年夏天唐山大地震，全国各地医疗人员和药品支援灾区，偏巧我右手害疔疮，因为治疗不当，病毒感染，急需红霉素。遍寻县城找不到，医院仅有的救急存货，也不是我这样的"黑五类"子女配用的。我亲耳听到医生跟母亲说：快想办法去吧，没有红霉素，十有八九转成白血病，性命难保。父母像疯了一样四处奔突，找救命的红霉素。我每日在家，手肿成大馒头一样，疼，用红领巾扎成绷带，吊着胳膊，分分秒秒凝视死亡的步步逼近。

如今旧事重提，虽处盛夏，仍能感受到当年那股绝望的气息，不寒而栗。好在最终母亲在邻县一位熟人手中求得几支存货，药到病除，我又活到今天。

木屐子

说到下雪，苏北的冬季，雪也是常有的。雪后四处泥浆，穿普通鞋既容易脏，又易滑倒，双脚在冰湿鞋里还会受凉，这时候就会穿木屐子。苏北方言里，名词后边总喜欢带个"子"，木屐子就是木屐，一块木板做鞋底，鞋面是层层编织的芦苇草，两块四五厘米高的小木板一前一后钉在鞋底板下头，一来防滑，二来防冰湿。

境遇不好，父母难有闲余在家照顾孩子，我五岁就被送进小学。木屐子的记忆，从刚上学开始就有，大概那两年多雪。初穿木屐子很新鲜，可是难掌控，走起路碎步忙不迭，像小脚老太太。穿的次数多了，新鲜感消退，只剩不便。

上学的路大概四五里地，没有任何交通工具，只靠走。平时连走带玩，路过河塘看人钓鱼捉虾，路过街口看汽车喷浓烟驶过，从不觉得上学路长，一旦穿上木屐子，什么闲情逸致都没了，只顾赶路。如今想来，不光是木屐子的问题，也是天冷，瑟瑟缩缩，哪有心思玩呢。

形容人啰唆，常见一条歇后语：老太太的裹脚布——又臭又长。穿木屐子的时候，是要用裹脚布的，一是因为芦苇草透风，要保暖；二是普通袜子不经磨，多裹几层布，省袜子。那年月，什么都要省。

说到裹脚布，又想到在苏北最后一年，1979年初，正值农历腊月底，父亲突然接到第四次全国文代会筹备组电报，要他速至北京，有要事相商。当时父亲已与文坛失联小二十年，中间经历了多少胆战心惊，一时难断此兆吉凶，惯性的惶恐中，又隐约抱了希望。夜深人静，我一觉醒来，父母房间还亮着灯，俩人小声嘀咕些什么，不时唉声叹气。好歹把年熬完，大年初三，父亲起程赴京。临行前有个细节，父亲照例拿出裹脚布，熟练地一层层包裹。母亲满脸愁云说：这样到北京会让人笑话的啊，忘了给你买双好袜子。

父母因为资历老，最早工资级别评定得高，下放苏北，各自被狠降若干级，还是比县委书记高，为此我常遭到早熟同学的嫉妒，早就从他们口中得知这一事实。可是从穿衣用度看，我家日子过得那叫一个窘迫。时过境迁，我曾问母亲，怎么会，母亲不无得意地说，都用来给你们吃啦，那么穷的年代，你们姐弟三个鱼肉常伴，多贵都舍得，就是生怕家境不好，你们身体再弱，长大了难抵灾难。

坟场中的仓库

小学语文课本里有鲁迅的《从百草园到三味书屋》，写到他童年生活的环境，当时读了，想想自己，脑海蹦出几个字：坟场中的仓库。

县城最南边，是一条黄河故道，当地人称"废黄河"，更多的人直呼"黄河"。南岸淮安县，北岸涟水县。沿河北岸一百多米范围之内，一片庄稼地，种了玉米、花生等作物。再往北，一条带状树林，沿农田绵延十几里地，二三百米宽，槐树为主，间生杂草杂树。不知从何年起，树林成了坟场，里边或大或小、或新或旧、或高或低的黄土坟头。又不知为何，县里五金公司在林带中截出方方正正一块，平整土地，大兴土木，盖了仓库。横平竖直的红砖墙，围住整个院子。院中又有院，内有三间巨大的库房。库房院外，五六排红砖平房，做了职工宿舍。母亲在涟水县先供职百货公司，后来调到五金公司，我上小学后，家就搬到这个院子里。如今记起的很多苏北往事，都发生在这儿。

仓库内院里，有一辆三轮车，库房运货用的，随意停着，那是我小时候最喜欢的"玩具"。放学后，父母尚未到家，作业也都做完，就默默去骑三轮。个子太小坐不住骑凳，全靠死死踩住两个脚蹬，身体上下左右起伏，以维持平衡及向前移动。那个时间段，库区常常一个人没有，偌大的院子供我任意西东，思绪万千。显然也太闷了些，就自我假想些情境，比如设想自己是废品收购站的老头儿，沿街回收废铜烂铁，骑一会儿就下车捡起地上一根铁丝，或者一张纸片，表情严肃地搁到车上，重新上车继续骑。甚至有时候，假想仓库门口站着一位卖废品的老太太，从她手中接过点什么，再掏出一张纸片当作酬金，郑重交付对方，互相道谢。

直至今日，偶尔看卓别林早期一些默片电影，每见银幕上他孤闷困苦、无所依傍的样子，好几次出神，恍惚间觉得又蹬上了五金公司仓库的三轮车。

母亲后来回忆，我小时候话少，到北京后才算打开话匣子。话多话少我没意识到，只记得小时候特别怕人多的环境，怕到什么地步呢？连上厕所都不愿意。

那时候厕所都是公用的，多人同时如厕乃是平常事，我不愿意，能憋就憋着。后来自己想办法，在院子里找到杂草一人多高、人迹罕至的一个隐秘角落，拿把铁锨，吭哧吭哧挖很深的坑，当成独享厕所。如厕完毕，挖出的土回填，再插根杂草做标记。

如此没过几天，父母大概见我老拿着铁锨外出，怕有什么意外，仔细盘问，吓得我不敢继续，只好依旧随大流去公厕，能憋继续憋。

写至此又突然想到，就在那间公厕，一个午后，看到半张《参考消息》，上边报道蒋介石死了。那么，是1975年。

小伙伴

鲁迅写童年，还写到儿时玩伴，我在苏北的童年，有两个要好的玩伴，都是同班同学。在涟水时，是吴大庆；后来搬家去了清江市，是魏善功。

吴大庆的父亲在县城钟表修理店工作，既修钟表，也刻图章。每次放学经过钟表店，必见吴叔叔一只眼睛上嵌着放大镜，专心致志在螺蛳壳里做道场。我上小学就有了一枚姓名图章，明黄颜色，塑料质地，底部刻有楷体"杨葵"二字，既俊且秀，功力深厚，即是吴叔叔所赐。

吴大庆有七个姐姐，大姐的孩子比他年纪还大。吴叔叔坚信一定会有儿子，所以一直生到第八个，终于，大庆。也因此，吴大庆在家地位颇高，说一不二，要星星不敢摘月亮。不过吴大庆并无半点骄娇二气，反而生龙活虎。还记得我俩一起满街捡废铜烂铁，卖给废品收购站，得了钱买冰棒吃。手脏不洗，冰棒一化，汁液滴在手上，再一抹脸，我笑话吴大庆脸上花，他憨憨笑，说也不看看你自己，比我更花。

还有一天，我带吴大庆去我家玩，快到的时候，路过一片核桃树林，见满树果实已熟，我们就钻进去大快朵颐。吃的是鲜核桃，外表那层绿皮一氧化，满手满嘴黑。吴大庆怕我父母责骂，害他连坐，无论我怎么劝，还是放弃原计划，转头回自己家了。

说到偷吃，小时候真馋啊，也真是缺吃的。不光偷核桃，还偷玉米、花生、苹果。有次和几个小伙伴刚从花生地里拔出一大串花生，突然远处农民伯伯一声断喝，向我们跑来。我们攥着带着秧的花生撒腿就跑，可怜慌乱之下跑错方向，竟跑到废黄河边，无路可退，只得跳下河，连呼这下可完蛋了，因为都不会游泳，不敢往河中间去。所幸农民伯伯并非真那么在意几串花生，吓跑我们已达目的，没再追来。惊魂甫定，我们趁便在河里清洗花生上的泥巴，干干净净吃，吃完就势打起水仗，嬉闹之声直冲云霄。

涟水县的五金公司仓库，在清江市住的淮阴师范专科学院，都位于城乡接合部。在淮师，一开始住平房，后来搬进新盖的三层教师宿舍楼。那是我第一次住楼房，也第一次用上了抽水马桶。

我家楼下不远，就是校园后围墙，围墙外便是乡村了。魏善功就住在那个村子里，从我家楼上可以清楚看见他家养的鸡在院子里啄米。那道围墙对我俩来说，简直形同虚设，经常爬来爬去，我找他，他找我。还在只有二十厘米宽的墙头上，比谁跑得快，居然从未摔下来过。两家父母倒是操了不少心，连警告带训斥，无数次。

防震棚

唐山大地震后，苏北也煞有介事全民防震，院中寻了块空地，几根木桩搭起骨架，巨幅油毡布从顶部覆盖下来，垂至地面，再钉住边沿，就建成两个防震大棚，分男女使用。我虽不喜人多，这次却例外，因为正是暑假，不用早睡早起，一院子几十号人群居，大人们聊天的、打牌的，都睡得晚，我也可以浑水摸鱼，不必按时睡觉。

第一次见识了梦游。那一夜，防震棚里鼾声四起，大多数人已入黑甜乡，我还在看几个大人打牌。沉睡人群中，突然有一位起身，直不棱登向外走。打牌的一位可能知道那位有这毛病，兴奋地压低嗓门说：看！又梦游了！几个牌友顿时兴奋起来，撂下手中牌，悄悄尾随梦游者走出防震棚。我也好奇地一跃而起，加入其中。

梦游者像常人一样，溜达到大院门口，先是良久眺望星空，随后有条不紊地解开大铁门上绕了很多圈当锁用的铁链子，迈出大门，大步流星走向坟头林立的树林。夜里的坟场，向来是我的噩梦，我被惊到，一下没忍住叫出声，被旁边大人一把捂住嘴。他们说，梦游者千万不能受惊扰，否则容易失心疯。迄今为止，对此说法我将信将疑，觉得很神秘，又好像有点道理，但又觉得是瞎扯淡，没有深入探究。

第二天太阳照常升起，鸡叫三遍，防震棚里的人们纷纷走出大棚，精神饱满地开始新一天。我一直暗中观察那位梦游者，起身，穿衣，一切如常。前夜的牌友打招呼：又梦游喽！他腼腆地笑。

泡泡糖

小学三四年级，某天进教室，只见好多小脑袋围住一个同学。被围者嘴里，正吹出一个半边脸大的白泡泡，围观者一同发出巨大赞叹声。泡泡破了，瘪了，又被吞回口中，后槽牙使劲嚼，腮帮子一凸一凸。

这是第一次见到泡泡糖，吃进嘴里之前，它们大约十厘米长，一厘米宽，两毫米厚，白色，包在一张红白相间的糖纸里。纸上印有小孩子正吹泡泡的卡通画，旁边三个童稚体大字：泡泡糖。太新鲜了。

那天放学，同学成群结伴奔赴"部队"，只有那儿的小卖部有卖泡泡糖的。

所谓"部队"，真有一支部队驻扎于此，县城里人简称为"部队"，有时候也说得全一点，××××部队。打小儿常听大人讲起，是"李德生的部队"，具体怎么回事，还是很久之后，有天网上搜了半宿，才算基本弄清楚。

××××是番号，是第二野战军×军×师，参加过上甘岭等若干著名战役，去过朝鲜、越南。1961年底，换防驻军苏北，师部设在了涟水。

这支部队有很多军史上的名人，除了军长李德生以外，当代好几名上将都出自这支部队。六十年代初，全军推广"郭兴福教学法"，当时的郭兴福是这个师一个副连长。

"小红花"

五十年代，南京创办"小红花艺术团"，集小学文化教育、艺术教育与舞台表演于一体，上午学语文算术之类文化课，下午学舞蹈器乐声乐，经常排练节目，四处演出，名噪一时。"小红花"被誉为艺术家摇篮，为专业文艺团体及院校培养了不少苗子，据说现在当红的演员梅婷、薛白，都是"小红花"培养出来的。

到七十年代，江苏省不少县里的小学，也都成立了小红花艺术团，我是涟水县小红花艺术团成员。县城里的"小红花"，东施效颦成分大，并未严格按上午学文化、下午学艺术这样划分。也经常排练节目，不时演出，但随意性大。尽管如此，能入选"小红花"，还是一件光荣事。

我在"小红花"，跳过《洗衣舞》里的班长，还跳过《火车向着韶山跑》《小炮兵》等等，都是红极一时的舞蹈节目。也唱过独唱，还有诗朗诵。基本每个剧目，都在县城的人民剧场大舞台正式演出过。通常是先排练几个月，突然有一天，艺术团的老师千叮咛万嘱咐：记住啊，明天，白衬衫蓝裤子白球鞋。那就是说，要正式演出了。第二天放学后不回家，学校管顿饭，然后排队去剧场。在后台，一一涂了红脸蛋儿，舞台大灯一暗再一亮，粉墨登场。

演出结束，还要回学校开总结会，绝没有人开溜，因为能领到一块蛋糕做夜宵，外加几角钱演出补助。那时候的一块蛋糕啊，恨不得从收到白衬衫蓝裤子白球鞋的通知开始，就黏在心里，挥之不去。

"小红花"的好多演出细节，现在还记得，过五关斩六将都模糊了，留下的都是走麦城。比如有天在台上，当"花朵"一簇簇绽放时，我跑错了花簇，当时心里懊悔不已，心想台下看，肯定一簇花肥，一簇花瘦。

还有一次朗诵毛泽东《念奴娇·鸟儿问答》，排练时候，每次

286

念到"不须放屁"就憋不住乐，偏偏指导老师还一再强调，这句必须念得坚定、有力，就更要乐。小孩子天然就对屎尿屁敏感的。正式演出，一再强忍，自己倒是忍住了，不料台下一位大爷爆笑，我被传染，也笑咄了。当然台下也就哄堂大笑，不过那笑稍纵即逝，所有观众转瞬之间又全憋了回去。经历过禁忌年代的人都懂，毛主席诗词啊，怎么敢！

还有一年，春节去部队慰问演出，结束得晚，军营备了床铺留宿。战士们给我们洗脚，我脚底一痒，两脚乱扑腾，洗脚水溅了战士一脸。

"小红花"只是小学生的艺术团，但是从剧目变化，也能看出时代的变迁。低年级时，是《洗衣舞》这类经典剧目，到1977年、1978年，开始有《100分和0分》这样的新创作出现。全社会抓纲治国，要实现四个现代化，小学生的任务就是好好学习，所以，名正言顺地开始鞭挞0分了。

鬼　火

"小红花"如果晚上排练，或者演出，经常要很晚才能回家。县城一共没几盏路灯，乌漆墨黑，感觉夜路格外漫长，很害怕。其中一大"要塞"，更是给我造成了心理阴影。

"要塞"是回家必经的一片油菜田，我几次走到那儿遭遇"鬼火"。

如今百度"鬼火"，解释说：浓绿色磷光，有光无焰，由磷摩擦燃烧，多发于夏季干燥天的夜晚。又说：磷与水或者碱相互作用，产生氧化磷，通过储存的热量，达到燃烧点时会产生化学变化。走路时会带动它在身后移动，原因是流速大压强小……总之只是个自然现象，迷信的人觉得是鬼点的火。这些内容父母也跟我解释过，但真的遭遇，仍会惊恐到灵魂出窍。

后来我想了办法，走到那段路，如果只我一人，就在路边候着，待有同行路人出现，隔几米远与他并排前行。实在等不到人，就憋足一口气，以百米冲刺速度突破"要塞"。很奇怪我从小到大跑百米的成绩一直很差，明明不乏训练啊。

本来就有心理阴影，再被强化，就更吓人。有天我从全县语文竞赛考场出来，独自回家。考得好，不免得意洋洋，又是大白天，经过那片油菜田时，"鬼火"这茬儿忘得一干二净。得意就忘形，可能蹦蹦跳跳来着，不知怎么摔了一跤。恰好一个行人路过，见我狼狈的样子，随口笑道：见鬼了吧，好好走着摔个大马趴！"鬼"字一出，我脑海里千万恐惧记忆霎时融为一片，全身汗毛和头发都竖起来了。

话说那场全县语文竞赛，后来我得了个三等奖，母亲带我去县教育局领奖品，一支英雄牌镀金笔。听到教育局的人悄声对母亲说：什么三等奖，其实是第一名，但你们是"黑五类"家庭，只能三等奖，你自己知道就行了。

计算器

再次领到大奖，我已经从涟水县到了清江市。

1978 年初，社会形势好转，父亲从涟水县红旗中学调入位于清江市的淮阴师范专科学院教书，母亲也同步调入学校后勤部门。我呢，从涟水县实验小学，转学到清江市向阳小学。

市里的人瞧不起县城来的，统称之为乡下人。转学那天，向阳小学一位老师就说了，乡下来的，要先考试。卷子拿来，一张语文一张算术，两堂课时间完成。我只用了二十分钟，两张卷子同时交了，都是满分。那位老师大加赞叹，不过说出的话还是：哎哟，乡下来的成绩这么好，想不到想不到。

因为成绩好，我被评为市三好学生，在市里的大礼堂领奖。颁奖仪式的流程之一，是请了个科学家做报告。他拿出课本一半大小的一个物件，举在手中说：这叫计算器，可以自动运算加减乘除。说完从台下找了两个学生上台，一个笔算，一个用计算器。所有人亲眼见证神奇时刻，那小玩意儿居然比笔算快那么多，全场雷鸣般掌声。我在那一刻，惊异得傻张着嘴，不敢相信看到的一幕。

科学家又拿出一个电水壶，演示靠电力可以烧开水，再靠压力即可将水从壶中压到杯子里，又是雷鸣般的掌声。现在的孩子看了要笑死，但我当时坐在会场，内心汹涌澎湃，惊叹科学之伟大，顿生学科学爱科学之心，顿生四个现代化不靠我们能靠谁的豪迈。

那次全市三好生的奖品，是一个蓝色塑料皮笔记本，封面右上角，有开会那礼堂的线描图，图上压着"淮阴"二字，都做了烫金处理。我后来拿它当摘抄本，抄了一些唐诗宋词，还有一些白话诗，还记得其中一首写的是什么面对大海，长发迎空飞舞云云，足足浪漫情怀。

如同拿到本子的时候还立志爱科学，用了本子却是抄文艺的诗；立志要抄满一本美言佳句的，结果只抄了十来页，就不了了之，束之高阁。不知何时起，母亲找出这本子，撕掉写了字的十几页，做了她的电话通信录，一直用至今日。

照　相

我在苏北的照片极少，照相的次数一只手即可数全。

父亲初到苏北，在县文化馆工作，很快有了第一个孩子我姐姐。文化馆有同事专攻摄影，父亲不时央请人家给宝贝闺女拍照，所以姐姐留下的照片最多。到哥哥出生，虽然生活日益艰难，父母这一雅兴仍有余势，所以哥哥也颇有一些儿时留影。轮到我，一是父亲早已调到学校教书，周边没人有相机；二是人疲心乏，早没了这心气儿，照相成了可望不可即的事。

大约一岁多，照过人生第一张照片，就一张。我对此当然没记忆，父母也记不清是什么情况下照的，以及谁冲洗的。

1973 年，我临上小学前，母亲从涟水县到清江市出差，携我同行，我有了第二张照片。是一张合影，右下角打着"清江公园留影"字样，公园摄影部制造的游客标准照。照片中，母亲站在我身后，两手自然垂落于我肩上，我身高正到母亲腰际。母亲左右各有一位同事。照片中的我愣头愣脑，梗着脖子，头微微前探。这是我有记忆后第一次照相，记得非常清楚，当时是

291

对不远处的相机万分好奇，摄影师按下快门时，镜头深处的快门开合看得仔细。

很多年后一群朋友欢聚闲聊，影视摄像专家陈晓卿说起，有经验的人录电视节目时，两眼焦点不能在摄影机镜头的表面，而应该继续向内，盯准快门，唯其如此，呈现效果才更有神。我听了，思绪飞回清江公园这次照相。

1977 年，父母这样的知识分子貌似嗅到一丝春天气息，心情好了不少。十一国庆节，全家人外出秋游。最正宗的秋游地点，当然是五岛公园，全县唯一的公园，因一片水域中含有五个小岛而得名。这次秋游有明确目的，就是照相。父母买了一盒黑白胶卷，请了个朋友，帮我们全家照相。不同地点，花丛下、水岸边、山石旁……各种组合，父母、姐弟仨、哥儿俩、姐弟、父女、母子、各自单人……穿梭往来，一通忙活，不亦乐乎。

照片冲洗出来，全家人扎成堆，传来递去，左看右看，怎么也看不厌。还记得母亲说：杨葵怎么老皱着眉头啊！父亲玩笑说：嗯，思想者。

就在前边说到的那次市三好生大会之后没几天，母亲带我去市里的照相馆，人生第四次照相，一寸免冠黑白照。专门去照的，因为小学要毕业了，学校嘱咐家长，准备孩子的毕业照。这张照片上的我，眉头不皱了，笑容开朗，圆脸，头发又黑又密，像个锅盖扣在脑袋上。

再下一张照片，我已在北京的家中，十一二岁，穿着毛衣，斜倚在藤椅上读书。母亲站在我身后，关心地看着我。是摆拍的，那会儿胶卷还很珍贵，照相是件奢侈事，若非专业摄影师，没人舍得冒着浪费胶卷的风险抓拍。

看电影

贫困年代的县城，看电影也是奢侈事。电影票一角钱，够单人一天伙食费了，所以我在苏北看电影机会不多。关键也是能入父母法眼的电影没几部，也不会带我们去看。如今回想，在苏北看过的电影有《闪闪的红星》《小兵张嘎》《三进山城》《51号兵站》《金姬和银姬的命运》《冰山上的来客》《瓦尔特保卫萨拉热窝》《桥》《刘三姐》等。在苏北看的最后一场电影，是在清江市新落成的一个电影院看的，墨西哥译制片《冷酷的心》。

印象最深的和电影有关的故事有两则，一是关于《红楼梦》。不是后来那部一块大石头占据整个片头、如泣如诉五分钟《枉凝眉》的电视剧，是王文娟、徐玉兰她们演的那部戏曲艺术片。

七八岁时的一天深夜，被父母从睡梦中摇醒，稀里糊涂被扯到电影院，第一次听到宝玉、黛玉两个人名。

父母怕我贪睡而辜负他们的美意，不停对我施展各种绝招，给点零食，揪揪耳朵，胡噜胡噜脑袋，为的是驱赶瞌睡虫。我也本着孝心，使劲儿睁开老要耷拉的眼皮儿。可是，黛玉一进贾府，宝玉唱起传世名段"天上掉下个林妹妹"的时候，父母被剧情彻底俘虏，再也没闲心管我了，我自此拉开架势，不管不顾地痛睡。

万没想到，第二天傍晚放了学，刚晃进家门，惊闻噩耗，母亲要让我受二茬罪，又要陪她奔赴电影院，还是《红楼梦》。

母亲是个越剧迷，年轻时在中南海红墙里工作，雅致得很。风云突变，被下放苏北穷乡僻壤，那颗越剧之心憋坏了，好不容易逮这么个机会，哪容错过。对她来说，《红楼梦》代表旧梦重温、往日情怀，里边有许多内涵；可是对我，不啻一场噩梦，前一夜的梦中，一直有人咿咿呀呀如同鬼魅，不是不吓人的。

没想到这一夜看进去了，父母培养我文艺情操的愿望，终于被我自觉自愿地接受，我瞪大双眼，看得声泪俱下。并非我早熟，实在是全场人哭成一片，不知不觉就跟着哭了。看完走出影院，我对母亲说：明天再来看一遍吧。

别以为我们这叫迷恋，比我们更痴迷的人多了。人民剧场连续一周马不停蹄，二十四小时无休无止地响彻宝黛悲哭。成千上万的人进进出出，更有人在那一周，把电影院当成了家。时值盛夏三伏天，据说后来电影院里馊味扑鼻，人们一般会带好多条手绢入场，被剧情感染抹湿若干条之外，还需一条专门用来捂鼻子，隔离呛人的馊味。

一周放映时间尚未结束，听说一名观众在电影放映过程中休克，送至医院抢救无效告别人世。验尸报告称，死因有二，缺氧导致窒息，悲痛过度。

第二则故事和《决裂》有关。

家境越来越窘迫，衣服上的补丁越来越多，父亲自制的煤球烧出的火苗越来越黄，父母可能再没有一分闲钱可供花在看电影上头，电影院离我的生活日渐遥远。

穷人的孩子早当家，我用暑假空闲做小工补贴家用。差事是帮建筑工地砸石块。一堆奇形怪状的碎砖石，砸成鹅卵石大小，一立方米几块钱。第一次拿到自己挣的钱，兴奋中突发奇想，要给父母一个惊喜，偷偷跑到电影院，买了几张电影票，回家左右扭捏，故作神秘使尽花招要让父母高兴。

万没想到，父亲问明白来龙去脉，表情无比复杂地摸着我的头说，今天爸妈都有事要做，你也别去了，那电影不好看。我当时委屈得不想活了。

若干年后，一个偶然的机会，看到那天要放的电影《决裂》，终于明白了父亲为什么情愿伤我伤到那样，也不让我迈进电影院。那部著名的"三突出"电影是在鼓励学生们交白卷，彻底摧毁师道尊严，而父亲正是一名中学老师，不时被学生批斗。

生　病

1976 年的一天，妈妈用一根缝衣针，把扎进我手心的一根刺挑了。妈妈年轻时候眼睛太好了，所以花得早，给我挑刺儿的时候，眯着眼睛。当天晚上，小县城被哀乐震醒，毛主席逝世。

第二天，手肿成个白馒头，胀，用红领巾当绷带吊着。第三天开始化脓，伴以高烧。去了医院，医生宣布，有可能三天之内恶化为白血病。妈妈当时说不出话。

红霉素！仅仅需要六支红霉素注射剂。但是那个时候，那个县城愣是没有。别忘了那年还有件大事，就是地震。支援唐山，支援这儿，支援那儿，地震把那个小县城所有的药几乎都用光了。

医生跟我妈说，赶紧找吧，找着了孩子有救，找不着，白血病。

后来的六七十小时，妈妈骑着自行车至少跑了一百公里。最后在邻县一个老中医那儿，找到四支红霉素。妈妈像献芒果一样把那四支注射针剂捧给了医生，自己也留在了医院。连急带累，她也病倒了。

后来是住院，开刀。开刀听着吓人，可当时手术刀一碰，脓血飞溅，以为多疼，其实一点感觉没有。真正疼的，是后来往伤口里塞引血条。血脓不尽，将一条橡胶似的条状物塞进伤口，以吸脓血。

疼死啦，但是忍住了，没晕也没掉眼泪。那股疼劲过去后，我的心里一股盲目自信油然而生，往后的日子再不怕了，不可能有比这更疼的事了。

两个月后，终于没有得白血病，我好了。医生宣布好清了的那天，我在邻居家的窗台下，从一台九英寸黑白电视上看到了朝鲜电影《看不见的战线》。那是迄今为止，我认为最恐怖的一部电影。

再后来又得知，哥哥做了一暑假的小工，上午砸石块，下午帮五金公司仓库组装凤凰牌自行车，好不容易挣的三十块钱，也奉献给我的病了。而妈妈在我好彻底之后，又接着病了一个月。

我那会儿很小，但已经会跟他们说：对不起。他们说：多亏没死掉。

转眼到了那年的春节，邻居家来亲戚，是个草药郎中。听过我生病的事，很不负责任地笑笑说：怎不告诉我呀，太简单了，几服草药，几毛钱，七日内可痊愈。妈妈听了，为早不认识如此高人后悔不已。我却忍不住脱口大骂：放狗屁！我是觉得，全家人为了我那样辛苦，最终抵不上几服草药，心里难受。

现在想来，骂人实在大可不必，不过从那个时候起，就该看到"几服草药"这样简单的事，对面却是白血病，是死亡。无数的灾难，都起于鸡毛蒜皮。这里边的道理应该早点明白，后来就不至于走那么些弯路。

运　河

1978年春末，我转校到清江市向阳小学，正读四年级。这学校其实算是淮阴师专的附属小学，就在淮师大院的门口，我从家到教室走路五分钟。1979年9月，小升初，我考入江苏省重点中学淮阴中学，上学的路远了很多倍。中途必经西门桥，是货真价实的一座桥，桥下是著名的京杭大运河。

这条运河历史悠久，当时长江航运、运河航运不像现在这么没落，还是全国交通、货运的重要组成部分。每次路过大运河，河面满满的，一派繁荣。机船行进的突突声，汽笛声，此起彼伏。航道中间，货运船居多，船上有石子、粮食等等各种货物。航道两边，不少泊船，船上生火做饭，洗衣晾晒，有时还能见到甲板上，一个大爷手握紫砂壶，气定神闲地喝茶远眺。他们吃住都在船上，是真正的运河人家。

淮阴自古即是南北交界之地，南来北往的人选择在这地界，就在这条缓缓流动的大运河旁，舍舟登岸，或者弃马登舟。古往今来，多少文人墨客、商贾游人，在此河边演绎过多少悲欢聚离。

这些小情小调，不过是今天再来回想平添出的想象，当时每日路过，也听，也看，也盘桓，心里想的只有一件事：要去北京啦。

前文说到父亲1979年初即至北京，父亲走后几日，母亲明显神不守舍，有点恍惚。终于有一天，我正在淮阴师专操场疯玩野跑，母亲远远骑着车过来，叫我回家。到家后，母亲拿出父亲来信，好几页纸，从头到尾念给几个孩子听。还记得第一段一连几个"恢复"，恢复党籍，恢复名誉，恢复……母亲念得铿锵有力，眼眶中泪光晶莹。我虽被母亲声音流露出的兴奋感染，也觉高兴，毕竟不明就里。如今想来，父母憋了二十年的心中块垒，在那一刻被洪流荡平，无论写信的，还是念信的，还能保持那样的克制，已大不易。

父亲一到北京就再不让走了，参与起草第四次全国文代会的大会文件，参与大会种种筹备事宜。中间回过一趟苏北，说起全家可能要搬到北京生活。从那一刻起，北京北京北京，心里似有好多双翅膀，随时振翅欲飞。

那段时间，母亲每有闲暇，都被我缠着问各种问题。天安门城楼能上去么？大会堂有几个操场大？北京冬天是不是特别冷？妈妈被问得一点不烦，满脸笑容解答唯恐不细，经常答得比问得多：天安门城楼能上去，你爸爸就上去过；北京冬天比苏北冷，但是屋里有暖气，可暖和了，而且，冬天还有雪糕吃，奶油的，一口咬下去，美味啊！

就在这样的气氛里，我每天跨越大运河上学、下学，在运河边东玩西耍，眼里看到的一切，都美好得像童话。有一天，夕阳西下，我站在西门桥上，看着脚下桥洞不时冒出大小不一的船只，突然想到，京杭大运河，一直向北不就是北京吗？不如随便跳上一艘向北的船，乘船去北京吧。

半瓶汽油

要去北京的日子，全家人喜气洋洋，差点儿乐极生悲，酿成大祸。

父亲在北京，母亲在淮阴开始找人帮忙，打包家具，分期分批送至汽车站托运，家里乱得像个仓库。那年代搬家，不光桌椅板凳、床铺柜子打包，就连锅碗瓢盆、筷子勺子、针头线脑也不落下，真可谓片甲不留。母亲负责指挥，哥哥会搭把手，我只管看，管高兴。

最后一批东西托运完毕的第二天，父亲也终于开完文代会，回到苏北，一家人订了几天后去北京的汽车火车联运票，在苏北的最后几天了。

当天夜里，父母房间突然说话声音大起来，过去听了几句明白了。父亲心细，突然记起家中存有半瓶汽油，留着擦洗自行车、缝纫机用的，可这次回来，怎么也找不到了，想来想去只有一种可能，就是无意中也被打了包，和其他家伙什儿混在一起送到托运站了。

母亲急得当时就要去托运站找，父亲拦住她说：第一人家现早下班了，哪有人啊?！第二此事万不可声张，把汽油混进托运站，你想干什么?！

母亲说：我又不是故意的！

父亲说：有人相信你吗?

母亲无言以对。

父亲最后说：睡吧，明天一早去托运站。

说完又叹口气，自言自语道：但愿平安，搞不好又成"现行反革命"了。

现在看，父亲的担心有点过分，但在当时，他们谨慎了太多年，有各种可怕的思维定式，心有余悸，很正常。

一家人愁云惨雾，度过一个不眠之夜。第二天大清早，父母带着我和哥哥一起到托运站，等到人家上班，又递烟又说好话，检讨自己马虎，有东西误打进包，申请找回。人家问什么东西，父亲假装轻松地随便说了个什么敷衍过去。

我们进了仓库，来到货堆前，爬上爬下，一件件包裹仔细查找。足足找了一个小时，终于还是父亲找到了。忙不迭地出了货运站，立刻找个僻静角落，将那半瓶汽油倒得一滴不剩。阿弥陀佛！

结束语

1979 年 11 月一个傍晚，我跟随父母踏上北京的土地。走出北京火车站，坐 103 路无轨电车，来到位于前门东大街的新家。托运的家具还要过些天到，打地铺睡了一晚。第二天一早，我随父亲去中国作家协会，借了几张床和一些桌椅板凳，拉回家中一一摆放整齐，北京生活开始了，苏北被我抛诸脑后。

1989年大学毕业，去黄山玩，临时起意要回苏北瞧瞧。从安徽坐了七八个小时长途车，到了淮阴只住了一晚，又因另有他事，匆匆离开。不想这一别，又是漫长的二十多年，直至2016年夏，再次回到苏北。这次摒除了各种干扰，踏踏实实住了几天，想要朝花夕拾。

可惜这几十年中国巨变，处处旧貌难辨。五金公司仓库大院已消失，那个坟场林带早被夷为平地。淮阴师范专科学院还在，但我住过的家属楼也已无影无踪。那天在淮师，找什么都找不着，方位也对不准。后来登上学校至高点，一个楼顶，俯瞰整个校园，突然昔日重现——树！那些树！人事来了又去，建筑千变万化，但是那些老树，从未变过方位。借着那些曾如此熟悉的树，我逐渐清晰辨出当年的离家上学之路，再以这条路为参照，一一辨清当年家在哪里，操场在哪里，食堂在哪里……就在那一刻，我想我该写写苏北往事，哪承想随便一拖拉，又是将近两年过去了。

一旦开写，有越写越多之势，可是越往下写，忐忑越重，老是想到那个玩笑——观众早已离场，演员还迟迟不肯谢幕。这些个闲事杂事，于我而言自然寄情之深，系之念之，可是对于其他人，有什么意义呢？是结束的时候了。

北师大往事

新街口外大街 19 号，这是北京师范大学的门牌号。

熟悉北京的人一看便知，这门牌一定是多年前核定的。当初，师生们从教学区东门进出，东门确实开在新街口外大街。如今东门早已弃置不用，取而代之的是气派的南门。而南门其实开在学院南路。

中国建筑理念中，面南背北为方正，所以南门是正门。重新启用南门原因众多，我猜多少有点"必也正名乎"的意思，只不过"正名"换成了"正门"。

1985 年 9 月的一天，我身穿的确良衬衫，骑着自行车，后座驮着行李卷，车把上挂着叮叮当当的洗漱用具，从师大东门进入校园。自此直至 1989 年夏天萧瑟离去，我在这里度过四年光阴，见证了一些有意思的人和事。

老师们

八十年代中期，是大学老师新老交替最轰轰烈烈的时段。七老八十的老先生们尚健在，三十出头的俊杰们正在跟着老先生们读研，四五十岁的中坚力量，虽然大多已是各自学科的顶尖高手，但论资排辈，还没有专职带研究生的权利，还在给本科生上大课。

具体到北师大，我入学时，钟敬文、陆宗达、李何林、黄药眠这批巨匠不光带研究生，偶尔也给本科生上大课。我在这校园上的前两节大课，授课者正是钟敬文、陆宗达两位先生，讲课内容是他们的治学之路。老先生亲自出马，是对新生的优待，旨在励志，这可能是学校欢迎新生的固定套路。

我们的主课老师，古汉语有许嘉璐等，现代汉语有李大魁、周同春、杨庆蕙（值得一提的是，杨老师曾亲炙师大老校长黎锦熙先生）等，古代文学有韩兆琦、邓魁英等，现代文学有郭志刚、杨占升、蓝棣之等，语言学有岑运强（语言学泰斗岑麒祥先生之子）等。我们毕业后没两年，新老交替迈了个新台阶，这些人全都成了博导，本科生们很难亲聆教诲了。

年轻一辈，我们入学时，中国第一个鲁迅研究的博士王富仁刚从李何林老先生处出师，留校任教，带过我们现代文学史课，也给我们开选修课。王一川当时正在跟黄药眠先生读博士，在职读博，所以也给我们开课。

这名单还可以拉得很长，现在论来都是响当当的人物。不过我读书时不是好学生，不太和老师接触，只能讲讲印象较深的片段。

老一辈的，其他几位老先生平时极少见到。钟敬文先生喜欢散步，经常在校园撞见。冬天黑呢子大衣，呢质圆顶帽，春秋则是灰布中式对襟衫，夏天一般就是白衬衫。腕子上吊着根手杖，走平路时好像不怎么用。钟先生总是沉思状，若有人上前请安，必笑眯眯微欠上身回礼。当时他已八十多岁，一个白发老先生悠然自得地在白杨树间散步，这是当时校园颇为迷人的一景。

中坚一辈，许嘉璐老师的古汉语课是中文系学生的最爱，别的课迟到没关系，古汉语课别说迟到了，不早早去占座，都没位置坐，因为有外系的学生来听。许先生讲课极幽默，经常引得学生哄堂大笑。还记得他在课上顺口讲过个段子，说他姓许，太太姓白，就有朋友戏称他们二位是许仙和白娘子。

那几年，全社会盛行民选官员。我们赶上了民选系主任、民选副校长。许老师一来课讲得没得挑，二来早就是个名实相符的正教授，所以每次民选，总是票数遥遥领先。他给我们上课时，只是一名普通教授，课程结束时，是中文系主任，到毕业前夕，他已是副校长，毕业没几年，在家看《新闻联播》，他成了全国政协副主席，再后来，人大副委员长。

蓝棣之老师身材略显纤弱，头发硬硬地立着，不成型，一看就极有个性。他是新时期中国社科院第一届研究生，导师是唐弢。我们入学时，他还是个讲师，典型的青年教师气质，阳光、爽朗、叛逆。不过几个月后，他仿佛一夜之间苍老十岁，本来就有点少白头，至此几乎全白。后来得知，就在那年秋天，他最疼爱的儿子在一场电梯事故中不幸丧生，才十七八岁，刚刚考上大学。从此再见蓝老师，眼神深处总有一股幽幽的悲凉，哪怕是在和学生们说笑时。

蓝老师研究现代诗歌，当时研究课题是新月派。徐志摩、林徽因这些人的作品，在当时学界还未完全摆脱"格调低劣"的批评，蓝老师已经开始用他一口"川普"满怀激情地颂扬，不吝惜任何美好的词汇，因此迅速得到学生们的拥戴。现代诗坛的各种文人逸事，也是蓝老师的长项，学生们无不听得兴头大起。蓝老师会从这些掌故中总结一些道理，比如他说：恋爱初期，男人是女人的父亲；刚结婚时，男人是女人的丈夫；老夫老妻时，男人就成了女人的儿子。

蓝老师家里，经常坐满一拨又一拨的学生，从早到晚。和我同寝室的一个同学，一天深夜回来，脸上放着光，问他哪儿打了鸡血，答曰刚在蓝老师那儿长谈。那一夜这位同学翻来覆去睡不着，神经病一样地反复念叨：蓝老师了不起。

还有一位诗人老师任洪渊，当时也是个讲师，也受到众多学生追捧。任老师研究当代文学，不过依我看，他对研究兴趣不大，为稻粱谋而已，他的兴趣在写诗。任老师在当代文学研究的课堂上，经常情不自禁地把自己当成研究对象，与他的粉丝们分享他对自己的研究。任老师当时新婚不久，妻子比他年轻很多，在任老师笔下，她叫 FF。任老师那段时间的诗作，差不多都给我们当堂念过，题目、内容千变万化，永远不变的是念完题目紧接的那句：献给 FF。

王一川老师给我们开了一门选修课，文艺美学，主要讲海德格尔，那是他当时的研究重点。王老师比我们大不了几岁，川大读的本科，北大读的硕士，师大读的博士，我们毕业前他又远赴英国，在牛津大学读了伊格尔顿的博士后。学生们闲聊中说起王老师，都将他视为神童型学者，看着一张稚嫩的脸，讲起课来竟然那么学识丰厚、魅力逼人。此刻我写至此处，脑海浮现出他一张少年般的脸庞，在讲台上不疾不徐轻柔地讲述着：在茂密的林间，有一片空地……

王老师因为面嫩差点吃了亏。他还在读博士，常到学生食堂吃饭。有次在食堂，几个人高马大的体育系学生乱加塞儿，王老师客气地告诫了一句，那几位兄弟看看他，骂骂咧咧地训斥，哪来的新生啊，对学长什么口气啊！一边说着，开始撸胳膊挽袖子。我排在队伍后边，见状赶紧上前警告那几位兄弟，放尊重点儿，这位是个老师。

与钟敬文先生散步一景相映成趣，校园另有一景也很迷人。校长王梓坤，经常骑着他那辆蓝色的 20 坤式自行车，在校园穿行。精瘦的他骑着那么小的车，就像一根竹竿在水平移动。单看他骑车转圈自如的样子，就算在那个精神重于物质的时代，也很难相信这就是闻名世界的大数学家、北师大的校长。

我入学前一年，王梓坤开始担任师大校长一职，他在全国范围内首先提出"尊师重教"，在以他为主的一群人提倡下，国家设立了"教师节"。1985 年我刚入校没几天，中国第一个教师节的活动在各地隆重举行，当时的国家领导人来了北师大。我们毕业前夕，王校长离职。很多师生为他打抱不平。王校长倒淡然面对，一如往常骑着那辆小车在校园稳步穿梭，不时被我们这些毕业班的学生截住，递上毕业留念册请他题字。王校长从不拒绝，总是下了车，支好车，一笔一画地写上自己的祝福。

诗人·打架

八十年代的北师大诗人横行，水房门口的布告栏里，永远有诗社活动的海报，校园大喇叭里，午晚饭时间都是诗朗诵，身为中文系的学生，不时接到师兄弟们油印的个人诗集，或是多人合集。

诗人们喜欢诗意地看待世界，反抗一切束缚和各种约定俗成的条条框框，比如新街口外大街 19 号这坐标听着太俗了，诗人们绝对要摒弃。他们定位师大的语词，采用"铁狮子坟"。这是校园所在地很古老的一个名称。

年轻人大致都有诗人潜质，不过和众多校园随便玩票的诗人不同，北师大的诗人们把诗歌当生命一样看待，爱之深，修之苦。当时还没感觉，时至今日就不言自明了，现在活跃在诗坛的不少人都在铁狮子坟修炼过。诗歌江湖上他们自成一派，号称"铁狮子坟诗群"。

诗人们的纯真与质朴，现在回想起来叫人感慨不已。前文提到的我那位室友，后来是学校最有人气的社团太阳风诗社的社长。对门宿舍有个陕西籍同学，也爱诗歌，可他开蒙较晚，总写不出满意作品，于是不耻下问，没日没夜地来找社长讨教。受人滴水之恩当涌泉相报吧，有段时间社长不用去食堂了，全由陕西同学代劳。甚至有次聊得太晚，陕西同学帮社长把洗脚水打好了送到床边。

千万别往阿谀奉承、拍马屁那儿想，学生的思想没这么复杂，至少依我观察，这位陕西同学憨憨的，绝没这么复杂，他只是爱诗，心里有个声音对他说，除了诗，其他任何事都不重要。

大众对诗人向来有种偏见，觉得诗人们都文绉绉的，柔柔弱弱的，架副眼镜，就像我读书时红遍大江南北的诗人汪国真那样。其实自古以来诗人就分豪放、婉约两派，师大的诗人们，多属豪放派。他们不仅是诗社的主力，足球队的主力也是他们，这可以当作他们归属豪放派的证明。

豪放还有另外的证明，我在校期间经历的两桩打架事件，主角都是诗人。

一个深秋的晚上，同寝室的人都去教室晚自习了，我一人在屋里写大字，突然几个低年级女同学惊慌失措地闯进来，说坏啦，赶紧去教七101，你们宿舍的诗人被人打惨了。

我往教七狂奔，半路碰上了诗人，被几个女粉丝架着，昏昏沉沉的。那几个女生七嘴八舌争先恐后说了一通，我大致明白了事情的原委。诗人在阶梯教室读书，后排几个教工子弟在打扑克，喷云吐雾，大声喧哗。师大教工子弟一向以打架出手凶狠著称，所以同教室的学生敢怒不敢言，能忍的继续自习，忍不了的，换教室。诗人正义感陡生，上前制止子弟们，两下言语不合，大打出手。可怜诗人单拳难敌四掌，被打惨了。

那天夜里大约十一点，我敲响中文系主任许嘉璐老师家门。许老师里边穿着件白背心，外边裹了件军大衣开的门，显然此前已休息。我请他联系学校保卫处，迅速派车送诗人去医院，其他事回头再说，诗人已有点神志不清，应该是脑震荡的征兆。

后来诗人并无大碍，有同学要求校方追究打人者，倒是诗人站出来说：算了吧，我当时也盯着其中一个猛打，那孩子也被我打得够呛，血都溅我鼻子尖上了。

第二场打架事件，我方是另一个诗人，对方又是教工子弟。某年暑假，学校派中文系学生义务劳动，项目是疏浚某教工宿舍楼下的阴沟。一百多位同学拉成一长队，挥镐抡锹正热火朝天，突然队伍一头吵嚷起来。有个教工子弟嫌同学们把他停在

313

楼下的一辆崭新的自行车上溅了污泥，和学生们吵起来。吵嚷过程中，双方难免有肢体冲突。诗人是班长，还是个党员，上前劝架，无意中拦了那子弟一把。子弟会错意，以为拉偏架，太浑了，猛不丁不知从哪儿抽出把刀，照准诗人胳膊就一刀，顿时血就淌下来了。

事后经医院诊断，诗人胳膊上的筋被砍断，伤势严重，需要很长时间方可痊愈。这次同学们不干了，要求学校严惩凶手。学生处、保卫处的态度稍有暧昧，全班一百多人悉数出动，在办公大楼前静坐，要求与校长面谈，一派斗争场面。更有同学在额头上绑了白布带，上书四个血红大字：严惩凶手。虽然不免夸张，但也令路过者动容。

事过二十多年，这两位打架事件的主角，一位成了名震一方的房地产商，眼下正在投资教育事业；另一位成了公检法战线以有才能干著称的官员。他俩的相同点是都还在写诗，我分头收到他们俩新出版的诗集。

爱情·读书

八十年代高校间流传一个顺口溜：苦清华，乐北大，要谈恋爱到师大。清华当时是纯理工院校，学生学业繁重；北大人自带一股天之骄子的自信，所以老乐呵呵的；师大呢，恋爱之风盛行。

也真是，刚入学没俩月，光我们班，迅速有三四对同学建立恋爱关系。毕业之后，全班一百二十个人，不出本班有三十人结成十五对夫妻。我们毕业时，学校还管分配工作，可忙坏了那些成双成对的幸福人儿。分配原则是哪儿来回哪儿去，可结对儿时不会专挑老乡啊，就得往同一个城市调配。

那时的爱情，不如今天年轻人谈得这般奔放，绝大多数都主打羞涩牌。有对恋人，因为女生太腻，经常没骨头似的吊在男生肩膀上，还引起不少非议呢。

既羞涩，就要扯一块遮羞布，这块布就是读书。那时生活简单，没有网吧，没有酒吧，更没有夜店，街上连小饭馆都没几家，就算有也不是穷学生惦记的，就没这风气。彼时所谓谈恋爱，一定离不开读书。常见模式是：一大早起，俩人各挎着书包饭厅碰头。吃完早餐奔教室，并肩坐在一起度过上午四节课。中午一起吃完饭，各自回寝室休息。下午在教室碰头，继续肩并肩度过两三节课。晚饭一起吃，吃完再奔教室肩并肩地上自习。教室灭灯前，各回各宿舍，一天就这样结束了。

枯燥吧？未必，简单的程式里，无数柔情蜜意汩汩流淌。早晨男生起晚了，疯狂赶到饭厅门口，发现女生一脸娇嗔，手中手帕里捂着给男生买好的早餐：这都几点啦！来不及啦，赶紧走！快吃，还热着呢。教室里枯燥的四节课，女生起得太早，可以偷偷睡一觉，不必担心落课，男生正在身边奋笔疾书记笔记。午餐时，女生突然变戏法似的端来一盆最贵大菜，红烧排骨，那是女生用省吃俭用攒下的菜票买的。对，那时候粮票尚未取消，菜票和饭票是分开的，男生饭量大，一到月底就大瓢底，这时女生的饭票就派了大用场。如果还有富余，女生会找小贩用粮票换一两盒烟，悄悄塞在男生书包里，赢来一个小惊喜。晚自习不像上课那般正式，读书读疲了，恋人们会溜达到主席像前的小树林，钻进去找个长椅坐下，夜色笼罩，羞涩地拥抱亲吻。而当他们拥抱亲吻的时候，他们身体的一侧，各有本书翻开着，那是他们出来时不自觉地拿上的道具，随时不离左右的道具。

当然不是所有同学都有幸找到意中人，孤男寡女们就把浓浓的荷尔蒙发泄到读书这事儿上。其中又分两种情况，一种是好学生，他们任何时候都独来独往，奉课本和考试为神，努力创造好成绩，以抵消青春期的孤独。当然，这么说，和他们立志学业、志在千里并不矛盾，一件事不同角度去看而已。另一种情况是一群自命不凡的家伙，他们最不喜欢上课，天天逃课躲在宿舍或是图书馆，博览群书，而且专挑犄角旮旯的偏僻书读，以求最广阔的视界，下次再有辩论时，他们口沫横飞，不把你侃晕绝不罢休。不过那时的所谓偏僻书，也不是今天这个概念，今天资讯发达，哪有什么书想找找不到的，书店没有当当有，当当再没有，还有淘宝垫底儿。而那时所谓偏僻书，就是《梦的解析》之类的大俗书。

说到偏僻书，我同寝室一位江西籍同学英文很好，对我们把新批评、存在主义、精神分析这类书当成偏僻学问大读特读颇不以为然，讽刺我们傻乎乎地拾人牙慧。我们请教他，依你看该读何书呢？他嘴角一撇，很神秘地说：说了你们也看不懂，真能称得上偏僻的，当然是那些禁书啦，可那是色情小说啊，根本别指望会出中文版。我们听了默默咬碎钢牙，谁不想读读那些闻名遐迩的黄色小说啊，可我们真是看不懂。

多年之后我在书店看到《查太莱夫人的情人》中译本，顿时想到这位江西籍老兄，大概前后有半年时间，每晚手捧此书的原版，看得啧啧称奇，我们让他讲讲，他一个字没透露过。

那时买书真是问题，购书渠道只有书店一处，书店一缺货，就没抓没挠。后来我发现了一个办法，能将偏僻书据为己有。师大图书馆在全国图书馆系统里算非常强悍，藏书量和种类都名列前茅。图书馆有项规定：借阅的图书丢失，按原书价的三倍赔偿。我有一阵四处想买法国作家罗布-格里耶的一本小说，因是几年前所出，书店早已下架。我在图书馆找到借出，然后借口丢失，赔了两块多钱，终于了却一桩心愿。

周末，恋人们纷纷打扮得漂漂亮亮，奔赴"新马太"——新街口、马甸、北太平庄等处逛街。单身汉们会选择骑着车，把全北京的小书店逛个遍，不定在哪家旧书店，就能淘到一本心爱的书籍，拿在手中摩挲，那感觉不亚于面对美妙恋人。

2009 年夏天，为了纪念毕业二十周年，我们班七八十号人从四面八方赶到北京，在北师大东门外一家餐厅大聚一场。夜深人静，各自使劲抑制那颗奔腾的心，趁着夜色，从师大新南门鱼贯走进我们青春的墓园。教二 101 还在，教七 101 还那样，主席像拆了，小树林变成了宽阔的广场……没人大声说话，都在各自细数在这个大院留下的点点滴滴。

铁打的营盘，流水的兵，营盘有些小变化，但营盘还是营盘，无数年轻人还在这里读书、恋爱、打架，像我们留下的影子；而我们，真如流水一样，流到东南西北的大地。

长安寺

秋天降临，再过十天半拉月，北京人该跑西山赏红叶了。

北京的西山分南北两段，北段称香山，南段称八大处。上中学的时候常和同学去西山郊游，如果从香山买票进门，则攀至顶峰鬼见愁，再由山脊一路跋涉，至南段下山，从八大处公园出门。反之若从八大处进，则由香山出。

所谓"八大处"，是指这里有八座寺庙，分别建于唐代至清代不等。由山脚一路向上，一处长安寺，二处灵光寺，三处三山庵，四处大悲寺，五处龙泉庵，六处香界寺，七处宝珠洞，八处证果寺。历史最悠久的是二处灵光寺，还有殊胜的佛牙舍利供奉于此，又是北京市佛教协会所在地，因此香火鼎盛。如今每逢周末，或是初一、十五，再或佛诞、观音诞等纪念日，八大处路堵得水泄不通，绝大部分人是来二处烧香拜佛，顺便登山眺远的。

长安寺虽是八大处的第一处，却一向少为人知。我在北京生活三十多年，多次去过八大处，从不知道还有个长安寺。三年前，因为一些机缘，有幸加入修缮长安寺的大业，头次去实地考察时，在公园门口停车场停好车，下来跟当地人打听，问到第四个人，才指了指停车场边一堵红墙说：喏！那里头。

原来长安寺并不在八大处公园围墙之内。

参与长安寺修缮工作已两年有余，古建部分全部修缮完成。在此期间，我曾无数次在满院萋萋荒草、破败房舍之间苦苦搜寻，试图找到最初建寺时古人留下的蛛丝马迹，却片瓦不见。无奈之下只能去图书馆查阅相关典籍，附加在网上遍搜有关这座院落的故事。入夜，在朗若白昼的明月之下，我会一寸一寸检阅这座院落，在想象中向前人核实，询问，由此得知了一些长安寺的故事，愿分享。

长安寺地理

头一次走进长安寺，断垣残壁，满目疮痍。

寺庙坐西朝东，占地大约五十亩，分成左、中、右三部分：

中间部分又分前后，前边是个空院子，地面坑洼不平，杂草丛生，之间散落着几十棵松树、杏树、玉兰等。院子正中间有条东西向的砖铺甬道，通向一座青条石砌就的台阶，阶栏为汉白玉。汉白玉栏杆新一块旧一块，像打满补丁的衣服，显然经过不同年代的数次修补。拾级而上，即见一古建群，标准明清风格的两进四合院，规规整整，四四方方。中轴线上，依次有护法殿、释迦牟尼殿和观音殿前后排列，两侧有偏殿若干。前后两进院由一左一右两个月亮门连接。所有房舍均因年久失修而破烂不堪，偏殿墙壁上还有曾经的住民留下的美女画像挂着，落满灰尘。上前掸去陈年老灰，原来是上世纪八十年代的一本挂历。月亮门因为顶端腐朽直欲坍塌，都快变成心形的了，穿越之时，竟会下意识地伸手欲托。

左边部分，即寺庙南侧，是一个近乎正方形的院落，院中有巨大厂房型建筑，青砖盖成，足有七八米高，远远高出四合院中的寺庙大殿。从这高度就能知道，这房子肯定是完全不知礼为何物时代的产物，因为哪怕稍有点敬畏之心的人都明白，在寺庙里，大殿的房顶应是制高点。不错，这厂房型建筑，是上世纪六七十年代部队占据这座院落时留下的，从其形制来看，应是做食堂用的，至今里边还有卖菜小窗口。食堂门口，有乱石堆成的假山一座，"山顶"是个大水缸，应是原来贮水做景观用的——可笑的人工瀑布。

右边部分，即寺庙北侧，是更大的一个不规则边形的院落，黄土地为主，树少许。西头有垃圾场一座，夏天臭。天气好的节假日，有白领模样或是太太模样的男男女女，携带一筐一筐的鸟来此放飞，嘴里念念有词，是佛教徒在放生。

长安寺的碑

就在汉白玉阶栏的南侧，有块老石碑，碑文整体漫漶，个别字迹依稀可辨。后来查到，目前全世界只有中国国家图书馆收藏有此碑拓片一份二张（阴阳两面）。国图这一收藏取名"善应寺碑"，首题"重修善应禅寺永为十方常住碑记"，额篆书题"重修善应寺永为十方常住碑"，阴额同阳。龚鼎孳撰碑文，严绳孙正书并篆额。

从这碑文，可以支离破碎地了解一些长安寺的历史。长安寺最早建立于明朝弘治十七年（1504），是按皇家庙的规格修建的。据龚鼎孳碑文称，当年这里"规模宏丽，表表杰出"。又据《帝京景物略》记载，明代时的长安寺，以塑像名冠北京西山诸寺，这些佛像凭几而坐，汉人仪容，与常见佛像姿态、面相皆有不同。寺中所塑五百罗汉像，穿涯踏海，游戏百态，是模仿了明代被宣宗赐名"吴不信"的一位画工绘于南京昌化寺的壁画风格而作。

到了清朝康熙年间，大规模修缮长安寺，由当时的礼部尚书龚鼎孳主持修缮。康熙十年（1671）大功告成，立此碑以纪念。

碑文的两个"责任人"当年都是大名家。严绳孙是纳兰容若的好友，工书画，王士祯曾经极力赞赏过。龚鼎孳名声更大，只是这名声不太好。此人乃崇祯七年（1634）进士，在明朝为官。李自成打进明皇宫时，他先和家人一同投井自杀，未遂，于是降李闯。李闯败，又降清。后来历任清政府的各部尚书。

龚鼎孳很有才，与当年著名的两大才子钱谦益、吴伟业并称"江左三大家"。找到一篇现代学者研究他的论文，说他"以撮有敏捷之才、偏师之慧、雄厚之力、贴切之情而执掌清初京师诗坛大纛"。

龚鼎孳还有一事为市井闲谈常常提及，当年著名的秦淮八艳之中号称最美的顾横波，二十二岁时被他纳为小妾，二人年纪相仿，始终厮守。康熙三年顾横波过世，龚鼎孳专为她作传奇词集《白门柳》行世。后世常用"白门柳"这一意象描绘明末那几桩才子佳人的故事，比如早几年广东作家刘斯奋就创作了三部曲小说《白门柳》，写复社四君子之一的冒襄与秦淮名妓董小宛的故事。

长安寺的匾

护法殿门楣上，有块砖匾。我初进长安寺时，这匾虽然多处破损，但颜色、字迹都还算清晰。这匾在这最醒目的位置，有点像长安寺的门牌号，自然历次修缮都会重点对待。再往前不说了，长安寺最后一次修缮是在 1980 年，虽然限于当时物力条件，修缮得相当简陋，但这块匾因为高，修好即不易人为破坏，得以保持大致模样。

匾额黄色花砖雕镶边，蓝地金字，隶书六字"善应长安禅林"，正中上方刻有一枚印章，篆书四字：皇六子章。

长安寺原名善应寺，后来改为长安寺。具体何时改的，未能查清。"禅林"之名说来也有些怪，因为据我查到的史料，西山一代诸寺院，明清两代多为贤首宗（也称华严宗）掌据，只查到清末至民国初年，有位临济宗僧人寿天禅师曾主持长安寺寺务。而这匾署名"皇六子"题写，乾隆年间的事了。不知背后有何故事，存疑于此。

"皇六子"说来也鼎鼎大名，他叫永瑢，是乾隆皇帝的第六子，十七岁封贝勒，不到三十岁封质郡王，三十岁那年做了《四库全书》的总裁。《四库全书》修成呈给乾隆皇帝审阅时，"著作人"署了十二个，永瑢排在第一位。清宫档案里还有一份《乾隆四十七年七月十九日奉旨开列办理〈四库全书〉在事诸臣职名》，长长一份名单，从正总裁、副总裁、总阅官、总纂官，一直到收掌官、监造官……三百多人，排在第一位的仍是"皇六子多罗质郡王"。近年因为电视剧红遍大江南北的纪晓岚，是《四库全书》的总纂官。

说句题外话，有意思的是，《四库全书》一编十几年，开编时纪晓岚只是个从四品的"侍读学士"，编纂过程中一路升迁，到编完，已升至当年龚鼎孳的职位：从一品礼部尚书。

永瑢因有才甚得乾隆宠爱，一度被认为是皇位继承人的有力竞争者。四十六岁时，他被封为质亲王，似乎离承接大统又近一步。可惜天妒英才，不到一年时间，白发人送黑发人，他死在了乾隆前边，都没能赶上父皇的八旬万寿庆典。

从这块匾看，康熙十年大规模修缮之后，至少乾隆朝又修过一次，否则永瑢题写不了这匾。

长安寺的塔

长安寺南北两个跨院里，对称的位置各有一座方形僧塔，砖土结构，外层砖雕，内层夯土。我进长安寺时，北院塔看上去只是个塔形的土堆了，几乎整个外层的砖失散殆尽。南院塔保存相对完好，只是塔基破损严重，塔身正中间被人掏了个大窟窿，估计是想掏点宝贝出来，未料想是个实心砖塔，无功而返。

从两座塔的形状看，当初应是同一制式。砖塔正面有一横两竖三条汉白玉，上边镌刻着上下联语及横批。南塔的上下联是："空华开落归真谛，智果圆成证涅槃"，横批"窣堵遗规"。"窣堵"为梵文音译，又称"窣堵波"，是古时佛教特有的建筑类型之一，一般是圆形塔状，主要用来供奉佛祖或高僧大德的舍利、法物或经文。

翻阅了一些资料，得知长安寺北院已毁的那座塔，是为贤首宗第三十一世祖量周观公和尚所建，原来上边也有联语："现身于恒沙劫中，证果在菩提树下"，横批是："常寂光中"。该塔建于乾隆四十一年（1776）。原来还有额题："钦命万寿寺方丈、弥勒院开山、传贤首宗三十一世量周观公和尚之塔"。量周观公是一代名僧，据说著述颇丰，不过我只查到有《量周语录》传世。万寿寺就是今天紫竹桥东南侧的那个大院子，是当年的大庙，举世闻名的大钟寺永乐大钟，明代就悬置于万寿寺。西山一代的寺庙，历代住持有多任都是万寿寺住持兼任的。

说到这里，不禁要感慨人生说起来真是种种缘分奇巧。我读高中时特别逆反，一度不想再读书，在万寿寺大院里做了几个月的临时工。当时万寿寺是巴金倡议建立的中国现代文学馆所在地，我在文学馆的图书大库里抄了整整一夏天的目录卡片。时隔二十多年，我又因为到了长安寺见到这座砖塔，再度与万寿寺相逢。

南院这座塔，是为贤首宗第三十二世祖惠月承公所建。修建年代应在嘉庆年间，因为联语之后有题写者署名："清大学士董诰书于嘉庆十二年"。

董诰也是清代名臣，出身官宦世家，父亲名叫董邦达，在乾隆皇帝年轻时，做过帝师，赐紫禁城骑马。还是纪晓岚的老师，又是名噪一时的书画大家。董诰呢，也不含糊，乾隆二十九年（1764）殿试的探花。后来历任礼、工、户、吏、刑各部侍郎、军机大臣、户部尚书等职，位极人臣。嘉庆皇帝即位后不久，他在铲除和珅的行动中立过大功。董诰死时，嘉庆皇帝亲临祭奠，御制哀诗有"只有文章传子侄，绝无货币置田庄"之句。

有意思的是，董诰还是《四库全书》的副总裁。从永瑢到董诰，长安寺的文化气息挺浓厚，这恐怕也是我一来长安寺即深爱这地方的潜在原因之一。

长安寺的树

西山八大处在明清时代既是京师著名的风水宝地，也是当时人踏青避暑最爱来的地方。当时这一代有"三山、八刹、十二景"之称。"十二景"里有一景叫"春山杏林"，即指长安寺一带杏树密布，春回大地时节，粉粉白白的杏花怒放，四野芳香，景观宜人。

可惜现在长安寺只有前院尚存一棵杏树。每到杏子成熟的季节，结满又小又黄的小山杏，也没人摘，熟透了就掉到地上，捡起来吃，酸甜俱到好处，味道极佳，绝非超市果摊卖的那些营养液催熟的杏儿可比。

长安寺目前留下的树以松树为主。南院有棵巨大的塔松，夏日威武雄壮，遮天蔽日；冬季略有凋零，松针纷落。因为正处在一个窝风口，一地散落的松针会被吹成一团一团的形状，很像一个个密密实实的蒲团。

长安寺还有两棵白皮松非常有名，在第二进院里，一南一北分列于观音殿前。这两棵树是元代种植的。我在一份"北平特别市社会局"1912年的档案里看到，当年专家在全北京考察，确立了几百棵要重点保护的大树，这两棵在列。

这两棵树现在由政府派专人负责，每年都会在树干旁一两米远处，通过特殊管道对古树施加营养液，因此至今生机勃勃。

释迦牟尼殿前也有两棵白皮松，种植年代应该比前述两棵稍晚。春夏之际，常有小松鼠在树杈间蹿蹦跳跃，玩得不亦乐乎。有几天下午我闲来无事，站在树下和小家伙们互动，我出点声音，它们就蹿跳一下；我静默，它们也按兵不动。如此这般，不觉晚霞满天。

长安寺的人

长安寺建寺以来，不知经历了多少任住持，接纳了多少僧人在此修行，我掌握的资料有限，无法验明，只能知道些片段，比如前边讲到的量周观公、惠月承公以及寿天禅师都与之关系密切。资料查到民国年间渐渐多起来，而且不少细节的原档都还能看到。在此择取 1930 年至 1952 年这段时间的部分档案呈现于此，管中窥豹，从中大略可见长安寺的衰败，以及当年长安寺僧众的部分生活状态——

1930 年 6 月 24 日，长安寺住持化尘（三十一岁，籍贯河北宛平，俗姓郑）向北平特别市社会局呈报长安寺地产：

为报请庙产登记事，窃僧在西郊香山四平台门牌七十号长安寺充当住持，现为遵章登记庙产。僧寺共有佛殿群房四十一间，庙内外山地二十亩，住持一名，工人二名，其余器物列表附呈，外所报并无隐匿等情，理合遵章具保，呈请准予登记是为公便。

寺庙登记条款总表：

募建，明弘治十七年，康熙十年重修，为檀越公德。
光绪二十五年为僧师（注：寿天和尚）出资重修。
房屋间数：大殿九间，配房三十二间，将倒塌者居多数。

土地亩数：庙内外山坡地二十亩。

法物种类：大铜钟一口，小铁钟一口，铁典□一个，铁磬一个，旧鼓二面，木五供一堂，石碑一座，树六棵。

（大铜钟由明代铸造，上有刻字为证。余者历代所传所为取得信仰供佛用。）

佛像神像：前殿关帝铜像一尊，群神泥像九位。中殿三世佛木像五尊。后殿娘娘泥像十一位，小铜像一尊，玉皇木像一尊，韦陀配神三尊。

1935年3月11日，化尘以病请辞住持职。证果寺住持宽广（时年六十一岁，河北衡水人，住德胜门外华严寺）等呈请"北京特别市社会局"，由本容暂代长安寺住持。从现存资料看，化尘的"辞职"并非生病原因，其中不少隐情，比如有其他寺庙的人到政府告他在寺内滥砍树木，还有人暗讽他有精神疾病，等等。这批资料看得人很无语——当时西山一带僧团这一小社会，貌似并不清净，尤其是在贫穷状态下，更是面目多有不善。

本容接替长安寺住持八年后圆寂。1943年11月，还是宽广和尚呈请社会局——

为呈请事，窃查本市西郊八大处翠微山长安寺住持本容和尚，业于民国三十二年十月十九日因病在华严寺圆寂，所遗长安寺住持一席，由本贤首宗全体各寺于十一月八日公推拈花寺住持量源代理该长安寺住持。查该僧量源精诚久著，堪资整理，除分呈北京佛教会备案外，理合备文呈请钧局照准指示备案实为公便。

后附量源履历——

法名实淮，字量源，现年四十八岁，原籍河北邢台县人氏，宋氏子，五岁出家，投本县龙华寺礼成林师，祝发于民国四年冬，诣西山戒台万寿寺，依达文老和尚座下受具足戒，民国十七年回拈花寺，十八年八月十六日授拈花寺住持。

社会局派了人来，找报告人问话，档案亦有留存——

长安寺同宗本家问话记录（1943 年 11 月 29 日）：

问：长安寺为何尚未推行正式住持？

答：因该庙庙址偏僻，收入甚微，不能供养一人生活，曾公选真武庙仁道接充，仁道不肯，故共同议决暂由拈花寺住持量源代理住持，俟年景稍好再行公选正式住持。

问：本容对该庙有无纠纷债务?

答：并无纠纷债务，本宗共同负责保证。

问：量源代理住持该庙派何人照管?

答：拟派一僧人照管一切，用费由拈花寺担负。

以上所供均系实情。

签名：佑圣寺钟钵　广济寺清源　延寿寺证和　静默寺本利　静业寺玉□　宝通寺慧澄　东观音寺玉玺　寿兴寺崇辉　西方寺永安　广慈庵碧山　拈花寺量源　灵光寺寿□　香界寺德福　梓潼庙法魁　贤良寺圣泉　慈恩寺慧明　观音寺普贤福□　证果寺宽广

1950年，新中国北京市人民政府公园管理委员会出了一份"西山八大处及退谷山场调查报告"。报告称：

长安寺（一名善应寺）……有房屋四五十间修饰不久均能使用（除大殿外），方丈僧亮远现住京，副僧住龙王堂内，现由劳大住用。用具全。在其所属境界内有私人别墅五处，坟地一处，分述如下：

一、无量寺和尚坟，其东有看坟房一所，石片房七八间，现由派出所住用，该处居长安寺南头。

二、王荫泰别墅在虎头山东南山坡上，有房二十余间，西式□□并有卫生设备，用具缺少。有一两间房已塌顶露天。王系伪华北政府委员长大汉奸，该房间未处理有人看管。

三、冯国璋别墅。有石片房五间，在王荫泰房下方，门牌八十号，是冯大儿媳所建，用具不多，房没人用，经□抹后能用，亦未处理。

四、钱方世别墅在长安寺北，小药铺西上坡，隔干石河上岸，有楼房十余间，现在由劳大使用，钱曾任盐务总署职务，现由李贵看守。

五、钱文广别墅在长安寺北，大门斜对小木桥，中
式房十五六间，用具全，看守人张宝才，房由劳大
使用。钱曾在盐务总署做事。

六、曹立明别墅在长安寺斜对门河北岸上，国民小
学南（中隔孔宅）有楼房与平房二十余间，地面系
买自赵庆华的，房屋尚完好，庭园秀丽，家具不全，
现劳大使用，该房尚未处理已没人看管，该主系前
伪国民党十六军军需处长。

以上材料中有个专有名词"劳大"需要说明一下。1949 年初，
原在西柏坡的中共中央迁往北平西山一带。在李克农等人的具
体安排下，确定中央机关进北平后对外称"劳动大学"，简称
"劳大"。以"大学"代称中共中央，是中国共产党人的发明。
中共中央驻西柏坡时，也曾以"农业大学"代称，当时有些糊
涂人，还跑去要求报考大学呢。

1951 年 4 月 13 日，灵光寺心明和尚提出将灵光寺交由公园管
理委员会。当时该寺驻有劳大医疗所及工兵营。

1952 年 11 月 12 日，北京市人民政府民政局致函北京市公园
管理委员会称：

一、查西山八大处风景区业经我局将第二处至第八处等七座庙产移交你会接管，兹据第一处长安寺际厚和尚呈称"我要把长安寺交与公家，并要求点待遇解决生活困难"等语。

二、特此函请你会将该庙予以接收，以便统一管理该风景区庙产，并请你会援例给际厚和尚以适当照顾，希即查照办理回复为荷。

至此，长安寺作为一个寺庙，一个时代结束，另一个时代开始了。

附　记

我在长安寺修庙，时有亲朋好友来参观，又遇巧事两桩，记在这里。

有一天作家赵赵来玩，甫一进院，就盯着门前的影壁出神。那块影壁应该也是没挪过地方的老物件，上边书有四个大字："登欢喜地"。

赵赵当时并未多说什么，后来走时又盯着那块影壁看，似在回忆什么，最终一脸狐疑地走了。当天夜里，她的狐疑谜底揭晓，她从 MSN 上发来一张照片，竟是大约二十年前她在那影壁前的留影。赵赵小时住在石景山，离长安寺很近。可她现在已经想不清当初是怎么来的这儿，又怎么留下了这张照片的。

还有一天我一位大学同班同学来访，在院里溜达的时候，他不时挠着头皮说：我怎么老觉得这地方我来过啊！我当时开玩笑：梦里来过。

第二天一大早，我那同学兴奋地打电话来：对长安寺来说，你可得算我晚辈，我不只去过长安寺，我出生在那个院儿。

当天下午同学带着他年迈的父母就来了，两位老人从进院门那一刹那起，就不停欷歔，直感叹变化太大，都不认识了。原来他俩当年是北京军区的文职干部，他们部门办公、住宿就曾在这个院里。

一路来到第一进院北侧的一间偏殿前，老两口左右打量，最后指着那间房子对儿子说：没错儿！就这间！儿子，你爸你妈就是在这间屋里结的婚。

《东榔头》自序

现在回头想，前几十年就做了两件事儿，过日子，阅读。

承蒙刘丹编辑的好意，要我编选近年的随笔合集，检视之前写过的零碎文章，跑不出这两大类，一关于过日子，二关于阅读。搁在一起嫌厚，所以分成两本。

我做这两件事有个共同特点，东一榔头西一棒槌。这点早有自知，专不起来，只能杂。幸好当年择业时做了编辑，正需要杂，算是歪打正着。编校这两本书过程中，这一共同点像被读成了浮雕，尤为清晰地凸现在这些文章表面。所以分别命名《东榔头》《西棒槌》。

《东榔头》讲过日子。日常生活杂乱无章，东奔西跑，东忙西乱，东倒西歪，总是很多杂事碎事，无法集中注意力，潜心做大事，忙忙碌碌，不知不觉就成了个老东西。

可是我想说，生活不就是这样么？乱七八糟，混乱不堪，这也许正是所谓生活的真相。如果你介意，它就全是烦恼；如果不介意，它就是沸腾的生活，海潮一般，浪涛相继，生生不息。

有意思的是，收在《东椰头》里的文章，写作时间前后跨越较长，正好经历了从介意到不介意的过程。细心的读者也许能读出这一心路历程，虽然我并未按写作时间顺序排列。

以前的介意再不堪，也没什么可悔；现在的不介意，也还远没做到彻底，正是努力的方向。说起这一切，还是那个话：生活不就是这样么？

图书在版编目（CIP）数据

枝条载荣 / 杨葵著 . -- 北京：作家出版社，2022.3
（杨葵自选集·卷一）
ISBN 978-7-5212-1702-5

Ⅰ. ①枝… Ⅱ. ①杨… Ⅲ. ①随笔—作品集—中国—当代 Ⅳ. ① I267.1

中国版本图书馆 CIP 数据核字（2021）第 265847 号

枝条载荣

作　　者：杨　葵
责任编辑：钱　英　杨新月
装帧设计：范　薇　孙惟静
出版发行：作家出版社有限公司
社　　址：北京农展馆南里 10 号　　邮　　编：100125
电话传真：86-10-65067186（发行中心及邮购部）
　　　　　86-10-65004079（总编室）
E-mail:zuojia @ zuojia.net.cn
http://www.zuojiachubanshe.com
印　　刷：北京盛通印刷股份有限公司
成品尺寸：130×203
字　　数：226 千
印　　张：11
版　　次：2022 年 3 月第 1 版
印　　次：2022 年 3 月第 1 次印刷
ISBN 978-7-5212-1702-5
定　　价：49.00 元